講談社文庫

亡《ぼう》羊《よう》の嘆《たん》

鬼籍通覧

椹野道流

講談社

目次

〈人物紹介〉

伊月《いづき》 崇《たかし》 O医大法医学教室の大学院一年生。早起きが苦手なので、始業時刻が遅い法医学教室を選んだ。お洒落で、モデル風のちゃらちゃらした外見の持ち主だが、中身は意外と真面目で熱い。筧とは、小学校で同級生だった。

伏野《ふしの》ミチル O医大法医学教室助手。独身で、三十路に突入したことをやや気にしている。それなりに美人（伊月談）だが、お洒落にはあまり興味がないらしく、寝起き姿のままで出勤することも。教室のナンバー2で、伊月の指導教官。

筧《かけい》 兼継《かねつぐ》 高槻署の新米刑事。幼なじみの伊月と解剖室で久々の再会を果たす。誠実で温厚、かつ世話焼き属性のついた大男。現在は、伊月及び猫のしゃもと同居しており、家事全般は筧が担当している模様。

都筑《つづき》壮一《そういち》 O医大法医学教室教授。40代で教授になった切れ者だが、ルックスはやや貧相で小柄。解剖中は厳しい顔を見せるものの、普段は下手な川柳を趣味にしており、部下たちのやんちゃを温かく見守っている。

龍村《たつむら》泰彦《やすひこ》 兵庫県監察医。ミチルと同期だが、年齢は二つほど上らしい。週に一日、監察医務室で伊月を指導している。仕事には極めて厳しく、伊月に対しては常に高圧的だが、時に鷹揚な一面も見せる。

森《もり》陽《よう》一《いち》郎《ろう》　O医大法医学教室に勤務する技術員。教室最年少の21歳で、女性陣を差し置いてヒロイン的ポジションにいる。趣味は料理に手芸、ガーデニングと嫌味なほどに家庭的。普段は検査一般を担当し、解剖時は筆記役を務める。

住《すみ》岡《おか》峯《みね》子《こ》　O医大法医学教室秘書。26歳にはとても見えない愛らしい童顔と、見る者を悩殺せずにはおかないダイナマイツボディの持ち主。ある意味、教室でただ一人の一般人。

清《きよ》田《た》松《まつ》司《じ》　O医大法医学教室技師長。「三代の教授にお仕え」してきたことを自慢にしている教室最年長の58歳。光り輝く頭頂部と丸眼鏡がトレードマークで、無駄に動きが素早い。解剖補助を務め、主に撮影を担当。

高《たか》松《まつ》警部補　茨木警察署刑事課所属。今回の事件において、部下と共に捜査本部に参入する。

高《たか》倉《くら》拳《けん》　大阪府警本部刑事部鑑識課所属。腕利きの鑑識員だが、言動が芝居がかっていて胡散臭い。バナナを最強の糧食として深く愛している。

夢《ゆめ》崎《さき》愛《まな》美《み》　テレビや雑誌で引っ張りだこの人気料理研究家。「料理に必要なのは、夢と愛！」という決め台詞で有名だったが……。

夢《ゆめ》崎《さき》歌《うた》花《か》　愛美の娘で、母親のアシスタントを務めている。通称「うーたん」。地味な性格だが、清楚な魅力で人気がある。

死亡診断書（死体検案書）

この死亡診断書（死体検案書）は、我が国の死因統計作成の資料としても用いられます。かい書で、できるだけ詳しく書いてください。

氏　名		1男 2女	生年月日	明治　昭和 大正　平成　　年　月　日 （生まれてから30日以内に死亡したときは生まれた時刻も書いてください。）　午前・午後　時　分
死亡したとき	平成　年　月　日　　午前・午後　時　分			
死亡したところ及びその種別	死亡したところの種別	1病院　2診療所　3老人保健施設　4助産所　5老人ホーム　6自宅　7その他		
	死亡したところ	番地 番　号		
	（死亡したところの種別1〜5） 施設の名称			

死亡の原因 ◆Ⅰ欄、Ⅱ欄ともに疾患の終末期の状態としての心不全、呼吸不全等は書かないでください ◆Ⅰ欄では、最も死亡に影響を与えた傷病名を医学的因果関係の順番で書いてください ◆Ⅰ欄の傷病名の記載は各欄一つにしてください ただし、欄が不足する場合は（Ⅰ）欄に残りを医学的因果関係の順番で書いてください	Ⅰ	(ア) 直接死因		発病（発症）又は受傷から死亡までの期間 ◆年、月、日等の単位で書いてください ただし、1日未満の場合は、時、分等の単位で書いてください （例：1年3か月、5時間20分）
		(イ) (ア)の原因		
		(ウ) (イ)の原因		
		(エ) (ウ)の原因		
	Ⅱ	直接には死因に関係しないがⅠ欄の傷病経過に影響を及ぼした傷病名等		
	手術	1無　2有	部位及び主要所見	手術年月日　平成 昭和　年　月　日
	解剖	1無　2有	主要所見	

死因の種類	1病死及び自然死 外因死　不慮の外因死｛2交通事故　3転倒・転落　4溺水　5煙、火災及び火焔による傷害　6窒息　7中毒　8その他｝ その他及び不詳の外因死｛9自殺　10他殺　11その他及び不詳の外因｝ 12不詳の死

外因死の追加事項 ◆伝聞又は推定情報の場合でも書いてください	傷害が発生したとき	平成・昭和　年　月　日　午前・午後　時　分	傷害が発生したところ	都道府県 市　区 郡　町村
	傷害が発生したところの種別	1住居　2工場及び建築現場　3道路　4その他（　　）		
	手段及び状況			

生後1年未満で病死した場合の追加事項	出生時体重 グラム	単胎・多胎の別 1単胎　2多胎（　子中第　子）	妊娠週数 満　週
	妊娠・分娩時における母体の病態又は異状 1無　2有［　　］　3不詳	母の生年月日 昭和 平成　年　月　日	前回までの妊娠の結果 出生児　人 死産児　胎 （妊娠満22週以後に限る）

その他特に付言すべきことがら

上記のとおり診断（検案）する	診断（検案）年月日　平成　年　月　日 本診断書（検案書）発行年月日　平成　年　月　日
（病院、診療所若しくは老人保健施設等の名称及び所在地又は医師の住所）	番地 番　号
（氏名）　医師	印

亡羊の嘆　鬼籍通覧

一章　年の始めのためしとて

大阪府高槻《たかつき》市にある、O医科大学。

敷地の片隅にあるのは、他の棟に比べれば、小さくて古びた建物、解剖棟である。

その解剖棟一階に、法医学教室の解剖室がある。

近くにあるのは、記念館として保存されている昔の校舎や、放射線実験棟、それに法医学教室を含む基礎医学の教室や教授室が入っている基礎棟といった施設だ。

そのため、深夜や年末年始には、年がら年中盛況の病院棟と違って、まったくと言っていいほど人の姿が見えなくなるのが常である。

ところが、その年の大晦日《おおみそか》は、様子が違っていた。

夕方だというのに、解剖棟の一階部分には煌々《こうこう》と灯《あか》りが点《つ》き、法医学教室技師長の清田《きよた》松司《まつじ》が、基礎棟と解剖棟の間を行ったり来たりしている。

そう、珍しく夕刻から、司法解剖が始まろうとしているのだ。

通常、夕方以降に第一報が入り、時間がかかりそうな解剖は、翌朝に回すことになっている。たとえそれが政治家や有名人であっても、警察や法医学者が特別に便宜《べんぎ》を図るようなことはしない。

だが一方で、医師法には「医師の応召義務」が明記されている。

明らかに医業を行えない事情がない限り、医師は患者の診療要請を拒否することはできないのだ。

司法解剖は「診療」ではないが、医業の一環ではある。盆や正月だからといって、解剖を拒むわけにはいかない。

つまり、大晦日の午後遅くに司法解剖の要請があった場合、普段のルールに則《のっと》れば、元日の朝一番に解剖開始、ということになる。

そんなことになるくらいなら、どんなに遅くなっても今からやってしまいたい……という法医学教室一同の切実な希望から、変則的ではあるが、大晦日の夕方から司法解剖をスタートさせることになったのだった。

「遅くなりました……っと、お着替えの最中に失礼」

家が比較的遠いため、いちばん最後……解剖開始時刻の午後六時ギリギリに大学に到着した助手の伏野《ふしの》ミチルを迎えたのは、法医学教室の長、都筑壮一《つづきそういち》教授だった。

「やあ、年の瀬にすまんなあ。君、実家に帰っとったん違うんか？」

準備室で着替えの最中だった都筑は、アンダーシャツに、この辺りではパッチと呼ばれる毛織りの股引《ももひき》、それにハラマキというあられもない姿だった。

小柄で痩軀《そうく》なだけに、もともと医学部の教授とは思えないほど貫禄《かんろく》がないのだが、下着姿ではなおさら貧相だ。頭だけは標準サイズなだけに、どこか写楽《しゃらく》の浮世絵のように見えてしまう。

いきなり上司の下着姿を見せられ、ミチルはこめかみに手を当て、はああ、と幸せがダッシュで逃げていきそうな溜《た》め息《いき》をついた。

「毎年、実家に帰った瞬間に呼び出しがかかってとんぼ返りになるので、今年はこっちにいることにしたんです。両親は、昨日から弟夫婦と沖縄旅行に行ってますよ」

「ははあ、そら大英断の大正解やったな」

「お褒めにあずかって光栄ですけど、先生、嫁入り前の女の子の前で、何を堂々とそんな姿で立ってらっしゃるんですか」

「……女の『子』？」

「突っ込むところはそこじゃありません。というか、突っ込んでるのは私です」

「……あー」

ミチルに言われて初めて、都筑は自分の格好に気づいたらしかった。それでも別段慌《あわ》てた様子もなく、緑色のくたびれきった術衣のズボンに股引ごと足を通す。

「こら失礼。せやかて、君も君やろ。普通、男のこんな格好見たら、即座に絹を裂くような悲鳴を上げて逃げ出すもん違うんか」

ミチルは、カーキ色のダウンジャケットの肩を竦《すく》め、大きな目で都筑をジロジロ凝《ぎょう》視《し》しながら言い返した。

「悲鳴を上げる気にもなりませんよ、そんな色気の欠片《かけら》もないオヤジの股引姿じゃ」

「何言うてんねんな。これはやんごとなきパッチやねんで？　ダイアナ元妃もご愛用やったっちゅう舶来の優れもんや。これがないと、冷えてかなわんねん、僕」

「……ダイアナ元妃がお召しになってたのは、パッチじゃなくてアンダーウェアです。まったくもう、こういうデリカシーのない男どもばっかり見てるから、余計《よけい》に縁遠くなっちゃうんだわ。やだやだ」

そんなやや理不尽な言いがかりを口にしつつ、ミチルは彼女専用の着替え場所……といえば聞こえはいいが、実際のところは組織標本室の扉を開けようとした。

その背中に、都筑はのんびりした口調で声を掛ける。

「下着姿を見せたからっちゅうて、外をウロウロしてる連中に、僕のこと売らんといてや。『医学部教授、教室員にセクハラ！』とか書かれたら、この細い首が飛んでまう」

「……そういえば」

ミチルは……そんな表情さえしなければ、それなりに個性的な美人と言えなくもないのだが……凄《すご》い顰《しか》めっ面《つら》で振り返った。

「何だか、解剖室の周囲に変な人たちがウロウロしてましたけど。何です、あの人たち？　私がここに入ろうとしたら、妙な顔して遠巻きに見てましたよ」

都筑は同じく緑色の上着を頭から被《かぶ》りながら、こもった声で答えた。

「テレビやら週刊誌やらの連中や。病院のほうから回り込んで来られたら、見舞客と区別がつかんやろ。守衛さんも、止めるに止められへんからな。……まあ、君を見て変な顔してたんは当然やろう。そんなダフ屋みたいな格好の姉ちゃんが、医者とは思わんやろからなあ」

「……どうせ私は、ダフ屋だの小道具係さんだの、普段からさんざんな言われようですよーだ」

ミチルは鬱陶《うっとう》しそうな顔のまま、被っていたニットキャップを頭からむしり取る。

軽くウエーブした短めの髪には、前衛的な彫刻のように、見事な寝癖がついていた。

　どうやら、自宅でゴロゴロ寝て過ごしていたそのままの格好で出てきたらしい。

「それにしても、大晦日の夕方に週刊誌とテレビの人たちが来るなんて、やけに大ごとなんですね。……そういえば清田さんから召集電話がかかってきたとき、今日のホトケさんは有名人ですよって！　って張り切った声で言ってましたっけ。寝起きで詳しく聞く気もなくて、あーはいはい、行きますよって受話器置いちゃいましたけど」

「そうらしいで。僕はよう知らんけどな」

「先生は、芸能関係はからっきしダメですもんね。でも、この辺りで有名人っていっても、ローカルお笑い芸人とかだろうと高をくってたんですけど……もしかして、本気で有名人なのかしら」

「ま、解剖室で状況聞いたらわかるこっちゃ。はよ着替えてきいな。……あ、君がラストやから、解剖棟の入り口の鍵、もうかけてまうで。外におる連中が入り込んできたら、ちょっと困ったことになるし」

「了解です。じゃ、ここも施錠して出ますね」

「頼むわ。ほな、僕先に行っとくで」

「はあい」

上司というより、父親に対するような調子で返事をして、ミチルは組織標本室に入った。

部屋の中はすっかり暗くなっていたが、灯りを点けては、すぐ外にいる記者たちに、この部屋に誰かいるとみすみす教えるようなものだ。

ミチルは暗がりの中、手探りでロッカーを開け、手早くケーシー型白衣を引っ張り出した。

組織標本室というだけあって、広い部屋を埋め尽くすのは、円筒形の密閉容器に入れられ、整然と、そしてみっしりと棚に並べられた人間の臓器サンプルである。

法医学教室で行われる解剖においては、解剖直後に、「肉眼的な解剖所見及び簡便な検査結果を踏まえ、もっとも可能性が高い死因」を呈示《ていじ》することが求められる。

だが、それらのデータだけでは死因がどうしても絞りきれず、後日、組織的、化学的な検査が必要になることも少なくない。

また、たとえその時点で死因が断定できたとしても、警察の捜査過程で、新たな検査が必要になることがある。

そうした理由で、法医学教室では、すべての遺体について、血液や尿と共に、臓器の小片をサンプルとして採取するのだ。容器の数が膨大になるのも、無理からぬことだった。

さらに、部屋の奥まった場所に置かれ、ビニールテープで封印された巨大なポリバケツには、ミチルがこの教室に来る前から預かりっぱなしの、身元不明のバラバラ死体が入っている……らしい。

組織を固定・保存するホルマリン液の独特の臭気が、部屋のあらゆる物にしみついている。

普通の神経では、灯りを点けずには我慢できない不気味さだと思われるのだが、ミチルは平気な顔でバサバサと服を脱ぎ捨て、寒さに震えながらも素早く着替えを済ませた。

ハンガーなどには目もくれず、一緒くたに脱ぎ捨てたネルシャツとTシャツは、ロッカーの奥にクシャクシャのまま放り込まれている。

ケーシーの首元のボタンを留めながら、彼女は窓に近寄り、分厚いカーテンをごく細く開けて、外を覗《のぞ》き見た。

「……ありゃ……」

そこから見えるのは、解剖室の裏手の駐車場である。

二台しか車が停まっていないそのスペースには、どう考えても大学関係者には見えない男たちが何人もうろついていた。

そのうち数人は、テレビカメラとおぼしきものを肩に担ぎ、勝手に周囲を撮影している。

「なるほど、ワイドショーのレポーターとカメラマンってとこかしら。そんな連中が来るほど、今日のお客さんは有名人ってわけなのね。一年の締めくくりに、大変なのが来ちゃった」

呟《つぶや》きながら、ミチルは身震いした。

武者震いではない。単に寒くて震えたのである。

すきま風が酷《ひど》く、暖房設備などあるわけのない標本室の中で、半袖《はんそで》のケーシー姿でいるのは寒中水泳にも等しい行為だった。

「うう、寒っ。とりあえず、とっとと仕事を片付けて、明るい新年を迎えなきゃ」

そんな叶《かな》わぬ希望を口にし、両手でむき出しの二の腕をさすりながら、ミチルは足早に準備室を後にした。

解剖室には、すでにいつもの面々が揃《そろ》っていた。

筆記用の机には技術員の森陽一郎《もりよういちろう》が座り、解剖に必要な書類をチェックしたり、記録用紙に必要事項を書き込んだりしている。

技師長の清田は、教室最高齢にもかかわらず、移動に関しては最速を誇る。ある意味無駄なハイスピードで、狭い解剖室の中を行ったり来たりしながら、解剖の準備を整えていた。

「どうも、伏野先生」

「お疲れさんです！」

「遅うからすいません」

ミチルがゴム引きのエプロンのヒモを後ろ手で結びながら、いささか大きすぎる長靴を履いて解剖室に入っていくと、室内にいる数人の刑事たちや鑑識員たちが、大声で挨拶《あいさつ》をする。

いつもは五人もいれば多いくらいの警察の立ち会いだが、今日はやたらとギャラリーが多い。挨拶の声が、わんわん室内に響いて、うるさいことこの上ない。

超体育会系組織である警察においては、ピラミッドの底辺に近づけば近づくほど声が大きくなる気がする……と思いながら、ミチルは挨拶を返した。

「そちらこそ、お疲れ様です。……今日は茨木《いばらき》署なのね。ええと……？」

清田から受け取った新品のゴム手袋をはめ、その上から前回の解剖で使ったゴム手袋を重ねつつ、ミチルは陽一郎の背後から、机の上に広げられた調書を覗き込んだ。

「あー、事情は今電話かけてる刑事さんが、用事が済み次第説明してくれはるから、先に遺体見てみ。えらいことやで。帰られへんで〜」

「は？」

やけに陰鬱な面持ちの都筑教授に差し招かれて、ミチルは何の気なしに解剖台に目を向け……そしてただでさえ大きな目をまん丸にし、控えめな悲鳴を上げた。

「えらいことって何ですか……って、ぎゃー！」

遺体を一目見た瞬間、都筑の表情と言葉の意味がわかってしまったのだ。

そこには、まだ着衣のままの女性が横たえられていた。

体格は中肉中背、年齢はぱっと見、五十歳前後である。

着ているものはカジュアルなデザインのブラウスと巻きスカートで、ブラウスの袖は肘《ひじ》のあたりまでまくり上げられていた。

服の色は、パッと見にはよくわからない。何故《なぜ》なら、ブラウスもスカートも、まんべんなく朱に染まっていたからだ。

服の破れ具合から見て、おそらく体幹部や四肢《しし》に、多数の損傷があることだろう。

おまけに、大きくはだけた胸元からは、これまた血染めのブラジャーと共に、異様なものが覗いている。

二本の銀色の棒のように見えたそれは、よく見ると食器だった。

ディナー用のフォークとナイフが、まるでローストビーフや七面鳥の丸焼きにするように、左右から斜めに突き立てられているのだ。

実に器用に肋骨《ろっこつ》を避ける位置と角度で、二本のカトラリーは深々と女性の胸に刺さっていた。

「うわあ……ちょ、何これ」

ミチルが思わず漏らした呟きに、解剖台を挟んで反対側に立ち、同じように遺体を見ていた大学院生の伊月崇《いづきたかし》が、うなじを覆う長めの髪を一つに結びながら言った。

「美味礼賛、って感じっすかね」

「……嫌な四字熟語を持ってくるわね」

「だってほら、職業柄、ピッタリな言葉かなと」

「職業柄？」

ミチルは小首を傾《かし》げ、伊月の細面を見る。

駆け出しの法医学者というよりは、ファッションモデルか俳優の卵、あるいはミュージシャンのほうがしっくりくる派手なルックスの伊月は、結んだ茶髪の上からスッポリと緑色の手術帽を被りながら言った。

「ホトケさんの職業柄って意味。見覚えあるでしょ、この顔」

「……ん……？」

最初にちらと顔を見ただけで、あとは胸元の異様な「凶器」に見入ってしまっていたミチルは、改めて死者の顔に視線を向けた。

大量に失血しているのだから当然だが、死者の顔はロウのように白かった。自宅にいたのか、まったく化粧をしていない。セミロングの髪はつい最近染めたばかりらしく、生え際まで鮮やかな栗色をしており、黒いバレッタで一つにまとめてある。その髪にも顔にも、血液が赤黒くこびりついていた。

比較的肉付きがよく、どことなく垢抜《あかぬ》けた雰囲気の女性だが、並外れた美人というわけではない。どこにでもいる、ちょっと素敵な奥様といったところだ。

「見覚え……あるようなないような」

首を捻《ひね》るミチルに、伊月はちょっと気障《きざ》な仕草で両手を広げてみせた。

「あーあ、ミチルさんは、もちょっと家庭的なことにも目を向けたほうがいいっすよ」

「何よ、それ」

「料理番組とかグルメ番組とか、興味ないんでしょ」

からかい口調で問われ、ミチルは口をへの字に曲げる。

「何でそれを、こんな場所で言われなきゃいけないのかしら。だいたい、料理番組なんて見なくても、料理は本を見て分量どおりに作ればきちんと出来上がるし、グルメ番組なんて、いくら見たって自分の口に美味《おい》しいものが入るわけじゃないでしょ」

「まあ、そりゃそうですけどね。でも、この人が誰かわかんなきゃ、芸能界関係の疎《うと》さは都筑先生並ってことっすよ」

「ええっ？　もしかして、わかんなかったの、教授と私だけ？」

「そうそう。俺と森君なんて、一目でわかったもん。清田さんも、『料理とグルメ』って聞いて、すぐわかったし」

「がーん……。ち、ちょっと待って。それは非常にまずいわ。当ててみせるから、待ってよ。料理とグルメ、それに芸能界……？」

少し焦りつつ、遺体の顔をさらに凝視したミチルは、ようやくポンと手を打った。

「あっ。何か見覚えがあると思ったら、あの人じゃない？　ほら、テレビでよく、『料理に必要なのは、夢と愛！』って決めポーズつきで言ってる……」

「夢」で左手を軽く挙げ、「愛」で自分の左胸に右手を当ててミチルがそう言うと、伊月も同じポーズをしてにやっと笑った。

「そうそう、料理研究家の、夢崎愛美《ゆめさきまなみ》」

「締めくくりの台詞《せりふ》が、『最後まで気を抜かず、盛りつけはビュウティフルに！』……ですよね。僕、この人の料理番組、よく見てたんですよ。本も持ってますし」

それまで大人《おとな》しく書類を書いていた陽一郎が、我慢できなくなったのか、故人の声色《こわいろ》まで真似《まね》てそう言った。

教室でいちばん若い、今年二十一歳の陽一郎は、れっきとした男性である。

だが、体格が華奢《きゃしゃ》で、声も甲高い上、顔つきも物腰も、どこか優しくて大人しい。

おまけに、料理・園芸・手芸というイヤミなまでに家庭的な趣味の持ち主と来ては、秘書の住岡峯子《すみおかみねこ》とミチルをさしおき、教室のヒロイン的存在であるのも当然だった。

「そっか……。この人、夢崎愛美なのね。目を閉じてるし、スッピンだからわかんなかったけど、言われてみれば確かにそうだわ」

ミチルは感心したようにそう言い、遺体に視線を戻した。

夢崎愛美というのは、今、テレビで引っ張りだこの料理研究家である。

決して超セレブでも絶世の美人でもないのだが、庶民的で気さく、それでいて決して下品にならない物腰が、年齢層を問わず、見る者に好感を抱かせるらしい。

元は専業主婦だっただけあって、彼女の提案する料理は、冷蔵庫の中身で手早く作れるものが多い。

その手軽さとレシピのシンプルさは、家庭の主婦だけでなく、一人暮らしの学生や、台所に初めて立つ男性たちにも魅力的なのだろう。彼女の料理番組や料理のレシピ本は、どこの書店でも目立つ場所に並べられている。

「それにしても、テレビに映ると太く見えるってホントね。ふくよかな人ってイメージだったけど、全然そんなことないじゃない」

「普通っすよね。……それにしても、この人、茨木市在住だったとは……」

「おーい、そろそろ状況聞こや。こらぁ、とっとと取りかからんと、一生終わらんで」

所轄署への電話連絡を終え、いわゆる警察組織では「係長」と呼ばれる高松《たかまつ》警部補が書記席前の椅子《いす》に戻ってきたのを見計らい、都筑は二人の部下に声を掛けた。

「はいっ」

普段は幾分カジュアルに接していても、解剖室では、鑑定医である都筑を軽《かろ》んじる態度は許されない。ミチルも伊月も、顔を引き締め、陽一郎の背後に並んで立った。

茨木署刑事課の高松警部補は、中学・高校とずっとラグビー部だったというだけあって、牡牛《おうし》のようにガッチリした体つきの中年男である。

「お待たせしました。ほな、お話しさしていただきます」

学生時代に、大声の出し過ぎで潰してしまったのだろう。酷いだみ声で、高松は一同に説明を始めた。

「もうご存じでしょうけど、ホトケさんは、夢崎愛美、本名同じ。年齢五十二歳です」

皆がじっと耳を傾ける中、書記の陽一郎だけが、カリカリとペンを走らせる。

伊月は、横のミチルだけに聞こえる声で囁《ささや》く。

「夢崎愛美って本名だったんだ。嘘くせえ名前だから、芸名だと思ってた」

「……実は私も」

早口で囁き返して、ミチルは教授に気づかれないうちに澄ました顔で口を噤《つぐ》む。

長丁場を予想してか、陽一郎の横にパイプ椅子を据えて腰を下ろした都筑の顔を見ながら、高松は実直な口調で説明を続ける。

「家族構成は、夫と娘ひとりの三人家族。夫は五十六歳、夢崎家に婿養子に入っとります。和食の板前で、日本料理店を経営。娘は二十五歳で、料理の修業中。母親のアシスタントをしとるそうです。一家の現住所は、東京のほうでして……」

「東京？　ほな、何で茨木でこんなことになってるんや」

「はあ、それが都筑先生。ホトケさんの実家が茨木市内なんですわ。そこが、今回の事件現場で」

都筑は陽一郎が正確なメモを取っているかどうかチェックしながら、先を促した。

「ああ、なるほどな。それで？」

「その家には、ホトケさんの実の母親が一人暮らししてまして、毎年、一家で里帰りして、共に正月を過ごすことにしとったそうです。ただ、今年はちょっと事情が違いまして」

「ふん？」

高松警部補が説明するところによると、今年の夏、夢崎愛美の母親が急逝したらしい。

夢崎愛美は一人っ子で、母親の資産を相続したものの、料理研究家としての仕事が多忙を極め、なかなか帰郷する機会がない。

そこでこの年末年始の休みを利用して単身里帰りし、母親の遺品を整理するつもりで、今月二十九日の朝に東京を発ったのだという。

「ちょっと待った。何で旦那《だんな》さんとお嬢さんは一緒違うかったんや、今年は」

都筑は片手を軽く挙げ、高松の話を遮る。その質問は予測済みだったらしく、高松は調書を見もせずすぐに答えた。

「ご主人のほうは、毎年、大晦日の夜か元旦に遅れて合流することになっとるそうです。経営する日本料理店が、毎年お得意さんにおせち料理を作って届けるんだとかで。年末はギリギリまで、てんてこ舞いだそうですわ。娘さんは、例年は母親と一緒に帰るんですが、今年は待っとる人もおらんし、喪中やし、料理の勉強も兼ねて、父親を手伝うことになったそうです」

「なるほどなあ。ほな、夢崎愛美さんは二十九日の朝に東京を出て、その日の午後からずっと、ひとりだけやったんかいな」

「はあ、基本的には」

「基本的には？　どういうこっちゃ。説明はハッキリきっちりせんかいな」

突けば倒れるのではないかと思うほど痩《や》せっぽちで、目をしょぼつかせる癖がある都筑は、パッと見非常に頼りない。だが、私生活はともかく仕事においては、時折、いっさいの妥協を許さない厳しさを見せる。

高松は、ギョッとした顔つきで背筋を伸ばした。

「は、すんません。実はまだ、裏が取りきれてへんのですけど、まあ、夢崎愛美は有名人ですからねえ。近所の人間が挨拶に来たり、ファンが訪ねてきたり、まあ、それなりに人の出入りはあったようなんです」

「ああ、なるほど。関西のおばちゃん連中は、有名人大好きやもんな。近くに住んどったら、行ってみたくもなるわな。……せやけど、近所の人はともかく、ファンなんかも家に上げるもんなんか？」

「ワシはよう知りませんけど、夢崎愛美っちゅう人は、親しみやすい、気のええ、いわゆる姉御肌《あねごはだ》なところが売りやったみたいで。誰が来ても、邪険にしたことはないそうですよ。現に今回も、母親が生前世話になった言うて、近所に菓子折配って回ったらしいですし。話を聞く限り、評判は上々、ホトケさんを悪う言う人はひとりもいてませんでしたわ」

「芸能人はパブリック・イメージが命だもんな。最近はインターネットっていう強敵もいるし」

伊月の言葉に、ミチルも小さく頷《うなず》く。

「ネットで悪口を流されるのは、週刊誌に叩《たた》かれるより怖いって言うものね。……それで、いったい何が起こってあんなことに？」

ミチルは横目で夢崎愛美の遺体を見ながら先を促した。

おそらく、半日のうちに頭に放り込まれた膨大《ぼうだい》な情報を整理しているつもりなのだろう。高松は、短く刈り込んだごま塩頭を片手で叩きながら、再び口を開いた。

「今んとこ、わかってることを時系列順に並べてみますとですな……」

都筑の目配せで、陽一郎は別紙を取り出し、そこに箇条書きのメモを取り始める。

それによると、夢崎愛美が実家に着いたのは、十二月二十九日の午後一時過ぎ。それからすぐに近所への挨拶回りを始め、その夜は、近所の中華料理屋から出前を取って夕飯を済ませている。また、夫と娘にも、携帯電話で無事到着の連絡をしていた。

翌三十日の午前八時過ぎ、朝刊を取りに出た隣人は、愛美に、新年最初の生ゴミ回収日について訊《たず》ねられている。

朝から近所の人間が数人、夢崎家を訪問しており、今のところ確認できている最終訪問時刻は、午後二時過ぎである。

その後、愛美は徒歩二十分ほどの場所にあるスーパーマーケットに行き、かなりの量の食料を購入し、タクシーを利用して帰宅した。それらは、家族のための正月料理の材料と考えられる。

　そして、午後七時に娘が電話したとき、夢崎愛美は楽しげにこう言ったという。

『今、ファンの男の子が来てるの。せっかくだから、お夕飯一緒に作って食べていきなさいよって言って、支度してる最中なのよ』

娘は不用心だと咎《とが》めたが、愛美は屈託なく笑って「いい子だから大丈夫」だと言ったらしい。

しかし午後十一時半頃、店から仕事の合間に夫が電話したときには、愛美は携帯電話に応答しなかった。

夫と娘は、それから何度か愛美の携帯電話に連絡を試みたが、いずれにも返事はなかった。

　そして今日、大晦日……。

相変わらず連絡のつかない母親を心配した愛美の娘は、午前中の新幹線で大阪に向かい、正午過ぎ、祖母宅で、変わり果てた姿の母親を発見した……というわけなのだった。

「これが、遺体が発見された現場の見取り図です。愛美の母親宅、一階食堂ですな。こっちはその写真で」

高松は、陽一郎に目で合図し、書記机の上に調書を広げた。一同は、上半身を屈《かが》めてそれらに見入る。

いつもは遠慮がちに離れて見ている清田も、今回の事件には興味をそそられたのか、どこかにいい隙間《すきま》はないかと皆の背後をウロウロ歩き回っていた。

高松は、芯《しん》を出さないままのボールペンの先で、食堂の中央部に描かれた人型を指した。

「ガイシャは、食堂のテーブルの上に、仰向《あおむ》けに倒れとりました。でっかいテーブルでしてね。六人掛けくらいでしょうか。第一発見者の娘さんの話では、まるでベッドにでも寝かされとるように、テーブルの上にきちんと横たえられとったそうですわ」

伊月とミチルは、思わず顔を見合わせる。

「この状態で？　めった刺しで、胸にフォークとナイフ押っ立てて、テーブルの上に？」

伊月の問いかけに、高松も半ば呆《あき》れ顔で頷く。

「はあ。この写真を見ていただければわかるんですがね。まあ、気持ち悪いことになっとります」

高松が太い指で指したのは、遺体の頭部をアップで撮影したものだった。

「気持ち悪いことって？　うわ……」

陽一郎の頭を両側から挟むようにして写真を覗き込んだミチルと伊月は、同時に奇声を上げた。

「おわッ」

遺体の頭部を取り囲むように……それこそ、まるで仏像の光背《こうはい》か、キリストの光輪のように、様々な刃物が同じ向き、等間隔に並べられていたのである。

胸元に突き刺さったカトラリーと相まって、それはホラー映画のワンシーンのように不気味な光景だった。

ミチルは露骨に眉《まゆ》を顰《ひそ》め、呟いた。

「何これ。凄く悪趣味だわ。……それも、すべての刃物に血がついてますね」

「はい。すべてここに持ってきてますんで、あとで見ていただけたらと思いますけど、ホンマにすべて血液の付着がありまして……その、何ですか、ことごとくガイシャに突き刺したんちゃうかと思われます」

陽一郎も、筆記の手を休め、写真を見つめて言った。

「酷いな……。あ、それにしたって、包丁とかペティナイフとか、ひーふーみ……って、九本もありますよ？　ちょっと普通のお家ではありえない数じゃないですか？　あ、そうか。料理研究家のお母さんだから……」

「料理研究家の母親やからって、自分も料理好きとは限らんやろ」

「それもそうですよね」

都筑に即座に突っ込まれ、陽一郎はちろりと舌を覗かせる。だが高松は、感心した様子で答えた。

「その通りなんですわ。ワシらも不思議に思うてご家族に訊ねましたら、九本のうち五本は確実に、この家にあったもんやそうです。ほれ、セットもんの包丁でありますやろ」

「ああ、こう、木製の台に差し込んだりするようになってるお洒落《しゃれ》な奴でしょ？　トマトがすぱすぱ切れたりする奴。深夜の通販番組でよく見るわ」

「そうです。夢崎愛美が、数年前に母親にプレゼントしたもんです。あとの四本には、娘さんは見覚えがないそうです」

「ふーむ。犯人が持ち込んだっちゅうことか？　指紋は？」

「セットもんの包丁の二本からは、夢崎愛美の指紋が出てます。けど、他の包丁からは、夢崎愛美の指紋も、その他の人間の指紋も、残念ながら出てませんねん。セットもん以外の包丁は、どれもメーカー違いで、まだ研《と》いだ形跡がない新品らしいです」

「ってことは、使わずにおいてあったか、犯人が持ち込んだか。どっちかの可能性が高いな」

「とりあえず、犯人が持ち込んだ可能性を考えて、近隣ホームセンターやデパートにあたる予定です。……その、三が日明けてからになると思いますけど」

申し訳なさそうな高松に、都筑は慰めるように頷いてみせた。

「そら、正月やからしゃーないわ。ほいで？　先を続けてんか」

「はい。……まだ、犯人が単独かどうかもわからんのですが、犯行は台所で起こったと見られます。この辺ですな」

高松のボールペンは、台所のコンロから流し台のあたりを指した。

「台所だけが集中的に血の海でしてね。写真を見ていただければわかるんですが、こんなふうにもう、あっちこっちに血痕《けっこん》が……」

「くあー……」

台所の写真に見入った伊月の口からは、無意識に呻《うめ》き声が漏れた。

いかにも昭和の台所という感じの安っぽい壁紙や合板の食器棚のあちこちに、べっとりと血液が付着している。

緑色のリノリウムの床には、バケツで血液を汲《く》んでぶちまけたような、大きな血だまりができていた。

振り返って夢崎愛美の遺体を見て、また写真に視線を戻した伊月の顔は、青白くなっていた。

法医学教室に入ってもうすぐ九ヵ月になる伊月だが、いわゆる滅多刺《めったざ》しの惨殺死体を見るのは、これが初めてだった。

無論、TVドラマやサスペンス映画には、そういう凄惨な事件を扱ったものがざらにある。だがそれらはあくまでフィクションで、人間が空想の中で繰り広げる惨劇に過ぎない。

まさか現実に、人間が他者に対してここまで残酷な仕打ちができるとは思っていなかった。……いや、そういう事件が現実に起こっていると知識として知ってはいたが、初めてそれを五感で思い知る羽目になり、見た目よりずっとナイーブな彼は、強い衝撃を受けたのだ。

こちらは平然とした顔の都筑は、一階の見取り図と写真を見比べ、ううむと唸《うな》って腕組みした。

「最近、老眼が出てきて、小さい写真は見にくいんやけど……っちゅうことは犯人は、まず台所で被害者を刺したっちゅうことやな。ほんで、被害者は食堂へ逃げた

「いいえ、そうじゃないと思います。食堂のほうには、血液の飛沫《しぶき》が飛んでないところをみると、大半の損傷は台所で加えられたのではないかしら」

ミチルの見立てに、高松は我が意を得たりと頷く。

「ワシらもそう見とります。台所の食器棚や調理台、それに冷蔵庫の低いところに、血だらけの手形がいくつかついとるんですわ。どれも被害者のもんです」

「つまり、被害者が犯人から逃れようともがいた痕跡が、台所にはあるわけやな？」

「はい。他の部屋には見られてません」

ミチルは、台所から食堂に向かって写した写真を指さし、都筑に問いかけた。

「台所の大きな血の海は、おそらく傷を負わせた被害者を、台所にしばらく寝かせておいたから……でしょうか、都筑先生」

「そうやな。傷口からの出血が、服に染み、床に流れたんやろう」

「写真を見直してください。台所の血だまりから食堂のほうへ、ほぼ平行な二本線が伸びてます。太さと幅を、写真の縮尺を考えて推測するに、これ、かかとじゃないかしら」

「かかと？」

「……？」

一同の声がシンクロする。ミチルは頷き、隣の写真……その二本線が拡大された写真を指さした。

「これだけの傷を負わされれば、被害者が自力で動くことはもうできなかったでしょう。ってことは、台所から食堂まで被害者を移動させたのは、犯人ってことになります。たとえば、グッタリした被害者を抱き起こして……ほら、伊月君、ちょっと協力して」

「わッ」

ミチルは無理矢理伊月の肩を押して、解剖室の床に長い脚を投げ出し、尻を床につけた姿勢で座らせた。そして自分もその後ろにしゃがみ込むと、伊月の両脇に自分の腕を差し入れ、よいしょと引っ張り上げた。

「ミチルさん、俺、このまま中途半端にケツ持ち上げられてんですか？　腰痛いんですけど」

伊月は不平を言ったが、ミチルも苦しげな声で言い返した。

「私も重くて腰に来るけど、ちょっと我慢してよ。……こうやって被害者を抱えたまま、後ずさりする状態で食堂へ向かえば……」

ずるずる、と音がしそうな状態で、ミチルは自分より二十センチ以上長身の伊月を引きずって後退する。

陽一郎は、ポンと手を打った。

「あ、そうか。まるで硯《すずり》の墨に筆を浸してそのまま引っ張るみたいに、靴下の両かかとに付いた血だまりの血が……」

「そうそう。二本線として床の上に引けるわけ。その証拠に、ご遺体の足元を見て。短いソックスが、ちょっと脱げかけてるわ。かかとのところが浮いてるもの」

「そういえば。先生、鋭いですね！」

「偶然、目が行ったのよ。……でも、グッタリした人間の体って、予想外に重いから、すぐにお尻が床についちゃって、あとはそのまま引きずっていったと」

「あ、なるほど。だから、食堂の入り口からテーブルまでは、グシャグシャした汚い血痕がついてるんですね」

陽一郎は興味深そうに何度も頷いた。いつもは控えめに黙っていることが多い彼だが、今回は自分がファンだった料理研究家の遺体を目の前にして、幾分テンションが上がり気味らしい。

「それに、台所から食堂までバックする足跡もくっきり。……これが、犯人の？」

高松は頷いた。

「そうです。鑑識が今、足痕《そっこん》から靴の種類を特定しようとしとりますわ。こんだけハッキリ残っとったら、すぐに判明すると思います。足痕は一人分しか出てません。少なくとも、夢崎愛美を直接殺害した犯人は単独っちゅうのが、今んとこ、ワシらの見立てです」

「ひとり……」

ミチルの腕から解放されて立ち上がった伊月は、手術着の裾《すそ》を引っ張って直しながら、高松に訊ねた。

「娘さんが母親の遺体を発見したとき、玄関の戸締まりは？　あと、家の中の照明は？」

「玄関の戸締まりはきっちりされとりました。ただし、台所の勝手口は鍵があいたままで。どうやら犯人は、ここから出て行った模様です。照明は、すべて消えておりました」

「なるほど……。直腸温も計ってありますよね？」

「はい、こちらに記載してあります。発見時と、それから二時間後に計測」

高松は調書をめくり、メモ書きした数値を一同に示した。

死亡時刻推定に大いに役立つ直腸温だが、その降下パターンは直線ではなく、緩《ゆる》い

S字を描く。そのため、計測は念のため、時間をおいて二度行うというのが鉄則なのである。

「室内の暖房は？」

ミチルの問いに、高松は直腸温のすぐ近くに殴り書きされたメモを見て答えた。

「咄嗟《とっさ》にリモコンが見つからんかったんですかね、エアコンはつけっぱなしでしたから、そこそこ温かったですよ。室温は、二十度ありました」

「だったら、春並みね。一時間に一度下がると考えると、死亡時刻は……」

「ちょっと待ってください」

陽一郎はすぐに書記席の引き出しから電卓を出すと、軽い手つきで計算し始めた。

「あー、本日午後四時の計測では、もう室温と同じになってますから、計算には今ひとつ役に立たないなあ。午後一時五十二分計測の直腸温でギリですね……。どっちにしても、余裕で死後十時間以上経ってる計算になりますから、精度は落ちますよ」

「わかってるわ。目安でいいの。最終的に、他の所見も合わせて推定し直すから」

「じゃあ……そうですね。大まかに計算して、死亡時刻は昨日の午後九時前後って感じです」

「なるほど。台所の様子はどうでした？　食器や料理はあった？」

高松は、台所の流し台付近を詳しく撮影した写真を示し、即座に答えた。

「食器乾燥機に、二人分の食器が入ってました。あと、流しに洗いかけの鍋やらフライパンやらがあったんと、ホトケさんの手に石けん水がついてましたんで……」

「洗い物の途中で襲われた？」

「そうですな。晩飯作って食うて、最後に片付けをしようかっちゅうとこで殺されたん違うかと思てます。それやったら、さっき出していただいた死亡推定時刻とも合うようですし」

「そうね。さらに胃内容を見る必要があるけど。……状況はそんなところかしら。ってことは、警察は、夢崎愛美さんが最後の電話で言っていた、『ファンの男の子』が怪しいと踏んでおられるんですか？」

ミチルの問いに、高松は曖昧《あいまい》に頷く。

「まだ捜査は始まったばっかりですんでハッキリしたことは申し上げられませんけど、何ぞ関係がある可能性は高いですわな」

「……了解です。他に何か、訊《き》きたいことと言いたいことは？」

ミチルはそう言って、皆の顔をぐるりと見回した。一同は、しばし考えてからかぶりを振る。

解剖に必要な情報は十分に得なくてはならないが、余計なことまで仕入れすぎてはいけない。

そもそも日本では、法医学者に捜査権はない。遺族や関係者から直接事情聴取することは許されていないし、ほぼすべての情報は、警察を介してもたらされる。

故意であれ無意識であれ、人が誰かに何かを説明するときには、必ず推測や主観が混ざるものだ。それをどこまで排除して、客観的な事実だけを抜き出すか。それが、法医学者に求められる微妙なさじ加減なのである。

「あと、書類的に不足な箇所は、僕があとで調書と令状を見て書いておきます。だから、さくさくお仕事進めてください」

陽一郎は慣れた調子でそう言い、書類のチェックを開始する。

「もう、写真撮影の用意もできてますよって」

清田技師長も、ご自慢のカメラを手に声を張り上げた。皆、解剖がとんでもなく長引きそうなことを知り、気落ちしているというのに、彼だけは妙に楽しげだ。おそらく、非常事態や試練の訪れに、やや過剰に張り切ってしまうタイプの人間なのだろう。

伊月は、ゴム手袋をはめた両手の指をバキボキと鳴らし、書記席の隅っこに立てかけてあったバインダーに手を伸ばした。そこには、外表所見をスケッチするための、簡易な人体図が挟み込まれている。

「何か、すげえことになりそうな予感だけはバッチリしてきました。早くとりかかったほうがよさそうっすよね。……確か、今日は俺がスケッチ当番です」

「……じゃあ、私が補佐か。都筑先生、よろしいですか？」

ミチルに促され、都筑は椅子から立ち上がって思いきり伸びをした。そして、早くも軽くくたびれた笑顔で言った。

「よっしゃ。ほな、今年最後の仕事、気合い入れて始めよかー」

＊　　　＊

それから五時間あまり後。

ミチルと伊月、それに陽一郎は、セミナー室に戻ってきた。

陽一郎は私服の上に白衣を羽織ったまま、ミチルと伊月も、ゴム引きエプロンとディスポーザブルのガウンを脱いではいるものの、それぞれケーシーと手術衣姿である。

解剖が長引き、そしてまだまだ先が長そうなので、都筑は皆が交代で一時間ずつ休憩を取ることに決めた。

法医学教室のメンバーでは、まず都筑と清田が休み、交代で残りの三人が引き上げてきたというわけなのである。

「ただいまー」

セミナー室に入ってきたミチルの声に振り返ったのは、秘書の住岡峯子だった。

「お疲れ様ですにゃ。座ってください、もうお蕎麦《そば》、できてますから」

解剖には直接かかわらない彼女は、都筑教授に頼まれ、全員の年越し蕎麦を用意すべく、買い物に走り回っていたらしい。

「ふわあぁ、もう駄目」

椅子に腰掛けるなり、陽一郎は机に突っ伏した。伊月もその向かいの椅子に座り、両手で顔を覆ってしまう。

「ううううう……」

その、今にも死にそうな呻き声に、峯子は年齢のわりに幼い顔を心配そうに曇らせた。

「だいじょぶですかあ、お二人とも。伏野先生は？」

「遺体を見た瞬間に長丁場は覚悟したけど、やっぱりきっついわ。足の裏が痺《しび》れてビリビリする。湿布でも貼ろうかしら」

ミチルも、椅子を引くと勢いよく腰を下ろした。空いた椅子の上に両足をドスンと乗せ、ふくらはぎを揉《も》みほぐす。

峯子は気の毒そうに「あらら」と言いながら、流しの前に戻った。

電磁調理器の上の大きな鍋から、三つの丼に蕎麦を掬《すく》い入れ、たっぷりつゆを注ぐ。

甘く煮た油揚げとかまぼこ、それにネギをきれいにトッピングして、峯子は景気よく言った。

「はい、ネコ蕎麦お待ち〜」

「うう、あっついお蕎麦。嬉《うれ》しいなあ」

「ありがとな、ネコちゃん。いただきますっ」

へたっていた陽一郎や伊月も、食欲をそそる匂《にお》いに顔を上げた。箸《はし》を取り、熱々の蕎麦を啜《すす》りこむ。

「美味しい！　解剖前にちょっとお菓子を摘《つま》んだだけだったから、お腹ぺこぺこだったのよ」

ミチルもそう言って、ホッと安堵《あんど》の溜め息をついた。

「いくら解剖だって、年越し蕎麦はちゃんと食べないとですにゃ。皆さんが頑張ってるから、私も頑張っちゃいました！」

峯子は自慢げに両手を腰に当て、胸を張った。

棟の離れた臨床のドクターたちにまで「法医のロリータ・ダイナマイツ」で話が通るだけあって、同性のミチルでも感心して眺めてしまうような、見事な胸元である。

出るところは素晴らしく出ているメリハリのきいたボディの上に、たまに居酒屋で補導されかかるくらい幼い顔が乗っているアンバランスさが、余計に人目を惹《ひ》くのだろう。

「それにしても、ひとりでお蕎麦の支度、大変だったでしょう。警察の人の分も入れたら、凄い荷物じゃなかった？」

蕎麦を啜りながらミチルが訊ねると、峯子は屈託のない笑顔で答えた。

「都筑先生からお電話頂いてから、自転車をぶっ飛ばして買い物に回りましたよ〜。スーパーがどこも閉店間際《まぎわ》で大変だったけど、今日は私も仲間って感じで嬉しかったです。こういうとき、たいてい私だけのけ者なんですもん」

「そうね。いくら近くに住んでるからって、イレギュラーな解剖に秘書さんまで動員しちゃ気の毒だって思うから……」

「いつもいつもは困りますけど、たまにこうして混ざるのは楽しいですにゃ。お家で両親と紅白見てるより、全然充実してましたよ〜」

無邪気な峯子の発言に、伊月は箸を持ったまま、薄い唇をひん曲げた。

「ネコちゃんは呑気《のんき》でいいよなあ。俺たち、メスも持たないうちからもうボロボロだぜ」

「ホントですよねえ。僕も、ずーっと所見の聞き書きをし続けて、手首が痛いです」

こちらは行儀良く箸を置き、陽一郎も右の手首を振ってみせた。

峯子は、マスカラとアイシャドウに彩《いろど》られた目を丸くする。

「ちょっと待ってください。まだメス持ってないって、どういうことですかあ？　夕方から解剖始まったんでしょう？」

「あれ、都筑先生たちに何も聞いてないのかよ、ネコちゃん」

「ないですよう。だって都筑先生も清田さんも、お蕎麦食べるなり椅子を並べて横になって、そのまま爆睡ですもん。なかなか起きてくださらなくて、困っちゃいました」

「そっか。そうだよな。俺たちだってこんなにきついんだ、ご老体にはもっとつらいよなあ」

峯子はちょっと声を潜め……そんなことをしても、一キロ彼方《かなた》から聞こえると評判の超音波ボイスの彼女だけに、あまり意味はないのだが……、自分も椅子に座り、伊月のほうに上半身を乗り出して口を開いた。

「今日の解剖、夢崎愛美なんでしょ？」

ミチルは胡散臭《うさんくさ》そうに眉を上げた。

「もう、みんな知ってるの？　テレビのニュース？」

「ええ。夕方のニュースでやってましたよ。ただ、どこの局でもお母さんの実家で変死、っていうだけで、詳しいことはまだ何も言ってませんでしたけど」

「……そう。そうよね。大晦日だし、まだろくな情報が警察からも提供されてないんでしょう。解剖を始める前は、記者やらカメラマンやらがウロウロしてたけど、いっこうに終わる気配がないから、ずいぶん減ってたわ」

「残った奴らは、出てきた俺たちを見て、物欲しそうな顔してましたけどね。俺たち下っぱが、余計なこと喋《しゃべ》るわけないっつの。……ふー、人心地ついた。ごちそうさん」

最後に残った汁まで飲み干して、伊月は丼を置いた。峯子は、興味津々の顔で、そんな伊月に訊ねる。

「ね、まだメスが持てないってどういうことなんですか？　何か書類に問題でも？」

伊月は小さく肩を竦め、戸棚の上に置かれた小さなテレビ画面を見ながら短く答えた。

「書類はパーフェクト。問題は、ギャラリーの多さと損傷の多さだよ」

「あー……ギャラリーと損傷が多いのは大変そうですにゃ。これでしょ？」

峯子は両手で、カメラを構えて写真を撮る仕草をしてみせる。伊月は髪を結んでいたゴムを解き、茶色く染めた髪を手でほぐしながらぼやいた。

「そう、それ。……あー。外傷の検案には時間かかるの知ってたけど、ここまでとは思わなかったぜ。全然ことが進まないんでやんの」

伊月のぼやきに、ミチルはクスリと笑った。

「こんなに長い解剖、伊月君は初めてだものね。私も教室に入ってすぐの頃、バラバラ死体が三体分、一気に土中から発見された……っていう事件があって、死ぬかと思ったわ。終わりなき人体パズルって感じで」

「……それも酷そうだけど、今回のも、一体だけでたいがい酷いっすよ」

「ホントにね。でも、これぱっかりはどんなに大変でも、きちんとしないわけにはいかないから」

まるで自分に言い聞かせるような口調で、ミチルはそう言い、最後に残しておいたかまぼこを口に放り込んだ。

そう、解剖開始から五時間あまり経過したというのに、彼らはまだ外表所見を採り終えることができずにいるのだ。

多発外傷や交通事故が法医学者泣かせだといわれる理由は、ここにある。

まずは着衣のままで全身の写真を撮影し、次に一枚ずつ慎重に服を脱がせながら、衣服と体の損傷の関係性を言葉と写真の両方で記録する。

無論そのときには、何か証拠物件が出てこないかと、鑑識員が目を皿のようにして遺体や着衣を観察するのである。

そうやってようやく衣服をすべて取り去っても、今度はいつものルーティーンワーク……つまり、「身長及び体重測定・死後硬直の状態や死斑《しはん》の観察」を行った後、すべての損傷を記録するという大仕事が控えている。

一つ一つの損傷の大きさや形状を測り、それが体のどの部位にあるかを明記し、今回のような刺創《しそう》であれば、傷口すなわち刺創管の深さや方向性をまずは体表から出来る限り調べ、そこから凶器を同定する。

時には創口《そうこう》や創《そう》の周囲に、凶器の破片が残っていることもあるので、どんな小さな損傷でも、おろそかにすることはできないのだ。

ときには一撃多傷といって、体の動きや姿勢の関係で、一つの動作で体のあちこちに複数の傷がつくことがある。

たとえば、なぎ払うように切りつけられ、両手を突き出してそれを防ごうとすれば、両の手のひらや複数の指を、一度に傷つけられることになるだろう。

だが、その人物を今のように手を下ろして横たえたなら、それらの損傷は、ただ一撃で生じたようには見えないことが往々にしてある。

それぞれの損傷に関係性があるかどうかを見極められれば、事件当時、加害者と被害者がどういう位置関係にあったかをかなり正確に推定できることがある。特に、いわゆる「滅多刺し」の症例では、それぞれの損傷の関係性を見いだすことが必要不可欠なスキルなのだった。

そうした一連の検案作業にはまた、膨大な枚数の写真撮影が必要になる。撮影は、法医学教室と警察、それに今回は鑑識も加わり、それぞれ別々のカメラで行う。

最低でも三人が複数のカメラを用い、代わる代わる同じ場所を……しかも距離と角度を変えて何枚も撮影するわけで、それだけでもかなりの時間を要することは想像に難くない。

ずっと動きっぱなしだとかえって時間が早く経つ気がするものだが、今日のように撮影待ちがしょっちゅう挟まると、余計に疲労感が強くなる。

どちらかといえばせっかちなたちの伊月は勿論《もちろん》、それなりに辛抱強いミチルや、相当呑気な陽一郎までがグッタリしてしまうのも無理からぬことであった。

「あ、そういえばあのご遺体の傷……」

「陽ちゃん」

何か言いかけた陽一郎を、ミチルは低い声で制する。

「……あ」

慌てて口を片手で押さえた陽一郎を見て、自分がいるせいで、解剖の話ができないと気づいたのだろう。峯子は、さりげなく席を立った。

「そろそろ、警察の人たちも食べ終わった頃ですし、食器を片付けてきますにゃ」

「ああ、俺、手伝おうか？」

「ううん、平気です。準備室で洗い物してきちゃいますから、先生方はゆっくり休憩しててくださいな」

そう言って軽やかな足取りで峯子がセミナー室を出て行くなり、ミチルは陽一郎の頭をこつんと軽く叩いた。

「ネコちゃんは半分一般人みたいなもんなんだから、不用意に詳しい話をしちゃ駄目よ。……で、さっきのご遺体が、何？」

すいません、と素直に謝ってから、陽一郎はしみじみと言った。

「いえ、僕は先生方みたく、死因がどうとか致命傷がどれとか、そういうのは全然わかんないですけど……それにしたって今回のは、残酷すぎるなって思って」

「確かに」

呻くようにそう言って、ミチルは背もたれのてっぺんに後頭部を乗せ、目を閉じた。

「ギャラリーが多いことを勘定に入れても、五時間かけて、まだ損傷の外表所見が終わらないんだものね。しかも……アレだし」

伊月も、両手で頬杖《ほおづえ》を突き、いつもの彼らしくない重々しい口調で言った。

「あんなこと、まともな奴ができるこっちゃないですよ。……マジで犯人が一人だったら、ちょっとおかしい奴だとしか思えねえや」

その発言に、ミチルも陽一郎も、無言で頷く。

夢崎愛美の着衣をすべて取り去り、体に付着した血液を洗い流したとき……その場に居合わせた皆は、同時に息を呑んだ。

体内の血液をほとんど失っているため、死斑さえほとんど見受けられない愛美の蒼《そう》白《はく》な体には、かなりの数の刺創や刺切創があった。

ただの滅多刺しなら、百戦錬磨の刑事たちも、年がら年中変死体を見続けている法医学教室の面々も、そこまで驚きはしない。一つの死体に百ヵ所以上の損傷がある症例など、そう珍しくないのだ。良くも悪くも、人間は置かれた環境に慣れる生き物である。

だが、愛美の遺体には、犯人が殺人を……あるいは、死体を傷つけることを楽しんだ痕跡がありありと残っていた。

愛美の遺体頭部の周囲にディスプレイされていた、九本の刃物。

犯人は、おそらくそれらの刃物をすべて使って、愛美の遺体に刺創を刻み込んでいたのだ。

しかも、部位は腹部。

腹部といえば、人間の体腔《たいくう》で唯一、骨に囲まれていない部分である。胸部と違って肋骨に阻まれることなく、柔らかい肉や内臓を思う存分突き刺すことができる。

「腹部の刺創には、生活反応が見られなかったわ。創口があまで綺麗《きれい》なところをみると、愛美さんはまったく抵抗していない。……たぶん、彼女の死後、あのテーブルの上で傷つけたんじゃないかしら」

「でしょうね。他の傷は着衣の上からなのに、腹部だけは、スカートも下着も無傷だ。脱がせて、傷つけて、また穿《は》かせた」

その光景を思い出したのか、伊月は顰めっ面で、目の前の盆に盛られたみかんを手にした。

テーブルの真ん中に一つ置き、それを取り巻くように、九個のみかんを等間隔に並べる。

それは、愛美の腹部に刻まれた損傷を模したものだった。

「まだ温かい死体の腹に、一本、また一本、刃物を突き立てた……」

犯人は、まるで刃物の切れ味を試すかのように、臍《へそ》を中心にして、放射状に九つの刺創をつけたのだ。

しかも、刃の幅や形状、刃に付着した血液と、刺創の形状や刺創管の深さから推測するに、それぞれの刃物を一回ずつ愛美の腹に突き刺し、使った順番に、彼女の頭部の周囲に並べていったらしい。

「ご親切に、こっちが凶器の同定をしやすいようにご配慮いただいたってことですか

「どうかしら。……教科書のイラストみたいに綺麗な刺創だったわ。たぶん仰向けに寝かせて、ゆっくり落ち着いて真上から刺したのよ」

ミチルの低い声に、陽一郎はブルッと全身を震わせた。

「嫌だな。何だか、ホラー映画みたいな展開じゃないですか」

「ホラー映画より、たちが悪いわよ。すべては誰かの頭や夢の中じゃなく、現実世界で行われたことなんだから」

ミチルの言葉に、他の二人も深い溜め息で同意する。

そのとき、点けっぱなしだったテレビの画面から、ごおおーん、とひときわ厳《おごそ》かな鐘の音が響いた。

新しい年の訪れが、NHK独特のテンションの低さで伝えられる。

三人は、無言で顔を見合わせた。

最初に口を開いたのは、伊月だった。いかにもうんざりした顔で、それでも律儀に二人に頭を下げる。

「明けまして、以下自粛」

陽一郎も、慌てた様子でペコリとお辞儀した。

「ええと、本年も以下略ですっ」

「……そこは略さなくていいと思うけど……明けちゃったわねえ。本年もよろしくお願いします」

ミチルも苦笑いで目礼し、悪戯《いたずら》っぽい横目で伊月を見た。

「どう、職場で年を越した感想は」

「嬉しくて仕方ないって言うとでも思ってんですか？　だいたい、俺、大学院生ですよ。職場じゃねえっての」

伊月はふて腐れて頬杖を突き、陽一郎を見た。

「森君は？　こんなの初めてじゃねえの？」

陽一郎は、ニコニコ顔で頷く。

「初めてですよ、勿論。いつも大晦日は、家族揃ってこたつみかんで年越しですから」

「だよなあ……。まさか、解剖しながら新しい年を迎えるなんて、去年の俺は想像もしなかったぜ。それも、こんな……」

年が明けて五分も経たないうちに猟奇的な事件について言及するのは気が引けたのか、伊月は語尾を濁し、頬杖を崩した。そのままズルズルと、テーブルに伏せてしまう。

「あー、だりぃ。あと三十分、俺、寝ますよ」

「どうぞ。陽ちゃんは？」

「僕もそうします。では、おやすみなさい」

あくまで礼儀正しく挨拶して、陽一郎は背後のロッカーからコートを取り出し、ちゃんと羽織ってから、伊月と同じようなポーズに落ち着いた。

かなり疲れているのだろう。二分と経たないうちに、二人とも寝息を立て始める。

同じように眠いものの、解剖がまだ途中で、気が立っているらしい。

どうにも眠る気になれず、ミチルはそんな二人をぼんやり見ていた。

「……風邪引いちゃ困る、か」

ふと気付いて、自分のダウンジャケットを伊月の背中にかけてやる。そのまま自分の席に戻ろうとしたミチルの視線は、ふとテーブル上に止まった。

さっき伊月が並べたみかんが、ちょうど伊月と陽一郎の頭の間に、そのままの状態で残っていたのだ。

「犯人はろくな奴じゃないわね。そして、伊月君もろくな奴じゃないわ。せっかく、食後にみかん食べようと思ってたのに」

伊月のせいで、これからしばらく、みかんを見るたびに夢崎愛美の惨殺死体を思い出してしまいそうだ。

「………」

しばらく思案したミチルは、おもむろに「ヘソ代わり」に置かれていたど真ん中のみかんを取り、爆睡中の伊月の後頭部に置いた。

「お仕置きに、鏡餅の刑」

そう言ってクスリと笑うと、ミチルは眠気覚ましに顔を洗うべく、足音を忍ばせてセミナー室から出て行った……。

間奏　飯食う人々　その一

「お疲れ様でしたー！」

「つした！」

ミチルと伊月がそろって法医学教室を後にしたのは、元日の午前九時過ぎだった。

いつもより人の往来は少ないものの、駅前通りには晴れ着姿の女性たちや、初詣《はつもうで》を済ませ、破魔矢《はまや》や綿菓子の袋を手にした家族連れの姿がちらほら見受けられる。

そんな新春らしい華やいだ風景に、伊月は大袈裟《おおげさ》な溜め息をつき、ダッフルコートの肩を竦めた。

「はー。正月っすよ、正月」

「……そうねえ」

ミチルもやる気のない相づちを打つ。

「子供たちはお年玉を数えてほくそ笑み、親父どもは朝からビール飲んでご機嫌の正月っすよ!」

「……わかってるってば」

「それなのに、俺たちはこんなビンボーくさい格好で、朝っぱらから死臭にまみれて歩いてるってのはどういうことですかね」

「しかも、クタクタのねむねむ状態でね。冗談じゃないわ、こんな年明け」

「まったくね。最低っすよ」

伊月はコンバットブーツでアスファルトの地面を蹴《け》りつけ、ミチルはダウンジャケットのポケットからポチ袋を取り出した。

それは、帰り際に都筑から、「ああ、まあ、これ。縁起もんやから、持って帰り」という何とも曖昧な言葉と共に手渡されたものだった。

中から出てきたのは、三つ折りにした一万円札が一枚。

どうやら、休日出勤の特別手当とお年玉を兼ねて、教授がポケットマネーを詰めてくれたらしい。

「みんなに一万円ずつ渡してたら、ずいぶんな出費よね」

「ホントに。意外とビンボーなんだから、無理しなくていいのに……って思いつつ、俺も金がないから、有り難く受け取っちまいましたけど」

「私もよ。おかげさまで、少しだけ贅沢《ぜいたく》なお正月が過ごせそう」

ミチルの言葉に、伊月は苦笑いで頷いた。

「ホントに少しだけですけどね。ま、これ以上の呼び出しがかからないことを祈って、お互い帰って飯食って寝ますか。俺、JRの駅まで送りますよ」

「……んー。それはご親切にどうもって感じだけど……」

「何か不満っすか？」

「うーん。今日、筧君《かけい》はどうしてるの？」

ミチルは駅のほうに向かって歩き出し、そんなことを訊ねてきた。

筧君というのは、高槻署の新米刑事、筧兼継《かねつぐ》のことである。

筧は伊月の小学生時代の親友で、この春、O医大の解剖室で二人は久々の再会を果たした。そして数ヵ月前から、伊月は居候していた叔父《おじ》の家を出て、筧の下宿に転がり込んでいる。

ミチルと並んで歩きながら、伊月はこともなげに答えた。

「筧は年越し夜勤だったんで、今頃はもう上がってるはずですけど……でもあいつのことだから、まだ何やかや働いてるんじゃないですかね」

「あらら、お仕事だったんだ。そっか、刑事一年目で、おうちで呑気に年を越せるなんてことはないわね」

「ってか、単にシフトの問題みたいですよ。何事もなければ、昼までに帰れるだろうって言ってました」

「へえ。じゃあ、おせちとかお雑煮とかは？」

「おせちっていうほどじゃないけど、まあ雑煮くらいは、あいつが帰ってから作るって。材料は色々、冷蔵庫に詰め込んであった気がするなあ」

「ふーん、そっか」

納得顔でしばらく考えていたミチルは、「よし」とミトンの手を打ってこう言った。

「じゃあ、私も筧君ちに帰っちゃおう」

「はあ!?」

目を剝《む》く伊月に、ミチルは平然と言った。

「だって。今年は実家に帰らないことにしたから、ひとりでしょう。マンションに戻っても、つまんないんだもの。買い物も、昨日の夕方、正月用の食料が安くなるのを待って買うつもりでいたから、冷蔵庫が空っぽなのよね」

「げっ。それで、うちで筧の作った正月料理を、がっつり食うつもりっすね!?」

「うん。ちゃんと作るの手伝うから。いいでしょ？」

「いいでしょって、でもミチルさん。男二人の部屋に、一応嫁入り前の女の人がちょこちょこ上がり込んだんじゃ、そのうち都筑先生が怒りますよ」

「言わなきゃわかんないわよ。っていうか、『一応』は余計ですっ」

「おっと失礼。……でも、マジで？　俺、風呂入って、篁が帰ってくるまで寝る気満々ですよ？」

「うん、私もそのつもりなんだけど。……駄目？　別に、布団じゃなくてもこたつでいいから」

年齢はミチルが上でも、身長は伊月のほうが頭ひとつ高い。不可抗力なのだが、おねだりじみた上目遣いで見られ、伊月は渋い顔でポケットを探った。

「俺は別にいいっすけど、あそこ、基本的に篁の家ですからね。家主の意向を訊かないことには」

そう言って彼が取り出したのは、携帯電話である。

幸い、篁が捉まったらしい。短い会話の後、伊月は何とも微妙な顔で携帯電話を閉じ、ミチルに向き直った。

「篁君、何て？」

「せっかくの正月だから、ひとりぼっちよりはマシだってことなら来てもらえばって」

「やった！」

「ついでに、男二人じゃなく年頃の娘もいるから、安心してどうぞ、って」

「ぷっ。それ、ししゃものこと？」

思わず噴き出したミチルに、伊月もようやく笑顔になって頷いた。

「そうそう。そういやあいつ、メスでしたからね」

「じゃあ、行っていいんだ？」

「汚いとこですけど、どうぞ。まあ、別にししゃもがいなくても、ミチルさんにどうこうしようとは思いませんけどね、俺。たぶん筧も」

「……何かビミョーに失礼だわー、それ」

「何ですか、手ぇ出してほしいんですか、俺に？」

「それは嫌」

「どっちが失礼なんだか！」

解剖室で味わい続けた重苦しい空気を吹き払うように、伊月とミチルはそんな他愛《たわい》ない会話をしながら、肩を並べ、筧家への道をゆっくりと歩いていった。

そんなわけで、昼過ぎに帰宅した筧兼継が目にしたものは、カーテンを閉めているせいで薄暗い茶の間のこたつに潜り込んで寝ている伊月と、その伊月に寄り添い、丸くなって寝ている猫の姿だった。

……なー。

飼い主の気配を感じとった猫……しじゃもは、目を開けるなり、伊月の腕の中から飛び出した。ご自慢のふさふさした尻尾《しっぽ》を立て、大きく伸びをしながら、筧のほうにやってくる。

挨拶なのか匂い付けなのか、しじゃもは筧や伊月が帰ってくると、しつこいほどにまとわりつく。おかげで、彼らの足元はいつもしじゃもの毛だらけなのだった。

「しー。静かにしといたり。みんな寝てるやろ」

猫の小さな頭をごつい手で一撫《ひとな》でした筧は台所へ行き、鍋にたっぷり水を張った。その中に出汁《だし》昆布を放り込んでから、風呂場へ行く。

本当は夜に昆布を投入し、朝まで置いておくのがいいに決まっているのだが、昨日は夜勤でそれがかなわなかった。せめて、入浴している間だけでも漬けておこうと思ったのだ。

ヨレヨレになったスーツを脱ぎ捨て、シャワーを浴びてスッキリした筧が、部屋着のジャージ姿で風呂場を出ると、台所にはミチルの姿があった。

「あれ、もう起きはったんですか？ ……とと、明けましておめでとうございます」

伊月はまだぐっすり眠っているので、筧は足音を忍ばせ、ミチルの近くまで行って、低い声で新年の挨拶をした。

「正直、あんまりおめでたくはないけど、明けちゃったわね。本年もよろしく。っていうか、新年早々お邪魔してごめんなさい。お出汁、昆布と鰹節《かつおぶし》でよかったかしら。出汁じゃことどっちだろうって迷ったんだけど」

ミチルはそう言って、さっき筧が残していった鍋を指さした。

鍋の中には、もう大量の鰹節が投入され、出汁のいい匂いがあたりに漂っている。

「ああ、すんません。鰹で合ってます。っちゅうか、まだ何時間も休んではらへんでしょう。もう少し寝てきはったらどうです？」

心配そうにそう言った筧に、ミチルは昨日に増して凄《すさ》まじい寝癖のついた髪を両手で撫でつけながら、笑ってかぶりを振った。

「ううん、お風呂に入って、二時間寝たらもう十分よ。頭が濡《ぬ》れたままで寝ちゃったから、凄いことになってるけどね。……筧君こそ、寝なくていいの？ 昨夜、徹夜でしょ？」

「いや、それが」

筧は、長身を生かして、上の棚から楽々とボウルとざるを取り、キッチンペーパーと共にミチルの前に置いて言った。

「毎年、年越しの夜勤はてんてこ舞いやて聞いてたんですが、今回はえらい平和で。ボヤ騒ぎが一件あっただけでした。みんな、えらい拍子抜けですわ。おかげで、仮眠も十分にさしてもろたんで、僕は元気なんですよ」

「あらら。でも、警察と法医学教室は暇なほうがいいものね。うちも、できたら拍子抜けしたかったけど」

ミチルはざるにキッチンペーパーを敷き、鍋の出汁をおたまですくって漉《こ》し始める。その手つきに、解剖室で遺体から血液を汲《く》み出す彼女の姿を何となく思い出してしまった筧は、慌ててミチルから目を背け、冷蔵庫を開けた。

「そちらは大変やったみたいですね。本店に帳場が……あ、いや、府警に捜査本部が立ってしもたら、正月なんか、綺麗に吹っ飛びますし。この辺の厄《やく》は、全部茨木に行ってしもたな〜。高槻はしばらく安泰やぞ！　って先輩が冗談言うてましたわ」

取り出したかまぼこの包装をペリペリ剝がしながらそんなことを言う筧を、ミチルは少し恨めしげに見やった。

「所轄同士で厄の押しつけ合いをするのは勝手だけど、結局その辺りだと、解剖は全部うちに持ち込まれるんじゃない」

「はは、それもそうですねえ。O医大さんが、厄の総取りっちゅうことで」

「もう、他人事だと思って。昨夜だって大変だったのよ。外表所見が終わるまでに、夜が明けるんじゃないかと思ったわ」

筧は気の毒そうに頷く。

「それは大変でしたね。せやけど、話聞いてビックリしました。僕も夢崎愛美、けっこう好きなんですよ」

「え？　ああいう人がタイプなの、筧君」

「いやいやいや！　せやのうて、あの人の料理の本とか、けっこう役に立つんですわ」

「へえ。あ、ホントだ。そこにあるの、夢崎愛美の本よね？」

ミチルの視線の先、調理台の片隅には、使い込んだ形跡のある薄い料理書が立ててある。筧は、ちょっと照れくさそうに頷いた。

「大の男がこんなん買うんは恥ずかしいんですけど、材料が少なうて済むし、時間はかからへんし、一皿盛りの料理が多くて洗いもんも少ないし、とにかく助かるんですわ」

「へえ、なるほど。そういうところが、人気の秘密なのね」

「僕らみたいな、料理初心者にはええ本やと思いますよ。……せやけど、料理研究家なんて家庭的っちゅうか平和な職業の人が、何で滅多刺しなんて猟奇的な殺され方をせんとアカンかったんですかね」

その言葉に、ミチルは玉じゃくしを持ったまま、ふと動きを止めた。

「猟奇的、ねえ」

「……違うんですか？　僕らはそう聞いてますけど」

「ううん、そうとしか表現できないとは思うんだけど。……筧君は警察の人だから、まあ、ちょっとは話してもいいかな。茨木と高槻はお隣同士だから、もしかしたら飛び火するかもしれないもの。でも、これはここだけの話ね」

そうことわって、ミチルは、夢崎愛美の遺体……特に腹部に残された、奇怪な創傷について、ごく簡単に筧に話して聞かせた。

よく考えれば、片方は出汁を濾しながら、もう一方はかまぼこを切りながらするような会話ではないのだが、そこは二人とも職業柄という奴である。

見事に同じ厚みでスライスされたかまぼこを、皿の上に紅白互い違いに美しく盛りつけつつ、筧は太く真っ直ぐな眉を顰めた。

「ほな、致命傷になったんは、胸部の刺創なんですか？」

ミチルは曖昧に頷く。

「そうね。ただし、頸部《けいぶ》や胸部にいくつか刺創があって、どれも多少なりとも、重要臓器や太い血管を損傷しているの。だから、直接死因の失血死の原因となった傷を一つに絞り込むことはできないんだけど……」

「あ、なるほど。ほな、ずいぶん痛い思いをしはったんですね」

「でしょうね。現場は写真でしか見てないけど、台所のあっちこっちに血痕があったわ。痛々しい、血だらけの手形もたくさん。……そしてご遺体にも、手や腕に防御創があった。犯人と何をしてたか、何があったかは私の知ったことじゃないけど、とにかく夢崎愛美は、料理研究家の聖域、台所で襲われ、ある程度抵抗したものの滅多刺しにされて、殺害された」

「……その上で、食堂に連れていかれて、でっかいテーブルに寝かされて、改めて腹を刺されたわけですか」

ミチルはうんざりした顔で頷いた。

「そう。九種類の刃物を使って、九つの刺創を、おへそのぐるりに放射状に並べてね。まるで、江戸時代にやってたっていう、罪人の死体を使った試し切りだわ。悪趣味よね」

「ホンマですよね。……死んでからまで遺体を傷つけられるなんて、ご遺族もたまらんでしょう。……ああ、先生、雑煮は僕がしますんで、鍋の野菜、お願いしてもええですか」

「お鍋？」

「おせち料理の作り方なんかわかりませんし、タカちゃんも食べへん言うし、ほな、簡単に鍋にしよかってことになって。雑煮とかまぼこと、あとちょこちょこっと摘めるもんだけ出来合のを買うてあるんですよ」

「なるほど。助かるわ、私もおせちの作り方なんてわかんないもの」

ミチルは澄んだ出汁をなみなみと入れた鍋を筧に任せ、冷蔵庫から鍋用の野菜を次々と取り出した。

解剖時の細心さは、何故か料理に於《お》いてはまったく発揮されないらしい。白菜の葉を一枚ずつつむしる手つきは、極めて荒々しく大雑把《おおざっぱ》だ。

そんなミチルをやや不安げに見やりながらも、こちらは大きな体に似合わず何につけても丁寧な筧は、薄口醤油《しょうゆ》とみりんをきっちり計量カップで量りつつ、再び口を開いた。

「せやけど、ホンマ、犯人は何考えてるんですかね。僕はまだそんな事件を経験したことあらへんのですけど、よっぽど強い怨恨《えんこん》か、それとも快楽殺人者か……」

「どうかしらね。話では、娘さんが最後に夢崎愛美と話した三十日の夜、彼女、ファンの男の子が家に来てて、一緒に夕飯を作ってるって言ったそうだけど」

「それやったら当然、まずはその男の子の素性を調べるでしょうね」

「たぶん。まあ、そのへんは警察の仕事だから知らないけど。私たちは、遺体から出来る限りの情報を読み取るのが仕事だもの」

「ほな、今回は先生方は何を読み取りはったんです?」

「うーん……。犯人は単独だとしたら……そうね、その人物はけっこう几帳面《きちょうめん》ってことかしら」

「几帳面」

それこそ几帳面に雑煮に調味料を投入し、味をチェックしながら、筧はミチルの発した言葉をオウム返しにする。

こちらは大皿にざく切りの白菜を景気よく盛り上げ、ミチルは手つきと同じくらい無造作な口調で話を続けた。

「だって、ただ遺体を傷つけたいだけなら、スカートと下着を脱がせて、腹部を刺して、そのままにしておけばいいんだわ。それをきちんと着せ直して、服の乱れを直して、その上で、仕上げに胸元にフォークとナイフを突き立てた。こういう言い方はよくないけど、ある意味アーティスティックな作業よね」

「なるほど」

「でもその一方で、指紋を残さない慎重さはあるのに、足跡についてはそのまんま残してる。勿論、あちこち血だらけになってしまって、そのすべてを拭《ふ》き清めてる場合じゃなかったとも言えるけど」

「そうですね。足痕やったら、同じデザイン、同じ靴を履いとる人間がようけえおるから大丈夫、そう思たんかもしれへんです。ホンマは、けっこう犯人特定のための情報が得られることがあるんですけどね」

「でしょうね。……とはいえ、腹部損傷の配置の綺麗さや、使った凶器を使った順に、しかも同じ向き、等間隔に並べる周到さと比べれば、あの台所の惨状をそのままに出て行ったのは、いかにも不思議だわ。靴底の血も拭《ぬぐ》わずに逃走したみたいで、勝手口から表通りまで、延々と血液反応が出たそうよ」

「……マメなところとズボラなとこが同居した人なんでしょうかね。そういう極端な人て、よういてますもんね」

「そう？」

「ほら、そこにもひとり」

筧は目尻に人懐っこい笑いじわを刻み、背後をふり返った。そこにいるのは勿論、話し声や音を物ともせず、口を半開きにした間抜け面で眠り続ける伊月である。

「伊月君？」

「はい。たとえばタカちゃん、ものごっついお洒落でしょう」

「そうねえ。お金がないって叫びつつも毎月美容院には行くし、服も古着で上手にやりくりしてるって言ってたし」

「そうなんです。タカちゃん、ファッションに関してはごっついマメなんです。素材ごとに洗い方が違うから言うて洗濯は自分でするし、アイロンもかけるし、靴かて磨くし」

「へえ……」

「せやけど、シーツとか布団カバーは、一ヵ月でも二ヵ月でも平気で同じ奴使うんですわ。僕がたまりかねて交換してることにも、気付いてへんみたいです」

「へ、へえ……」

「他にも、ししゃもの餌《えさ》とか水は物凄い神経質に交換するんですけど、自分はこたつの上に置きっぱなしの湯飲みを延々使うて、しまいには腐ったお茶飲んで腹下したりしてますよ」

ミチルは呆れ顔で、呑気な伊月の寝顔を見やった。

「そういえば……。実験室で使うガラス板は気持ち悪いくらいきっちり洗うくせに、お茶を飲むマグカップは水でゆすぐだけね。なるほど、興味の赴《おもむ》く先にあるものにはとても几帳面で……」

「それ以外のもんはどうでもええっちゅう性格なんやと思うんです。僕は先生の話を聞いただけですけど、その犯人も、もしかしたらタカちゃんと似たようなとこがあるんかもしれへんと思って」

「ムラのある性格ってことね。なるほど。それにしても筧君、いきなり犯人の性格について考察するなんて、さてはプロファイリングに興味でもあるの？」

筧は、とんでもないと大袈裟なほど両手を振って、ミチルの言葉を否定した。

「僕はタカちゃんや先生みたいに頭がよくないですから、そないに難しいことはわかりません。それに、僕の上司は昔ながらの刑事ですから、横文字嫌いなんですわ」

「あはは。机の前で小難しいことを考えてる暇があったら、現場百回……そんなところかしら」

「そんな感じです。僕らみたいな平刑事には、理屈よりも物証や証言のほうが、わかりやすうてええですわ」

筧はきっぱりそう言ってしばらく考え、そして幾分小さな声でこう付け加えた。

「それに、プロファイリングで把握できるほど、人間て単純やないと思うんですよ。どんな人間にも、他人には見せへん顔があると思うし……ほら、どんなに長くつきあって結婚したカップルでも、一緒に暮らしてみて初めて気付くお互いの癖がようけえあるて言いますでしょ」

「ぷっ」

それを聞いたミチルは、小さく噴き出す。

「それこそ、たとえば伊月君とか？　凄い格好つけだから、結婚じゃなくてただの同居でも、家でしか見せない顔がいっぱいありそう」

「ああもう、そら……色々大変です」

筧は目を細め、妙に保護者めいた表情と声音で言った。

「うちの家族は、揃いも揃って超内弁慶《ちょううちべんけい》ですから」

「……………くしゅんっ」

眠りの中でも、噂をされていることに気付いたのかどうか。

伊月は小さなくしゃみをして、それでも目覚めずにこたつ布団に鼻を押しつけた。

そして、彼の腕のカーブに完璧《かんぺき》に沿って寝ていた猫は、自分も「家族」に入っているのかと、迷惑そうな目つきで筧を睨《にら》み、人間じみた溜め息をついた……。


それから約一時間後。

三人と一匹は、テーブルではなくこたつで、正月の祝い膳《ぜん》を囲んでいた。

祝い膳といっても、天板のど真ん中でグツグツと景気のいい音を立てているのは寄せ鍋である。

各自の前に置かれた雑煮の椀《わん》と、お屠蘇《とそ》代わりの日本酒をちょっぴり入れた湯飲みが、かろうじて正月の雰囲気を演出していた。

「おーし。ほいじゃ、筧。お前が挨拶しろよ。家主だからな」

まだ眠そうな伊月に偉そうに指名され、筧は苦笑いで頭を掻《か》いた。

「家主言うても、ここ賃貸やのに。……まあ、お二人とも解剖お疲れ様でした」

「筧君も、夜勤お疲れ様」

「しやもも、留守番お疲れ、だよな」

なー。

そうだそうだと言わんばかりに、伊月の胡座《あぐら》にちょこんと収まったしゃもも声を上げる。

「ははっ、ほな、みんなお疲れながらも、無事に新年を迎えられてよかったです。明けまして、おめでとうございます」

背筋をピンと伸ばし、筧は湯飲みを杯《さかずき》のように軽く掲げる。ミチルと伊月も、それぞれの湯飲みをほんの少し持ち上げた。

「おめでとうございます。ゴメンね、ワガママ言って、お邪魔しちゃって」

「今年もよろしくっ。さあ、飯食おうぜ。昨夜の蕎麦以来何も食ってねえんだ、腹減って死にそう」

形ばかり杯に口をつけ、伊月は早速箸を取り上げる。

「あ、先に雑煮から始めてや。それ食べ終わる頃に、鍋も食べ頃になりそうやから」

「おう」

椀の蓋《ふた》をパカッと取った伊月は、キョトンとした。

「……これ、雑煮？」

「そうや。リクエストどおり、餅も二個入れてあるやろ。初めて作ったにしては、まあまあ上手いことできてると思うで」

　ニコニコ顔で頷いた筧は、汁を啜って満足げに頷く。だが伊月は、何やら面妖《めんよう》なものでも見るような顔つきで、椀の中を覗き込んだ。

「これが・お前んちの・スタンダードな・雑煮？」

「うん。うちの父親の実家の雑煮や。どうかしたん？　まあ普通すぎて、取り柄も何もあれへんけど」

「いや……どうかっていうか、普通っていうか……普通か、これ？」

　伊月がヒョイと箸でつまみ上げたのは、薄く輪切りにした竹輪だった。あとは、椀の中に入っている具材は、ほうれん草だけである。

「へ？　普通違うん？」

　伊月は不思議そうな顔で竹輪を口に放り込み、ほうれん草が絡みついた餅を頬張ってミチルを見た。

「少なくとも、俺んちの雑煮とはだいぶ違うみたいだけどな。……ミチルさんちも、こんなですか？」

　ミチルも、少し困った笑顔でかぶりを振った。

「うーん。うちは、焼いたお餅に、青菜と鴨《かも》と三つ葉かな。じゃあ、伊月君ちの『普通』はどんなの？」

「うちですか？　うちは、すまし汁に、かまぼことか尾頭付きの海老《えび》とか、鴨とか、野菜とか、とにかく蓋が閉まらないくらい色々入ってますよ」

「うわあ、豪勢やな」

「うん。普段なら、それだけで飯が終わるくらいゴージャスな雑煮。普段料理なんかしない母親が、雑煮だけは真面目《まじめ》に作るんだよ、毎年」

「そっか……。そら、竹輪とほうれん草だけやったら、ガッカリするわな。ごめんな、僕、生まれたときからこの雑煮やから、みんなこんなんやと思ってたわ」

「いやっ、別に責めてるんじゃなくて！　伊月は慌てて手を振った。

申し訳なさそうに頭を掻く筧に、あんまりうちのと違うから、ちょっとビビっただけ。これはこれで旨《うま》いぜ」

「ホンマに？　貧乏臭うて呆れたん違うか？」

「いやいや！　それ言うなら、貧乏じゃなくてシンプルっつーんだよ」

必死でフォローする伊月にクスリと笑い、ミチルも雑煮を口にした。

「うん、ホントに美味しくできてるわよ。お正月はご馳走《ちそう》がたくさんあるから、お雑煮はこのくらいあっさりしてるほうが私は嬉しいかも」

「ホンマですか？　それやったらよかったですけど」

筧も、ようやく安堵したように頬を緩める。

しばらく無言で空腹を満たす三人の耳に、点けっぱなしだったテレビの音声が飛び込んできた。

『昨日、死体で見つかった料理研究家の夢崎愛美さんの司法解剖が行われ、警察は、死因を失血死と発表しました……』

三人は箸を持ったまま、ほぼ同時に視線をテレビ画面に向ける。

さっきまで延々やっていた新春お笑い番組から、短いニュース番組に切り替わったらしい。正月でも辛気くさい……というかむしろ貧乏神を思わせる面持ちの男性キャスターは、淡々と原稿を読み上げた。

『……警察は昨日に引き続き、事件現場となった夢崎さんの母親宅の捜索を行い、犯人の遺留物を捜しています。なお、三十日の夜、夢崎さんをファンの男性が訪れており、その人物が事件に何らかの関係がある可能性があると見て、警察は行方を……』

「やっぱ、ファンの男が最有力容疑者ってわけか」

キャスターが他のニュースを伝え始めるなり、伊月が口を開いた。ミチルも、さもありなんという様子で頷く。

「まだ、重要参考人って言うべきでしょうけどね。……それにしても、そのファンの男って、どんな人なのかしら。娘さんとの電話で、夢崎愛美は『若い男の子』って言ってたみたい」

筧は、ちょっと困り顔で呟く。

「女の人ひとりでおる家に、若い男を上げたんが、そもそもの間違いやと思うんですけど」

「警察官としちゃ、無防備すぎるって言いたくなるでしょうけど、自分が生まれ育った土地だと、やっぱり警戒心が薄れるのかも」

「それはそうかもしれへんですね。おまけに料理研究家のファン言うたら、やっぱり料理好きな人なんやろし、そない物騒な奴が来るとは思いはらへんかったんかも……」

「そうよね。あ、そういえば、一緒に夕飯を作って食べていけばいいって、そのファンの男の子に言ったらしいのよね、夢崎さん。たぶん、料理好きっぽい、可愛《かわい》い感じの男の子だったんじゃないかしら」

伊月は、雑煮を平らげ、美味しそうに煮えた寄せ鍋を小鉢に取りつつ同意した。

「ほら、ミチルさん。殺人事件が起こって、犯人が若い男のとき、決まって言われるフレーズがあるじゃないですか。『ごく普通の子』『大人しい子』『目立たないタイプ』ってね」

「確かに。最近、決まり文句みたいに近所の人の談話として出てくるわね、そういう表現」

「そうそう。考えてみりゃ、『普通』って便利だけど、これほど曖昧な言葉もないっすよ。ほら、さっきの雑煮みたく」

伊月は、空っぽになった汁物椀を見ながら言葉を継いだ。

「みんな、自分ちの雑煮は『普通』だと思ってたのに、照らし合わせてみると、お互いの『普通』は全然違ってたじゃないですか。雑煮ですらそうなんだから、人間を評価するときの『普通』なんて、全然あてにならないっすよ」

「ホントよね。どんな人間にでも、多かれ少なかれ裏表はあるもんだし。公共の場でどんなに『いい人、普通の人』でも、自宅の扉を閉めた瞬間からの姿がどんな風かは、誰にもわからないわ」

筧は、困り顔で頷いた。

「そういうたら、僕も刑事部屋に入ったとき、うちの係長に言われました。ホンマに悪い奴は、普段は大人しゅう、地味に暮らしとるもんなんやぞって」

「そうかもな。だって現に、平和に晩飯を食った後、その飯を作ってくれた人をなぶり殺しにして、死体にナイフを突き立てて遊ぶような奴が、どっかで『普通』に正月を楽しんでんのかもしれねえ。普通に家族や恋人と過ごしてたり、普通に飯食ってたり、普通にテレビ見てたり……すんのかもな」

「こっちの希望としちゃ、罪の重さに部屋で布団を被って震えててほしいけど」

「……それが、ミチルさんの考える人殺しの『普通』のリアクションだから？」

「そうね。平凡な『普通』で悪いけど」

皮肉っぽくそう言って、ミチルは肩を竦める。

「俺の『普通』も似たようなもんですよ。こうやってダラダラ飯食って、猫と遊んで、眠くなったら寝て。……ま、可愛い女の子がいるに越したことはないけど、今はめんどくさいから、それも要らねえや」

「ちょ、た、タカちゃん、それは」

「……可愛い女の子じゃなくて悪かったわね！」

「あいてッ」

慌てて窘《たしな》めようとした筧の目前で、ミチルの投げつけた箸置きは、見事なスピードとコントロールで、伊月の額にヒットした……。

二章　心には心のものさし

「ありえない。マジありえない……！」

急な坂道を歩きながら、両手をコートのポケットに突っ込んでぼやく伊月に、ミチルはつっけんどんな口調で問いかけた。

「何がよ」

伊月も、ドカドカとコンバットブーツで路面を蹴りつけるように歩きながら、剣呑《けんのん》な口調で言い返した。

「だって、正月三が日のうち、一、三と二日間解剖っすよ？　普通、三が日ってのは家でのんびり過ごすためにあるんじゃないんですかね」

「そんな文句言うなら、来なけりゃいいのに。元旦のアレはうちの管轄の事件だし、大晦日から一続きだったから仕方がないけど、今日のは……」

「うちの大学の解剖じゃない。来なさいなんて命令もされてない。わかってますよ。

けど、話を聞いちまったのに知らん顔できるほど、俺、神経太くないんですって」

「確かに、変なところで小心者だもんね、伊月君は」

それに、逃がす気もなかったけど……と小さく呟いて、ミチルはチェシャ猫のように悪そうな笑みをよぎらせた。

「……せめて繊細って言ってもらえませんかね」

伊月は子供のようなふくれっ面をする。

ことの起こりは二時間前。

自宅でゴロゴロしていたミチルの携帯電話が、ダース・ベイダーのテーマを鬱々と奏でた。

この着信音は、法医関係者からの電話に限られる。つまりたいていは解剖が入ったお知らせであるわけで、通話ボタンを押したミチルの顔も声も、とうてい爽《さわ》やかとはほど遠いものとなった。

「もしもし?」

『謹賀新年』

開口一番、簡潔すぎる新年の挨拶を口にした電話の相手は……兵庫県常勤監察医の龍村泰彦《たつむらやすひこ》だった。

場所こそK大学医学部の一角に間借りしているとはいえ、監察医務室の若き主として奮闘している彼は、人口の少ない法医学会においては貴重なミチルの同期であり、最近では週に一度、伊月の「解剖の先生」も務めている。

「言葉ほどでもないけど、明けましておめでとう。何か用？」

相手が気安ければ気安いほど愛想がなくなるという変わった傾向のあるミチルの返事も、極めて素《そ》っ気《け》ない。

しかしそんなことを気にする様子もなく、龍村は野太い声で快活に言った。

『暇そうだな』

幾分言葉が不明瞭《ふめいりよう》なのは、おそらく何か食べながらの電話だからだろう。時折、バリバリという奇妙な音が声に混じる。煎餅でも齧《かじ》っているらしい。

ラグの上にラッコのように寝転がったまま、ミチルは白い天井を睨んで言い返した。

「……ええ。必死で暇を楽しんでるわ。それが何？」

『持てあました暇を消費するのも、楽じゃないだろう。息抜きに解剖でもしに来ないか』

予想通りのお誘いに、ミチルはこめかみに手を当てる。

「午後二時に解剖へのご招待が来るくらい、そっちは多忙なの？」

『多忙も多忙、まるで野戦病院だぜ』

「……患者さんが全員死んでる、景気の悪い野戦病院ね。ひとりじゃこなせそうにないなら、手伝いに行かないでもないわよ。気乗りはしないけど」

不機嫌なミチルの声に、まるで駄々っ子をあやすような調子で龍村は言葉を返した。

『そう腐るなよ。情けは人のためならずと言うだろう。それに、頑張る子には、ご褒美がつきものだ』

「ご褒美？　豪華夕食でもついてくるの？」

『それもいいが、勉強させてもらえるチャンスのほうがよくないか？　感電死の症例が今日のリストに入ってるぞ』

「……ホント!?」

それを聞いた途端、ミチルはバネ仕掛けの人形のように勢いよく起き上がった。大した腹筋である。電話の向こうで、龍村が低く笑った。

『嘘をついてどうする。自殺はほぼ確実らしいが、一応、両親の希望もあって解剖する予定だ。……で、どうする？　来るか？』

「行くわ。うちの教室じゃ、いくら待っても感電自殺の遺体を見る機会なんてないもの」

『だろうな。だったら早く来て手伝ってくれ。このままだと、朝まで働く羽目になりそうだ』

「わかったわ。じゃ」

『ああ、そうだ。出来の悪い助手でも、シュライバーくらいにはなるだろう。呼んでもいいぞ。じゃあな』

そんな言葉を付け足して、龍村は電話を切った。

「はーん……出来の悪い助手、ねえ。どこで何をしてるやら」

行儀悪く胡座をかいた体勢で、ミチルは伊月の携帯電話番号を呼び出すべく、片手で携帯電話のボタンを押した……。

「……だからって、大阪で年に一度の楽しみ、福袋漁《あさ》りをしてた俺を捕まえることなかったのに」

まだ恨めしげにこぼす伊月の両手には、はち切れんばかりに膨らんだ紙袋が下がっている。

「まさか、そんなことしてるなんて思わなかったんだもの。だいたい福袋なんて、ろくなものが入ってないんじゃないの？」

「そりゃ店によりけりですよ。今日買ったとこのは、わりにいいのがいつも入ってんです。ま、気に入らないのがあっても、それはヤフオクで売り飛ばしちまいますしね」

「そういうものかしら。……ま、いいじゃないの。三が日で二日間解剖なんて、いかにもこの業界に入って初めての新年って感じで」

「そんな劣悪な雰囲気を満喫したかなかったですよ。まあ、大阪駅の近くにいたおかげで、さほど苦労なく合流できたのが不幸中の幸いでしたけど。……あ、そういやミチルさん、例の事件のこと、あれから何か聞きました？」

「例のって、夢崎愛美さんの？　ううん、ニュースでやってる以上の情報は、入ってきてないわよ。お正月から教授に電話してヤブヘビになったら嫌だし、リアルタイムに捜査の進捗《しんちょく》状況なんか聞いたって、私たちには関係ないし」

「ですよねー。俺ら、解剖するだけして、肝心な捜査権はないんですしね。……それにしても、俺、ニュース見てちょっとビビった。ああいう猟奇的な殺され方をしたことは伏せるのかと思ってましたよ」

そう言って、伊月は綺麗に通った鼻筋に皺《しわ》を寄せた。

無論、解剖所見のすべてが警察から提供されているわけではないが、ニュース番組では、夢崎愛美が鋭利な刃物で滅多刺しにされ、殺害後、遺体にさらに損傷が加えられていたことまで報道されている。

報道協定があることを考えれば、そこまでは公表していいと警察から許可されている……つまり、それを一般社会に知らしめることが、犯人逮捕に繋《つな》がると捜査本部が判断したということなのだろう。

どちらにしても、正月明けの四日から、各ワイドショーがこの話題を本格的に取り上げることは、火を見るより明らかだった。

ミチルもやや不快げに頷いた。

「犯人の残虐性をアピールして、一般人からの情報提供を期待してるんでしょうけど……。死体が冒瀆《ぼうとく》されたことまで言う必要はなかったかもね」

「ですよ。最近は、ニュース番組までワイドショーまがいの報道をしやがる。遺族の心情もちょっとは考えてやれってんだ」

「……あらあら、すっかり遺族側に立っちゃって。遺族といえば、教授からメールが来てたわ。明日、夢崎愛美さんのご遺族が面会に来るから、休まずに出勤するようにって」

「遺族って、旦那さんですかね」

「さあ？　お嬢さんかもよ。解剖当日は、二人とも動揺が酷くて来られる状態じゃないって、代理の方が来られてたものね。どっちにしても、年明け初出勤の日に、休むわけないのに。心配性よね、うちの親分は」

「……大晦日から引き続いてのアレは、初出勤にならないんですかね」

「出勤はしてないじゃない。初退社だけが済んでる状態だわね。……とと、そういえば、お腹のほうは大丈夫？　龍村君の口ぶりじゃ、今日は長丁場になりそうよ」

そう問われた伊月は、削《そ》げた腹をパンと叩いてみせる。

「ミチルさんから電話があった直後に、阪神《はんしん》百貨店に飛び込んで、地下でタコヤキ十個食って来ましたよ」

「お、やる気満々じゃない」

「そりゃ、やるからには、龍村先生に恩の一つも売っときたいですからね。ああ、俺様って勤勉な上にケナゲ！」

「そのあからさますぎる魂胆は、どうしたって健気《けなげ》って言葉とは結びつかないと思うけど。でも心根はどうあれ、こういう日は、労働力ってだけでも美しい存在だわ。せいぜい、龍村君が感動するくらい働いてあげて」

「って、ミチルさんはどうなんです？」

「私は美しくなくていいから、適当にサボる」

「うわ、やる気ねえ。やっぱ年のせいですかね」

「あんたね……。いつか後ろから刺すわよ」

そんなくだらない話をしながら、白い息を吐いて坂道を登り切った二人の前に、K大学のコンクリート造りの学舎が見えてきた……。


「次の遺体の搬入が、少し遅れているそうだ。しばらく休憩するとしよう」

龍村のそんな言葉で三人が医務室に戻ってきたのは、二人が合流後、五体を解剖し終わった午後九時過ぎだった。

とうの昔に日は落ち、学生も教員もほとんどいないキャンパスは、濃い闇《やみ》に包まれている。それと対照的に、半地下の監察医務室へ続く廊下は、蛍光灯に寒々しく照らされていた。

準備室の前には、出前の岡持《おかもち》がぽつんと置かれている。

「ああ、届けてくれたようだな。傷《いた》む前に、食う暇ができてよかった」

龍村はいかつい顔をほころばせ、大きな岡持を軽々と持ち上げてみせた。

「わざわざご足労願って、ファミレスの飯じゃ申し訳ないんでな。寿司をとっておいた。食って、エネルギーを補給してくれ」

「お、やった！　もう、昼に食ったタコヤキはどっか行きましたからね。当然、特上っすよね、特上にぎりっ！」

貧乏学生だけあって、伊月は寿司という言葉に敏感に反応する。さっきまで、疲れた帰りたいと壊れたレコードのように繰り返していた男と同一人物とは思えない浮かれっぷりに、ミチルはげんなりした顔で、岡持の上に置かれていた汁物用の容器を取り上げた。

「いいわ、お吸い物は私がするから、食べ始めてて。龍村君は、朝から働いてるんだもの。休まなきゃ」

「おう。すまんな」

おそらく午前九時過ぎからろくに休憩していないはずの龍村は、中途参戦のミチルや伊月よりうんと元気そうに、のしのしと準備室に入っていく。

（ホント無駄にタフな奴。うちの伊月君と足して二で割ると、人並みになるのかもね）

その広い背中を見送り、ミチルは力なく首を振った。

それでも、熱い吸い物と美味しい寿司で腹を満たすと、死臭と疲労でささくれ立っていた心も、幾分落ち着いてくる。

ゴム引きのエプロンと青いディスポーザブル術衣を脱ぎ、龍村と伊月は緑色のオペ着姿、ミチルはケーシーの上着にジーンズという監察医務室ならではの服装のままであっても、慣れというのは恐ろしいもので、けっこうくつろげてしまうのだ。

「……なるほど。年明けを解剖室で迎えたのか。法医学の世界にようこそ、だな」

「そんな歓迎はノーサンキューっすよ」

「はは、まあそう言うな。毎年そうだってわけじゃないだろう。……たぶん」

「……うわあ、嬉しくねえ曖昧さ。っつか、俺、有名人の解剖って初めてだったんで、マスコミの奴らが来てるのにビビりましたよ。隙あらば、搬入口から解剖室の中を覗こうとしやがるし、こっちが解剖終わってセミナー室に引き上げようとしたら、エレベーターの中までついてきてあれこれ訊いてきやがるし」

そんな伊月の言葉に、龍村は太い眉を顰めた。

「くれぐれも、ああいう奴らに余計なことは何一つ言うなよ。我々が直接口をきいていいのは、警察と遺族と検事と弁護士。基本的にそれだけだ」

ミチルが淹《い》れてくれた緑茶を啜りながら、伊月は子供のように口を尖らせた。

「わかってますって。聞いてくださいよミチルさん。龍村先生、こうやって隙あらば説教をかましてくるんですよ」

「いいじゃない。叱《しか》られるうちが華よ〜」

「そうだぞ。何も言ってもらえなくなったら終わりだと思え」

「げー。年寄りみたいな説教が二倍になりやがった」

伊月はふて腐れた顔で、視線をテレビのニュース番組に向けた。

相変わらず、キャスターは例の夢崎愛美殺害事件の続報を伝えている。捜査については表向き大きな進展はないようだが、愛美の葬儀は身内だけで行い、後日改めてお別れ会を開催する予定である旨《むね》が報じられた。

龍村は、帽子に押さえつけられていたせいで、刈り損じた芝生のようになった短髪を片手で撫でつけながら口を開いた。

「お前たちのところの事件だろう？　当然、捜査本部が設置されたんだろうな」

「ええ。おかげで解剖室に、大量の刑事と鑑識がひしめいて、異様にむさ苦しかったわよ。せめて鑑識だけでも女の子ならよかったのに、おじさんばっかり」

「よかったじゃないか。掃《は》き溜《だ》めに鶴で。いや、お前じゃなく、森君がな」

「……あんたもいつか、後ろから刺すわよ」

「お前は鶴ってガラじゃないだろう。少なくとも、トンビ程度の攻撃力はある……ああ、怒るなよ。それはともかく、たいした猟奇事件みたいだな。ああ派手にやったんじゃ、すぐに犯人は挙がるんじゃないか。殺害の夜に、被害者宅に上がり込んでた若い男がいるって話なんだろ？　……そういえば、次の解剖の電送をＦＡＸの受信トレイに置きっぱなしだ。取ってこよう」

まなじりを吊《つ》り上げるミチルをおざなりにいなして、龍村は立ち上がった。

「どうだか。そういう事件に限って、なかなか解決しなかったりするじゃない？　まあ、私たちの知ったことじゃないけど」

どすどす前を横切っていく龍村を見もせず、ミチルは食器を集めながら無愛想に答える。

「確かに、我々の知ったことじゃないな。我々が聞くべきは、死者の声だけだ。生きている奴らは、警察に任せるさ。というわけで、次なる賓客《ひんきゃく》の履歴書だ。これを入れて、あと二体で本日のハードワークは終了となる。解剖台を二つ同時に使えると、仕事が早い。助かった」

戻ってきた龍村は、快活にそう言って、ミチルに電送書類を差し出した。

「次は何？」

「お待ちかねの客人だ」

「感電死の？　見せて」

ミチルは龍村から書類を受け取ると、素早く目を通し始めた。伊月も、横から覗き込む。

「池田《いけだ》知宏《ともひろ》、二十歳。高校一年生の二学期、虐《いじ》めが原因で不登校になり、結局一年後に中退。その後、断続的にアルバイトなどをするものの長く続かず、基本的に引きこもり生活。両親と同居で、兄弟はなし。既往歴特になし……。一人っ子で親に養われ中ってわけね」

電送の内容をかいつまんで読み上げたミチルに、伊月は「いいご身分だな」と茶々を入れる。

「死人を悪く言っちゃいけないわ。……で、昨夜は午後十一時頃、就寝前の母親が、トイレから出てきた本人の姿を見たのが、最終生存確認。今朝十時頃、両親は近所の神社に初詣に出かけたけれど、息子は誘わなかった。外に出るのを嫌うし、いつも夜遅くまでマンガを読んだりゲームをしたりパソコンに向かったりしているから、まだ寝ているだろうと思ったのね。で、昼前に帰宅して父親が部屋を覗いたら、布団に横たわった状態で既に死亡していた、と」

ミチルから電送を受け取った伊月は、ふんと鼻を鳴らした。

「典型的なオタクライフっすね。で、現場の状況から自殺と考えられるが、前日に自殺を示唆《しさ》するような言動がなかったことや、遺書がないことから、両親は解剖を強く希望している……か。確かに、正月早々こんなことされちゃ、親はたまったもんじゃないですよね」

「ホントね。しかも、他の解剖でずいぶんお待たせしちゃったし。仕方ないとはいえ、ご両親には気の毒だわ。……もっとも、私たちもたまったもんじゃないけど。あ、電話」

「ああ、内線だ。僕が出る」

傍らの受話器を取った龍村は、ごく短い会話の後、通話を切って立ち上がった。

「準備ができたようだ。行こうか」

「ラス2っすよね。ぱっぱっぱーっと行きますか！」

エネルギー補給で幾分テンションが上がったらしく、伊月は電送書類を手に持ったまま龍村に続く。

「先に行ってて。食器、廊下に出してから追いかける」

ミチルはガシャガシャと手早く寿司桶《おけ》を洗いながら、二人の背中に声を掛けた。

三人とも、あと二件で今日の仕事が終わると思うと、ここに戻ってきたときよりずっと明るい気分になっている。

そのときの三人はまだ、これが後に伊月が言う「ややこしいこと」に至る道筋の一つであることを知らなかった……。


蛍光灯の光に照らされ、解剖台に横たえられているのは、着衣をすべて取り去られている以外は実に平均的な姿の青年だった。

中肉中背、髪は自分で切っていたのかボサボサだが短く整えられ、顔立ちも、「可もなく不可もなく」レベルである。

いわゆる今どきの、ちょっと地味などこにでもいる青年という感じだ。

感電死と聞けば、咄嗟に苦悶《くもん》の表情を想像してしまうが、マンガのように髪が逆立つでもなく、眠るように安らかな表情をしていた。

胸部左側の熱傷を除けば、体表に目立った損傷も見られない。

写真を撮影するために遺体を側臥位《そくがい》にすると、背面の、ちょうど胸部の損傷の裏側にあたる部位に、同様の大きさ、程度の熱傷があった。

二つの熱傷はいずれも、典型的な生活反応を伴うものである。

中央に、長さ約三センチ、幅四ミリほどの第3度熱傷があり、その部分は皮膚が褐《かっ》色《しょく》に変色し、固くなっていた。

その周囲に類楕円形《るいだえんけい》の第2度熱傷が、四センチ×五センチほどの大きさであり、その部分の表皮はすでに剝離《はくり》してしまっている。おそらく最初は水疱《すいほう》だったと思われるが、搬送の間に破れてしまったのだろう。

そして、その周囲にさらに一センチ幅程度の第1度熱傷があり、その部分は淡く発赤している。

第1度及び2度熱傷は、その損傷が生存時に発生したものであることを物語る貴重な証拠であり、たとえ犯罪の関与がないと考えられる行政解剖においても、きちんと記録に残しておくべき所見である。

それをよく知るミチルは、早速それらの損傷をカメラに収め、興味深そうに観察した。

一方、遺体をしげしげと見やり、伊月は拍子抜けしたような声で言った。

「……感電って、これだけ？　俺、もっと焦げ焦げになってんのかと思ってました」

「馬鹿、お前、家庭用の電源で、どうやって黒焦げになるんだ。だいたい高圧電流でも、たいていの場合は触れた瞬間に吹っ飛ばされるから、全身が焦げるなんてことはまずないぞ。落雷でも、そこまではいかん」

素人《しろうと》みたいなことを言うな、と叱責《しっせき》つきの解説を龍村から喰らい、伊月は口を尖らせつつもバインダーに書類を挟み、ボールペンを手にした。

あらかじめ計測してあった身長と体重を記録用紙に書き写し、全身図に損傷をスケッチしていく。O医大の法医学教室でやるのと同じ作業ではあるが、いつも陽一郎がやってくれていることまで伊月がひとりでこなさなければならないので、監察医務室のシュライバー業務は、集中力と正確さ、さらにスピードが求められる重労働なのだ。

「電送は見たが、何か新たにわかったことや、付け加えることは？」

龍村に問われ、担当刑事がノートを小脇に抱え、解剖台に歩み寄ってきた。

「そうですな。警察が到着したときはもう、ホトケさんはこのポーズにされて布団《ふとん》に寝かされてまして」

そう言って、ヒョロリとやせ形の中年刑事は、両手を胸の上で組んでみせた。法医学教室に出入りする凶悪犯担当の刑事たちと違って、どこか牧歌的な雰囲気がある。

「肩も肘もバキバキに硬直しとったんで、両親が二人がかりで解いたそうですわ。指はそうでもなかったんで、まあさほど組ますんは難しゅうなかったそうですけど。……そんなわけで、両親が肩と腕の硬直は解いてしもてますんで、念のため」

「了解した。他は？」

「遺書はなかったんですけど、父親が部屋に入ったとき、息子は布団の中にパジャマ姿で横たわっとって、枕元にこの紙が置いてあったそうです。コピーをお持ちしましたんで、どうぞ」

「ふむ？」

刑事が差し出した紙片を受け取った龍村は、いかつい顔に苦笑いを浮かべ、それを伊月に差し出した。

「書類と一緒に取っておいてくれ。……自分自身に対する愛情は失《う》せても、両親のことは気遣っていたらしい」

「へ？」

紙を受け取った伊月は、ああ、と納得の表情になった。

大判のレポート用紙らしき罫線の入った紙には、太いマジックでこう書かれていたのである。

『注意！　僕に触る前に、布団から出ている電気コードのコンセントを抜いてください。感電します』

ご丁寧に、「注意」と「コンセントを抜いてください」というくだりには、アンダーラインまで引いてある。

「そっか。通電してる体に触れたら、両親まで感電しちまうから、注意書きを残したわけだ」

刑事は、もっともらしい顔で頷いた。

「はい、それで父親が、指示どおりコンセントを抜いてから布団をめくったら、息子はもう死んどって、パジャマの胸ボタンの間からこのコードが出てたそうです」

刑事に目で合図され、解剖室の壁際に控えていた若い刑事が、ビニール袋を持ってやってきた。

「すいません、僕らが到着したときには、もう両親が電極を外してしもてまして。一応、全部回収して持ってきました」

そう言って掲げたビニール袋の中に入っているのは、電気コードらしきものだ。

「伊月、そっちの台に広げてくれ」

龍村に指示され、伊月はワゴンの上に濃い灰色のシートを置き、その上にビニール袋の中身を注意深く取り出した。

「ええと、これ、何だ……？」

首を捻る伊月の横に来た龍村は、やれやれと広い肩を揺すった。

「極めて典型的な奴だな」

「典型的？」

「まず、電気コードをこのタイマーに繋ぐ。タイマーは、指定した時間が経過したら通電するような仕組みになっているはずだ」

「はい、その通りです」

刑事は相づちを打つ。龍村は、丸いタイマーに接続された電気コードをシートの上に展開していく。すると、コードは途中から、カバーごと器用に二分され、しかもそれぞれの先端では、銅線が数センチむき出しになっていた。

龍村は、ビニール袋に残っていたガーゼと絆創膏《ばんそうこう》をピンセットで摘み出し、いかにも見慣れたといった様子で解説を続けた。

「この銅線を、片方は胸、片方は背中に貼り付ける。皮膚の電気抵抗を少し弱めるために、その上から湿らせたガーゼを置いて、外れないように絆創膏で固定したんだ。けっこう熱傷が大きいから、彼の場合は真水だろうが……ガーゼを湿らせるのに食塩水を使った場合は、皮膚の電気抵抗がさらに小さくなって、熱傷も軽度になることがある」

「へえ……。あ、ってことは、第3度熱傷の形が線状なのは、むき出しになった電極が直接皮膚に当たってたとこってことですね？」

「そういうことだ」

ミチルは興味深そうに唸る。

「なるほどね。そういえば、胸部の熱傷と背面の熱傷、ちょうど心臓を挟む位置関係だわ。通電によって、心室細動を起こして死のうって計算なのね……」

伊月は首を捻った。

「心室細動なんて、家庭用の電圧ごときで起こるもんっすか？」

まるで素人のような質問に、龍村はやや呆れ顔で、しかし律儀に説明した。

「家庭用電圧でも、有効な場所を選べば十分だ。しかも、コンセントから流れてくるのは交流電流だからな。直流よりも、心臓にはこたえる」

「へえ……。でも、変だな。嫌味なくらい、心臓の真上に熱傷がありますよね。普通、心臓って言えば胸部左側《さそく》にあると思ってる人が多いのに、なんでこの人、心臓の位置を正確に知ってたんだか」

「マニュアルだよ」

「へ？」

目を丸くする伊月に、龍村はうんざりした口調で説明した。

「お前は知らんかもしれんが、僕らがまだ学生の頃、自殺マニュアルって奴が大流行したんだ」

「自殺マニュアル？　自殺の方法を書いた本っすか？」

「そうだ。それを読んで自殺を図る人間が何人か立て続けに出て、ちょっとした社会問題になった記憶がある。僕もクラスメートから借りて読んだ。別に死にたいと思っていたわけじゃないが、単なる好奇心でな」

「あ、たぶん同じ本を、私も読んだわ。どの死に方が簡単だとか、遺体が綺麗だとか、苦痛が少ないだとか、そういうの書いてあったわよね。みんなその気もないのに、死ぬならこんな方法がいい、なんてお喋りのネタにしてたわ」

伊月は感心したように低く唸った。

「へええ。けど、そんなのに頼って自殺しようなんて、マジで思うんですかね。だって、著者は生きてその本書いてるってことは、一度も死んだことがないわけで……ホントに楽かどうかは、死者のみぞ知るってことだと思うんですけど」

龍村も、苦笑いで広い肩を揺する。

「実際問題、みずから命を絶つという一世一代の大仕事が、楽であってたまるかという気はするがな。……まあそれはともかく、その本に載っていた、楽に死ねて、死体が比較的綺麗だとされた方法の一つが、この感電死だったんだ。今もその本が売られているかどうかは知らんが、ネットを漁れば、本のコンテンツはあちこちにアップされている。見つけるのは容易だったろう。事実、僕はこれとまったく同じ死に方をした人間を、ここで既に五人見たことがある。彼は、六人目だな」

「うげ。ここだけで、そんなに？」

「誰だって、できれば苦しまずに死にたいだろうさ。ただ六人とも、何故か男ばかりだ。やはり、こういう工作を要する死に方は、女性にはとっつきにくいのかもしれん」

「へえ……」

「それにしても、怖くないのかしら」

ミチルは、遺体と電気コードを見比べ、不思議そうに小首を傾げる。龍村は、それにも簡潔に答えた。

「怖いに決まっているだろう。何時間後かに、確実に死が訪れるというのに、黙って布団の中で待っていられるくらいなら、もとから死のうなどと思いはしないさ」

「……よねえ。だったら、どうしてこの子、タイマーが作動するまで布団の中でじっと待っていられたのか……」

「これですわ、先生」

中年刑事は、もう一つ、今度は小さなビニール袋をかざしてみせた。そこには、すっかり空になった薬包が一シート入っていた。

「薬？　ああ、睡眠薬？」

「はあ。本人が不登校になったあたりで母親が心労のあまり不眠症になって、そのとき処方されたもんだそうです。飲み残してあった奴を、本人が見つけたようですわ。とりあえず、見つかった薬包はこの一シートだけです。まあ、何錠飲んだかはちょっとわかりませんし、そもそも薬の使用期限はとっくに切れてると思うんですが」

「使用期限を過ぎたからって、薬効がゼロになるわけじゃないわ。……なるほど、準備を万全にしておいて、時間を計算して睡眠薬を飲んで、眠っている間に通電するようにすれば、恐怖心も寝入るまでの辛抱ってことね」

「そういうことですわ。上手いこと考えてますな」

「それも、マニュアルに載っていた方法だよ。……伏野、それも写真を頼むぞ」

「わかったわ」

る。ミチルは刑事からビニール袋ごと薬包を受け取ると、新しい台の上で撮影を始める。

「それが終わったら、直腸温から死亡時刻を算出しておいてくれ。……伊月、始めるぞ」

外表所見をとるべく、龍村はピンセットと定規を手に取る。

「はいっ」

伊月も顔を引き締め、龍村の言葉を一言も聞き漏らすまいとペンを構えた……。

「直腸温からざっくり計算して、死亡時刻は午前五時前後ってところね。どう？」

薬包や電気コード、タイマーなど、必要な物品の撮影を終え、電卓を叩きながらミチルが声を掛けると、龍村は外表の検案作業を終え、メスを手にして言葉を返した。

「両親が死体を発見したときの死剛《しごう》の度合いと、合っているな。あと、警察がパジャマを脱がせようとしたとき、いったん硬直を解いたはずの上肢《じょうし》に、軽い硬直が再び生じていたそうだ。……伊月、再硬直が生じるのは？」

「う……、え、ええと、死後約六時間から八時間、じゃなかったっすかね」

「正解だ。死斑の状態とも齟齬《そご》はない。そのあたりで間違いはなさそうだな。……ああ、伏野。解剖を手伝ってくれる前に、もう少し撮影しておいてほしいところがある」

「あら？　外表にまだ、何か所見があったの？」

龍村は、頷くと首を捻るの中間くらいの、微妙なアクションをした。

「瘢痕《はんこん》だ。別段、今回の件とは関係ないだろうが、風変わりな損傷だからな」

「ふうん？　まあ、気になるものは記録しておくに限るわね。どこ？」

「左前腕部だ。適当に見て、写真を撮っておいてくれ。……伊月、続けるぞ。……頸部皮下は損傷なし。胸部、中央やや左側、外表所見の熱傷直下の皮下組織と筋組織に熱変性を認める、大きさは……」

「い、一瞬タイム！」

「遅い！」

「龍村先生が早すぎるんすよ。俺は人間なんですからね」

「文句を言ってる暇があったら、手を動かせよ」

さくさくと体育会系に解剖を進めていく二人をよそに、ミチルは龍村に指示されたとおり、遺体の左側に立ち、前腕部を体幹から離してみた。

なるほど、前腕前面……つまり、手のひらと肘窩《ちゅうか》の間に、奇妙な損傷がある。

それは、長さ約一センチ、幅約一ミリほどの、直線状の瘢痕だった。皮膚がごくわずかに盛り上がり、淡い褐色に変色している。よく見ると、直線の両端は、他の部位よりハッキリした点状の隆起を見せていた。

（……まるで、両端に点を打って、その間に定規で線を引いたみたいな傷。何かしら、これ）

それだけなら、カッターで切りでもしたのだろうと考えて片付けただろうが、その損傷に龍村が目を留めた理由を、ミチルはすぐに察した。

類似の……というより、ほぼ同じ形状の瘢痕が、前腕のあちこちに見られるのだ。それも、でたらめに散在しているのではなく、たとえはいささか不気味だが、まるで刺繍《ししゅう》のように様々な模様を形作っていた。

二本の直線がクロスして十字架模様になっていたり、何本も平行に並んでいたり、花模様のように放射状に並んでいたりする。

「……これ、間違ってもただの怪我じゃないわね。他人につけられたんじゃなければ、自傷としか思えないわ」

ミチルの言葉に、龍村は遺体を切り開く手は休めず、シンプルな相づちを打った。

「自傷他傷、どちらの可能性もあるだろうが……。僕が気になるのはそこじゃなく、それが何で作られた傷かってことなんだ」

「ホントよね。計ったように同じ長さの、しかも真っ直ぐな傷跡なんて。辺縁《へんえん》がかなり綺麗だから、刃物で切ったか……。瘢痕って言ってもさほど酷くはないから、切創《せっそう》だとしても、そんなに深く切ったわけじゃないと思うのよね」

筆記に忙しい伊月も、チラチラと視線を投げかけながら口を挟む。

「数人がかりで押さえつけて、カッターで切ったとか？　その模様は、どっか子供っぽい感じだし」

「定規で一センチをきっちり測りながら？」

「……虐めにしても、相当変っすね。っていうか、いくら押さえつけても、少し暴れりゃ傷は乱れるだろうし」

「ホント、変よね」

首を捻る二人に、龍村はこう言った。

「まあ、両親が控え室に来ているようだから、あとで解剖結果の説明をしがてら、その瘢痕についても訊いてみよう。……それの写真を撮ったら、臓器の写真も頼む。伊月、さっきのは書けたか？　よし、次は腹部だ。大網《だいもう》及び腸間膜に電流による熱凝固を認め、その大きさは……」

いた……。

「うわあ、はいっ」

ガリガリとペンを走らせる伊月をよそに、ミチルはまだ、不思議な瘢痕に見入って

「ほなやっぱり、警察の人が言わはったとおり、うちの子は自殺、ですか」

やつれた表情の父親に、龍村は重々しく頷いた。

最後の遺体の外表所見をミチルに任せ、龍村は解剖室の上階にある家族控え室に来ていた。

ついさっき解剖が終わったばかりの二十歳の青年、池田知宏の両親に面会するためだ。

司法解剖では、遺体は事件捜査における「鑑定品」の一つとして扱われるため、遺族にさえも、法医学者は必要最低限の事項しか伝えられないことが多々ある。

しかし、基本的に犯罪の関与がないと考えられる行政解剖の場合、遺族の要望があれば、龍村はたいてい面談し、話をすることにしていた。

こういうときの対応を学ぶために、伊月も同席し、狭い部屋の隅っこに控えている。

「それを決定するのは警察ですが、彼らの自殺という見立てに反するような所見は、解剖において見受けられませんでした」

母親は椅子から立つことができず、ただハンカチで目元を覆ったまま、盛んにしゃくり上げている。

まだ四十代とおぼしき父親は、まるで息子の死を妻と自分自身に認識させるように、ゆっくりした口調で言った。

「自分であれだけの支度をして、睡眠薬を飲んで、タイマーを合わせて布団に入って……」

「はい。午前五時頃、タイマーが作動して通電し、死亡したと考えられます」

龍村は、落ち着いた声で答える。母親は、ハンカチをようやく顔から離し、充血した目で縋《すが》るように龍村を見上げた。

「感電て、痛いんでしょうか。知宏は、苦しんだんでしょうか」

龍村は仁王《におう》の眼でじっと母親を見て、きっぱりと答えた。

「それは、我々生きている者にはわからないことです」

「…………」

絶句する母親に、龍村は噛んで含めるように言った。

「息子さんは、感電死という手段を選ばれました。電気ショックで心臓を止めて死ぬ。そういう方法です。平たく言えば、心臓発作を人工的に起こすわけですから、それと同様の苦痛が生じるだろうとは想像できます」

「……そしたら、やっぱり痛いんですか？　痛かったですよね？」

「ただ、血液を分析しないと正確なことはわかりませんが、おそらく息子さんは、睡眠薬を飲んで眠っているか、あるいは朦朧《もうろう》としている状態で、通電の瞬間を迎えたと思われます。普通の状態よりは、おそらく苦痛は少なかったでしょう。亡くなるまでの時間も、相当短かったと思われます」

龍村は、慎重に言葉を選びながら答える。

「そう……ですか」

それを聞いた母親は、ほんの少しだけ安堵した様子で、大粒の涙をこぼしながら訴えた。

「せやけど、何でうちの子、自殺なんか……。確かに、もう二十歳やのに引きこもりで、世間様に顔向けできる状態ではなかったですけど、私も主人も、最近では半分諦《あきら》めていて、あの子を責めるようなことを言うた覚えがないんです。元旦には、珍しくちゃんと部屋から出てきて、親子三人でお雑煮を食べたりしたのに……」

（んなこと言われてもなあ……。自殺の理由なんて、それこそ本人のみぞ知るって奴じゃねえかよ）

傍観者なので口を挟むわけにはいかないが、伊月は心の中でそう思った。

だが、龍村は淡々とした口調で、両親に告げた。

「それも、僕にはわかりかねます。解剖でわかるのは、死因、そして体の中がどういう状態であったかです。……もう何年も引きこもっておられたということですが、息子さんの内臓は、平均より健康な状態でした。最近では、ジャンクフードのせいで、十代から動脈硬化が見られる症例が少なくありません。ですが、知宏君の血管の内壁は、極めて綺麗でした。食事の世話は、お母さんが？」

母親は、またハンカチで目を押さえながら頷く。

「はい。私も主人も働きに出ておりますので、家を出る前に作っておいた料理をいつの間にか食べている感じで……。夕飯も、一緒に食べようとはしないので、置いておいたら朝にはなくなってました。でも、一生懸命バランスを考えて、心をこめて作ってたんです」

気持ちが昂《たか》ぶったのか、声を上擦《うわず》らせて主張する母親に、龍村は宥《なだ》めるように頷いてみせた。

「なるほど。それでですね。お母さんの手作りの料理で、彼は不摂生をしていたにもかかわらず、健康を保てていたんでしょう。お母さんが、彼の世話に心を砕いておられたことは、ご遺体を見ればわかりますよ。……ところで、親子で日頃、会話をすることは？」

その問いに、両親ともに力なくかぶりを振った。父親が、二人分の答えを代弁する。

「いいえ。不登校になって学校をやめた頃は、この先どないするんやって、僕が連日知宏を問い詰めて大げんかになったりしました。知宏が僕らに暴力を振るうこともあって、家内は毎晩泣いて。僕らも知宏もボロボロでした。……けど、カウンセラーの先生にご指導を受けて、まあとにかく時間と距離を置きなさいと言われました。知宏にも、僕らにも、それが必要やと」

「……つまり、あまり知宏君の生活に干渉しないように？」

「はい。それで、まあ言うたら、家庭内別居みたいな状態になったわけです。知宏の奴、明け方まで起きとって昼近くまで寝とるようやし、小遣いはインターネットで本やらゲームやらを買うのにつぎ込んでるようやし、専門学校やバイトに行こうとする気配もないし、僕も家内も、ええ年してお前は……って小言言いたいんを必死で我慢しとりました。けど、そうしとるうちに、ホンマにちょっとずつあいつも落ち着いてきたんです。最初の頃は、癇癪《かんしゃく》起こして暴れるようなこともあったんですが、この一年ほどはまったくありませんでした。部屋も、ゴミ溜めみたいやったんが、いつの間にか自分で片付けるようになりまして」

「……なるほど」

「最近ではたまには部屋から出てきて、僕らとも少しずつ話すようになってきとったんですわ。家内も言うてましたけど、一昨日の朝は、久しぶりに三人揃って祝い膳を囲んで、あいつも、二十歳にもなって世話になるばっかしで、迷惑かけてすまん……そう言うて僕らに頭下げてくれたんです……っ」

感極まったのか、声を詰まらせた父親は、それでもぐっと堪《こら》えて、震える声で話を続けた。

「何や、これは幸先ええなて家内と二人で言うてた矢先のことで。もう、何がどないなっとんのか、僕らもわからんのです。ただ、ひとつだけ気になることが……」

「ほう？」

龍村は太い眉根を寄せる。父親は、そんな龍村から視線を逸《そ》らし、呻くように続けた。

「僕が元日の朝に、今年はお前も一歩踏み出すきっかけが見つかったらええな、て言うたんが余計なことやったんやろかと……もしかしたら、あいつにまたプレッシャーを与えてしもたんかと……。それ以外、心当たりはあらへんのです。もし、僕の言葉が引き金で、こないなことになったんやったら……そう思たら、どうしてええか……」

父親はそれ以上何も言えず、唇を嚙んでしまった。母親は、ただすすり泣くばかりである。

（……たまんねえな）

伊月は息苦しさを覚え、きつくもない術衣の襟首《えりくび》を無意識に指で弄《いじ》っていた。法医学教室でも、たまに都筑教授やミチルについて、遺族に死体検案書を交付する場に居合わせることがある。

落ち着き払った遺族などいるわけはなく、皆、嘆き悲しんだり、取り乱したり、憔《しょう》悴《すい》したり、時には都筑たちや警察に食ってかかったり……。

大切な家族を失った人々という意味では、司法解剖でも行政解剖でも遺族の立場は同じだが、司法解剖においては、自殺の事例というのは決して多くない。

他者に殺されたというのと、自殺されたというのでは、残された者はどちらがつらいのだろう……と伊月は冷たい壁にもたれ、ぼんやりと考えていた。

殺人者がいるならば、正体がわかっているにせよいないにせよ、少なくともその人物を恨み、憎むことができる。ただひたすらに、死者を悼《いた》むこともできるだろう。無論、それが理不尽な死であることに変わりはないとしてもだ。

だが、自分にとってかけがえのない人が、みずから命を絶ったとき……そしてその理由が明らかでないとき。

残された者たちは、大事な人の死を悲しみつつも、生涯、彼あるいは彼女が死を選んだ理由を追い求めなくてはならないのだろう。今ここにいる池田知宏の両親のように、責任が自分たちにあるのではないかと疑心暗鬼になって、苦しむことになるかもしれない。

(そりゃ凄く気の毒だけど、そこまでフォローするのは俺たちの仕事じゃねえし。龍村先生、どうすんのかな)

伊月は、じっと両親の嘆きに耳を傾けている龍村の、厳しい横顔を見つめていた。

「残念ですが、解剖しても、心という臓器はありません。僕には、知宏君が何を考えて自殺という道を選んだのか、教えて差し上げることはできません。カウンセラーとしての教育を受けていないので、ご両親の悲しみを軽くできるような物言いも、申し訳ありませんができません」

龍村は、項垂《うなだ》れる両親にきっぱりと言った。だがそれは決して事務的な口調などではなく、野太い声には労《いたわ》りの念がこもっている。

「ですが、死者の声を聞くのが我々の仕事だと言った先達《せんだつ》がいました。僕は若輩者《じゃくはいもの》ですので、何から何まで聞き分けることはできませんが、それでも彼の遺体が教えてくれたことが……おそらく、彼がご両親に伝えてほしいと僕に望んでいるであろうことがあります。それは、彼がお父さんの元旦の言葉で、衝動的に自殺を決めたわけではないだろうということです」

「先生、そないな気休めは……」

「気休めではなく。首つりや飛び降りならともかく、感電自殺を行うには、入念な下準備が必要です。方法を調べ、必要な道具を入手し、その上加工もしなくてはなりません。彼はそれを緻密《ちみつ》に行い、しかもお母さんの取っておいた睡眠薬まで見つけ出していました。……もし、お父さんの言葉でカッとなって自殺を図ったとしても、それだけの準備をしているうちに頭が冷えます。考え直し、思いとどまるチャンスは何度もあったはずです」

「…………」

「ということは、知宏君はある程度の時間をかけて色々なことを考え、そして今回の自殺という不幸な結果に至ったのだと思います。決して一時の動揺だけでこうなったのではなく、言い方は妙ですが、ある意味、覚悟の自殺だったのだろうと。その証拠に……伊月、さっきの紙を」

「え？　あ、はいっ、これっすか」

物思いにふけっていたところを急に声を掛けられ、伊月は慌てながらも、ずっと持っていた紙片を龍村に差し出した。

それは、死者が枕元に置いていたという、例の警告書だった。龍村はそれを両親に示し、再び口を開いた。

「これを知宏君の枕元で見つけたのは、お父さんですか」

父親は涙を堪えるような表情で、小さく頷く。龍村は、どこか子供のようにたどたどしい筆跡と父親の顔を見比べた。

「彼が死の直前まで……睡眠薬を飲んで眠りに就くまで、とても冷静だった証拠が、この紙です。彼は、自分の死後も通電が続いている可能性を危惧《きぐ》して、ご両親を巻き添えにしないようにこの紙を用意したんですよ。つまり、自分の死後のことまで考えられるほど、落ち着いていたということ、そして、ご両親に対する愛情があったということだと僕は思います」

「……それやったら……それやったら、せめて遺書でも残しといてくれたら……」

母親は、嗚咽《おえつ》の合間にか細い声で嘆く。

龍村は口を噤み、目を伏せた。

解剖結果から読み取れる範囲で、遺族の心の安らぎに繋がるようなことがあれば、どんなにささやかなことでも告げるが、憶測だけの慰めは絶対に言わない。

どうやらそれが、監察医としての龍村のポリシーであるようだった。

「……遅うまで、ホンマにありがとうございました。お世話になりました」

気持ちを抑えるように大きな溜め息をついた父親は、手渡された死体検案書を大事そうに胸に抱えて、龍村に深々と頭を下げた。母親も、よろめきながら立ち上がる。

「いえ、こちらこそ、長くお待たせして申し訳ありませんでした。……もし、後日質問などありましたら、遠慮なくご連絡ください」

龍村も慇懃《いんぎん》に礼を返し、伊月に目配せした。

「ど……どうもっす」

どう声を掛けていいかわからず、伊月は曖昧な挨拶と共に、彼らのために扉を開けてやる。

身を寄せ合うように去ってゆく夫婦の背中を見送り、伊月はただやるせない思いで突っ立っていた。そんな伊月の背中をバンと叩き、龍村はそれまでとは打って変わったぶっきらぼうな調子で言った。

「いつまでも怠けてるんじゃない。お前の上司は、下でひとりで奮闘中だろうが」

「俺は院生ですから、ミチルさんは上司じゃなくて指導教か……」

いつもの調子で言い返そうとした伊月だが、横を通り過ぎてドスドス階段を下りていく龍村の背中を見て、ハッとした。

口では絶対に弱音を吐かない龍村だが、遺族との対面で、やるせない思いを抱えることも多々あるのだろう。

いつもはピンと伸びた背中が、わずかに丸《まろ》んでいる。

「……指導教官、なんですけどねえ」

威勢良く言い返すのも気が引けて、口の中でモゴモゴと文章を完成させ、伊月は控え室の扉を閉めた……。

＊　＊

ながら、夜空を見上げる。

「うおわ、寒ッ。何かこの辺、高槻より底冷えしませんか」

外へ出た途端、伊月は冷たい風に身震いした。ミチルも、両手で自分の腕をさすりながら、夜空を見上げる。

「ホントね。まあ、うちの大学は市街地にあるけど、ここは山の手だから」

最後に戸締まりを済ませて出てきた龍村も、ミチルの視線を追った。

「正月は空気が澄んで、空が綺麗だな。この辺りは海と山が近いから、風がよく吹いて地面が冷えるんだろう」

「なるほどー。これが噂の六甲《ろっこう》おろしって奴なのね」

そう言って、ミチルは気持ちよさそうに大きな伸びをした。伊月は深呼吸をする元気もないらしく、げんなりした顔で凝り固まった肩を揉みほぐしている。

そんな二人に、龍村はあらためて深々と頭を下げた。

「今日は本当に助かった。年明けそうそう、すまなかったな。こんな酷い日は、年に何度もないんだが」

巨体を丸めるようにしてお辞儀をする龍村に、ミチルはおかしそうに片手をヒラヒラさせた。

「何をしおらしいこと言ってんの。お互い様でしょ。心配しなくても、借りは返して貰《もら》う気満々よ」

「無論、僕もそのつもりだ。そっちで人手が要るときは、万難を排して駆けつけるさ」

「気持ちは嬉しいけど、監察のお仕事に響かない程度で結構よ。私はどっちかというと、豪華ディナーにご招待、とかのほうが嬉しいかな。あ、そういえば、さっきの感電自殺の子の、左腕の瘢痕だけど」

龍村は、思い出したようにポンと手を叩いた。

「ああ、そうだ。帰りかけた遺族を呼び止めて訊ねてみたんだが、その傷には覚えがないそうだ。確かに虐めは暴力を伴うものだったが、そのときの傷は、頭部に縫合痕《ほうごうこん》が残っているだけらしい。……あったろ、後頭部に」

龍村は、人差し指で自分の後頭部に線を描いてみせる。ミチルは首を傾げた。

「うん、それは見たけど。……じゃあ、やっぱり自傷？」

「の、可能性が高いな。ただ、両親の知る範囲では、あからさまな自殺未遂や自傷行為はなかったらしく、腕の傷のことも知らなかった。ただ、引きこもりになる前は、よく半袖を着ているところを見かけたが、その頃は確かになかったはずだ……とそう言っていた」

「そっか……。ねえ、よかったらあの瘢痕の画像、私にもくれない？　どういう機序《きじょ》であれができるのか、興味があるの。他に似たような損傷がないか、うちの資料を検索してみたいわ」

「わかった。ご両親も、どういう傷かわかったら教えてほしいと言っておられたからな。明日、了承を取り次第、お前のパソコンに送っておく」

「ありがとう。よろしくね。……さてと、それにしても、惜しいところで日付が変わっちゃったか」

　ミチルは腕時計に視線を落として時刻を確かめてから、顔を上げて伊月を見た。

「残念ながら終電を逃しちゃったけど、伊月君はどうする？」

「どうするって……お二人はどうするんすか？」

　伊月は、薄い唇をへの字に曲げる。ミチルはこともなげに言った。

「私と龍村君は、家がそれなりに近いもの。途中までタクシーに乗り合わせれば、安上がりに帰れるわ。でも伊月君の場合は……」

「ちょ、ちょっとやめてくださいよ。ここから高槻までタクったりしたら、一万円以上かかるんじゃないですか？」

「何言ってんの。深夜割り増しがかかるから、一万円じゃ、大阪駅までもたどり着けないわよ。二万は覚悟しなきゃね」

それを聞いて、伊月はブルブルと物凄い勢いでかぶりを振った。

「冗談じゃないっす。伊月は……俺、年収五十万いかない、超哀れな大学院生なんですからね。そんなバカやったら、たちまち破産ですよ。……っつか、今そんな大金、財布に入ってないですから。ミチルさんが奢《おご》ってくれるってんなら、大喜びでそうしますけどね」

今度は、ミチルが首を高速運動させる番である。

「私だって、薄給に喘《あえ》ぐ可哀想《かわいそう》な助手なんだから、そんな太っ腹なことはできないわよ。……うーん、今日、猫は大丈夫なの？」

「ああ、ししゃもは平気ですよ。今日は、筧がまともな時間に帰れてますから」

「じゃあ、無理して帰ることはない……か。このへんか三宮《さんのみや》あたりで、安いビジネスホテルにでも泊まる？　カプセルホテルの宿泊費くらいなら、出してあげてもいいわよ」

「げー、嫌ですよ、カプセルホテルなんて！　俺、閉所恐怖症なんですから。あんな閉鎖空間に入るの、想像しただけで何かもう息苦しい……」

「へーえ、そうなんだ。本当に意外なところで繊細なのねえ、伊月君ってば」

「そんな楽しそうな顔をしない！　ったく、俺は見るからに繊細そうでしょうが」

「それはどうだか」

「うう……。それよか、家、近いんでしょ？　いっそミチルさんちに泊めてください よ。カプセルホテルよりかは、ミチルさんちの床で寝るほうがマシっす」

伊月の意外な要求に、ミチルはキリリとまなじりを吊り上げた。

「うちは女性専用マンションだって言ってるでしょ。部屋に男の人を泊めたなんてばれたら、追い出されちゃうわよ」

「ううう……じゃあ、仕方ねえか。壁紙の破れた、最初っから歯磨きがくっついてて歯茎《はぐき》が血だらけになるような毛の硬い歯ブラシが置いてある、しみったれたビジネスホテルで我慢しますよ」

「今どき、そんな歯ブラシを見つけるほうが大変だと思うけど……っていうか、どれだけ場末感みなぎる宿を想定してんのよ、あんたは」

それまでそんな二人の会話を黙って聞いていた龍村が、そこでボソリと口を挟んだ。

「うちに来ればいいだろうが」

「へ？」

伊月は目を丸くし、ミチルはポンと手を打った。

「あ、そっか。うちが駄目なら、龍村君ちに泊めて貰えばいいんじゃない」

「ああ。どうせ一人暮らしで部屋は余ってる。何日泊まっていっても構わんぞ」

「そうよね。そうしなさいよ、伊月君。それなら、歯茎を血だらけにして安ホテルに泊まる必要もないし。龍村君ちは綺麗よ～」

さっくり話をまとめようとする二人に、伊月は顔色を変えて両手を振る。

「いやっ！　そ、それは嫌……じゃねえ、申し訳ないですしっ。俺、別に血まみれホテルでも……」

いくら、法医学者としての龍村を尊敬しているといっても、煙たい相手であることに変わりはない。

オンとオフをわりにはっきり分けるタイプの伊月としては、仕事中でもないのに気疲れする先輩に宿を借りるなど、正直願い下げだった。

だが龍村は、いかにも鷹揚《おうよう》な態度で伊月の肩をポンと叩いた。

「遠慮するな。心配しなくても、これで今日の借りを帳消しにする気はないぞ」

「そ……それはわかってますけど……」

「勿論、そっちの趣味もない。安心しろ」

「……そんなことは考えてもないっすけど」

これ以上抵抗しても無駄らしいと悟った伊月は、ガックリと肩を落として言った。

「じゃあ、一晩だけ、お世話になります」

「うむ。では、とっとと帰るか。お互い、明日は通常勤務なんだしな」

満足げに頷いた龍村は、タイミング良く通りかかったタクシーを捕まえるべく、勢いよく手を挙げた……。

間奏　飯食う人々　その二

龍村の暮らすマンションは、伊月が想像していたよりずっと立派で高級そうな代物《しろもの》だった。

いかにも、神戸の閑静な住宅街という趣《おもむき》の立地で、駅からもそこそこ近い。エントランスは電子キーになっていて、ロビーも、そのまま喫茶店が開けそうなほど広かった。

「随分《ずいぶん》、いいとこに住んでるんですね」

龍村のあとについてエレベーターホールまで来た伊月は、幾分気圧《けお》された様子でそう言った。龍村は、広い肩を竦める。

「まあな」

「監察医の給料って、そんなにいいんですか？」

そんな正直な問いに、龍村は苦笑いで簡潔に答えた。

「悪くはないが、監察医の給料でこのマンションを買うのは無理だ」

「ですよねえ……。どこ見たって、やたらめったら高そうだし」

「あまり自慢できる話じゃないが、親の生前分与でな」

「生前分与！　すっげーいい響き。つまり、遺産の前渡しってことですか？」

龍村は、エレベーターに乗り込み、五階のボタンを押した。ゆっくりと上昇を始めたエレベーターの中で、二人は会話を続ける。

「ああ。実家の商売を兄が継いだから、家屋も店舗も、いずれ兄のものになる。そこへもってきて、てっきり臨床医になると思っていた僕が、たいして金にならない法医学の道に進んだだろう。両親が心配して……」

「で、せめて家だけでもって？」

「ああ。要らぬ心配だと突っぱねるのも、かえって親不孝な気がしてな。ありがたく頂戴《ちょうだい》した。まあ、こつこつ働いて、長期計画でこの恩は返すつもりだ。両親には、是《ぜ》非《ひ》とも長生きしてもらわなくては」

「へえ……」

「お前は？　ご両親は健在か？　兄弟は？」

「俺は一人っ子ですよ。両親は健在ですけど、元からあんまり繋がりのない親子ですから、そういう美しいやり取りはないっすね」

「ふむ？……そうか。ああ、ここなんだ」

龍村は、通路の突き当たりの部屋の前で足を止めた。

「わお、おまけに角部屋か」

伊月は短い口笛を吹く。

「夜に口笛を吹くと、妙なものが来る……と、伏野に聞かなかったか？　まあいい、ともかく上がってくれ。すぐ右がリビングだ」

「お邪魔します。……うお、ゴージャス！」

それが、リビングルームに一歩入った伊月の第一声だった。

ストレートすぎる賛辞に、さすがの龍村も照れくさそうに頭を掻く。

「それは少しばかり大袈裟だろう」

「んなことないっすよ。うわはー、雑誌に出てきそうな部屋」

広い部屋のど真ん中に立った伊月は、興味津々の顔つきで部屋中を見回した。

ファッションに関しては極彩色を好み、お洒落と悪趣味のボーダーラインを行き来している龍村だが、インテリアに関しては、意外にもシックなものが好きらしい。

家具はモノトーンで統一されており、どれもシンプルなデザインのものだ。特に目を引く白いレザーのソファーなどは、汚すことを恐れる人間には、絶対に所有できない代物だろう。

　余計なものは何一つ置かれておらず、モデルルームのようにスタイリッシュなその部屋は、生活感こそ薄いが、不思議に居心地がよさそうだった。

「もしかして、きれい好きなんですか？」

　伊月の問いに、龍村はトレンチコートを脱ぎながら答えた。

「週に一度、ハウスキーパーを頼んでる。きれい好きじゃないのは自覚済みなんでな」

「なるほど」

「さて、キッチンはそっちだ。冷蔵庫から好きな飲み物でも出して、適当にくつろいでてくれ。僕は風呂を溜めがてら、先にシャワーを浴びさせてもらう」

　そう言って、龍村は部屋を出て行った。

「……ふはあ……」

　龍村の姿が扉の向こうに消えるなり、伊月はソファーにへたり込んだ。

　ソリッドな印象のソファーは、座ると適度に柔らかくて心地いい。コートを脱ぎもせず、勢いのままにゴロンと寝ころんだ伊月は、天井を見上げて嘆息した。

「疲れた……。年末からこのかた、いったい何だってんだ……？」

解剖室で年を越す羽目になるわ、三が日も明けないうちから山のような解剖をこなす羽目になるわ、今年は例の何とか殺界とかいう奴かと勘ぐりたくなる。

「おまけに……何だって、龍村先生んちにご宿泊コースまでついてくるんだ？　俺、マジで今年、呪われてる……？」

帽子を被っていても、解剖室で長く過ごすと、髪に死臭が染みついてしまう。鬱陶しそうに前髪を掻き上げ、棒のようになった足をソファーに投げ出して、伊月はブツクサとぼやき続けた……。


しかし、何だかだ言っても予想外に贅沢な環境に、いったん落ち込んだ伊月の気分は徐々に上向いてきた。

さらに、龍村のあとに使わせてもらった風呂が、これまた快適だった。

体育座りで浸からなくてはならない筧家の風呂桶と違って、足が伸ばせる大きなバスタブには、ジェットバス機能までついている。

痛いほど勢いよく湯の出るシャワーと、ブクブク泡の出るバスタブを満喫して浴室を出ると、いつの間にか、龍村が脱衣所に着替えを用意してくれていた。

ジャージも下着も新品で、龍村が実はけっこう神経の細やかな人物なのだと知れる。

「……くそ、何か自分の体の貧弱さを思い知らされる感じだよなあ」

気遣いに感謝しつつも、一回り大きな服に、体格の差を見せつけられたようで面白くない。大きな鏡に映る、いくら食べても身の付かない痩せっぽちな体から目を背け、伊月はブカブカのジャージに袖を通した。

「風呂……と、着替え、どうもっす」

頭からつま先まで借り物に身を包んだ伊月がリビングルームに戻ると、似たり寄ったりのジャージ姿をした龍村は、ソファーで新聞を広げていた。

彼は、伊月の姿を見ると、新聞を畳んでテーブルに置いた。

「おう。死ぬほど眠くなければ、寝る前に軽く飲むか？」

問われて、伊月は曖昧に頷いた。

「ありがたいっすけど……俺、甘い酒しか飲めないんですよ。女みたいでしょ」

龍村に笑われることを予測して、伊月の口調はやや自嘲《じちょう》めいている。だが龍村は、ことなげに言った。

「だったら、何か作ろう」

「……へ？」

キッチンへ向かった龍村の後を、伊月もキョトンとした顔で追いかける。

「作るって、何を？」

龍村は食器棚からグラスを取り出しながら答えた。

「カクテルでも。お好み次第というわけにはいかないが、一種類くらいは、好みに合致したものが作れるんじゃないかな。……いつも、何を飲んでる？」

「え……ええと、そうっすね。オレンジブラッサムとか、ミモザとか、ベリーニとか、カルアミルクのミルク多めとか、カンパリオレンジのオレンジ大増量バージョンとか……そのへんを」

「なるほど。だいたいわかった。要は、甘くて、あまり強くないものなら大丈夫ってことだな」

「たぶん。どっちかっていうとフルーティ系が好きかな」

「了解だ」

龍村は数秒考えて冷蔵庫を開け、ソーダ水とレモンを取り出した。冷凍庫からは、リキュールらしきボトルを引っ張り出す。

「シェーカーを使うと後片付けが面倒なんでな。無精な方法で作れるものにするぞ」

そう言いつつ、龍村は手早くレモンのスライスを数枚切り分け、残りは絞って果汁をグラスに集めた。

伊月はその手際のよさに感心し、流し台にもたれて立ったまま、龍村に訊ねた。

「シェーカーなんて、持ってるんですか？　カクテル作りが趣味とか？」

「まさか。嫌いじゃないが、単に昔取った杵柄《きねづか》ってだけだ」

「昔取った杵柄？」

「学生時代に、何年かバーでバイトをしていた。帰宅時間がまちまちな医学部じゃ、バイトは休日か夜しか無理だからな」

「確かに。俺も、レンタルビデオ屋とかコンビニの夜勤務ばっかやってましたよ」

「だろう？　その店のバーテンダーに色々教えてもらった。卒業する頃には、国家試験にしくじったら、本格的にバーテンダーの道を究めようかと思っていたんだが……幸か不幸か、ご覧の通りの有様だ」

龍村は、右頰だけでニヤリと笑って、戸棚から大振りのグラスを手に取った。

冷凍庫から出したロックアイスを放り込み、メジャーカップをきちんと使って、リキュールとレモン果汁と、何か透明な液体を注ぐ。その上からソーダをたっぷり満たして軽くステアしてから、最後にレモンのスライスを飾って、伊月に差し出す。

「味見してくれ。かなり薄めに作ったが、まだ濃すぎるようなら薄めよう」

「すんません。……じゃ、いただきます」

伊月は上目遣いに龍村の表情を窺《うかが》いながら、恐る恐るグラスに口を付けた。確かに手際は鮮やかだったが、だからといって味がいいとは限らない。

（まあ、怪しいもんが入ってる気配はなかったけど、油断は禁物だ。まずくても師匠お手製カクテルを噴くわけにもいかねえからな）

どんな味でも涼しい顔で飲み下す覚悟をしてから、グイとグラスを傾ける。

勢いがよすぎて、味見にはたっぷりすぎる量が口に流れ込んできたが、その味に、伊月は目を丸くした。

「旨い！　まんまレモンスカッシュっすよ。何ですか、これ」

「シトロン・ウエディングというカクテルの、炭酸大増量版だ。ちょうど、リモンチエッロがあったからな」

「リモンチエッロって、レモンのリキュールか何かでしたっけ。あと、レモン汁と、何か水みたいなのを入れてたのは？」

「リキュールの量が少ないと、味がぼけるだろう。レモン果汁を増やしたが、それだけじゃ酸っぱいからな。ほんの少し、ガムシロップを足したんだ。甘すぎたか？」

ジャージ姿の龍村は、まるで実験手技の可否を問うような真剣な顔で訊ねてくる。

伊月は慌ててぶんぶんと首を横に振った。

「いや、俺、甘いの好きですから！」

「遠慮するなよ？」

「いや……マジで旨いです。旨すぎて、一気にいっちまって倒れないかと不安なだけで」

伊月の言葉が本心からだとわかったのか、龍村もようやく頬を緩めた。

「気に入ってくれれば幸いだ。……立ったままも何だから、あっちで飲むか」

「あ、そうっすね」

促され、伊月はグラスを手にリビングに戻った。

ほどなく龍村も、自分のグラスと、チーズやハムの類とクラッカーを盛り合わせた皿を持ってやってきた。

「料理はあまり得意じゃないんだ。まあ、何もないよりマシだろう」

「十分っすよ。うまそ」

「お歳暮にもらったものばかりだから、すべて賞味期限内だ。安心して食ってくれ」

「いただきますっ」

寿司を食べたとはいえ、やはり夜更けになると小腹が空いてくる。伊月は遠慮なく、旨そうなハムに手を伸ばした。

疲れすぎると……特に解剖を多くこなすと、気が立ってなかなか眠れないものである。

どうやら二人ともがそういう状態であったらしく、軽く飲もうと言いつつ、二人はダラダラと杯を重ね、つまみを食べ続けていた。

既に、冷蔵庫にあったお歳暮は食べ尽くし、龍村が非常食として蓄えていた焼き鳥缶や鮭水煮缶、コンビーフまで開けられている。

いい感じで酔いが回ってくると、龍村からはいつもの厳格さが消え、伊月も、いつもよりずっと龍村に親近感を覚えていた。

おかげで、いつもなら口にしないような気安い世間話が口を衝《つ》いて出る。

「そういや、龍村先生。ミチルさんから聞きましたよ」

「ああ？　何をだ」

いちいちキッチンへ行くのが面倒だと、必要なものをすべてリビングに持ち出し、伊月のためにカクテルを作ってやりながら、龍村は応じた。

「学生時代、動物を使う実習をボイコットして、大学で話題の人になったって話」

それを聞いて、龍村はあからさまに嫌そうな顔をした。

「……伏野の奴、余計なことを」

伊月は、酔ってなお鮮やかな龍村の手つきを見ながら、首を傾げる。

「いいじゃないですか。俺、龍村先生のこと尊敬しましたよ。俺だって、ホントは動物を殺したり傷つけたりする実習、嫌でしたもん。単位のために、我慢してやりましたけど。……拒否したら即落第って空気なのに、それを貫き通したのは、凄いと思いますけどね」

「…………」

龍村は、苦々しい顔で、伊月曰《いわ》くの「レモンスカッシュ味」のカクテルを作り終え、伊月の前に置いた。そして、両手で短い髪を掻き回し、吐き捨てるように言った。

「そう言われてもな。そりゃ、話が一人歩きした上での誤解なんだ。褒められたり尊敬されたりしても、僕は困るばかりだ」

「誤解？」

龍村は頷くと、さっきまでの上機嫌はどこへやら、渋面でソファーに深く身を沈めた。

「誤解だよ。僕は別に、残酷さを理由に、動物を使う実習を拒否したわけじゃない」

「へ？」

「動物を殺すという行為は確かに残酷ではあるが、医師を志す人間には、必要不可欠な知識と経験を得るための必要悪だと今は思っている。……ただし、正しく指導され、実習に臨む者にも、小さくとも尊い命を自分が奪うという自覚があり、そこから何を得るべきかを知っていれば、という前提あっての話だがな」

「は……はあ」

うっかりとんでもない話題を振ってしまったことを後悔しても、すでに後の祭りもいいところである。伊月は居心地悪そうに身じろぎし、龍村の話に耳を傾けている。

「あのとき、僕が動物殺しを拒否するきっかけになったのは、生理学の実習で我々を指導していた大学院生の言動だったんだ」

院生と聞いて、同じ立場の伊月はますます微妙な顔つきになる。だがそれに構わず、龍村は難しい顔で話し続けた。

「マウスを使う実習だったんだが、本来、その実習では、マウスを殺す必要はなかったんだ。それなのに、実習手技を説明しているときに、おそらく彼自身も不慣れだったんだろうな。その院生はマウスを強く保持し過ぎて、窒息死させてしまった」

「げ……」

「学生の前でとんだ失態だ。恥ずかしかったのはわかるが、彼はニヤニヤ笑って死んだマウスを我々に見せ、『悪い見本を見せちゃいました。頑張り過ぎるとこうなりますよ』と言ったのさ。……今の僕なら、言葉で諫《いさ》めただろう。だが当時の僕にとってそれは、あまりにも衝撃的で許し難い行為だった。彼に殺されたマウスは、まったくの無駄死にだ。それを笑いながら僕らに見せる、そんな奴が指導役を務める実習など、受けるに値しない。そんなふうに思ってしまったんだな」

「……それで、動物を使う実習すべてを拒否しちまったんですか？　他の科目の奴も？　言っちゃ悪いですけど、えらく極端ですね」

伊月の指摘に、龍村は気まずそうに頭を掻く。

「まったくな。僕も本当は、そんなつもりはなかった。だが、あまりに動揺していたもんだから、皆の前で、これはただの虐殺だ、こんな実習は断固拒否すると言い放ってしまったせいで、生理学の教授を激怒させてしまったんだ。おかげで話がいっぺんに大きくなったよ。あいつは動物実習を非難している、と色んな奴に噂されてたな」

「あーあ……」

「それでも、教授会に呼び出されたときには、必死で自分の考えを理解してもらおうとしたんだ。僕は動物を用いる実習そのものを否定しているわけじゃない。だが、指導する側も、学生の側も、いったい何のために実習を行うのか、何故動物の命を奪ったり、動物に苦痛を与えたりしなくてはならないのか、全員が本当に理解して実習に臨んでいるとは思えない。もし、単にカリキュラムの一環として必修だからやっているのだとすれば、それは単なる殺戮《さつりく》や虐待行為であって、何の意味もない。だから僕は、現状のままではそうした実習を拒否するしかないんだ……とね」

「……俺には、筋の通った話に聞こえますけど？」

「確かに、間違った主張ではなかったと思う。だからこそ、教授会は、学年一位の成績を取れば、実習をボイコットしても進級させてやろうなんて条件を突きつけてきたんだろう。こっちも意地になって、それを受けて……で、どうにか進級する権利を勝ち取り、事態の収拾《しゅうしゅう》は一応ついたわけだが……しかし、なあ」

龍村のどうにも冴《さ》えない表情に、伊月は訝《いぶか》しげに訊ねた。

「でも、すっげえ後悔してるみたいな顔してますけど、先生」

「……後悔はしていないが、まずい態度だったとは思っている」

「は？　それって、もっと上手く立ち回ればよかったって意味で？　今は、そういうずるいオトナなんですか、龍村先生も」

伊月の声に、落胆を感じとったのだろう。龍村は、苦笑いでかぶりを振った。

「勝手に尊敬して、勝手に失望するなよ。僕は、間違ったことをしたとは今も思っていない。……どう説明すればいいのかわからんが、あらゆる意味で若かったんだ」

「あらゆる意味って？　学生時代と今と、何がそんなに違うんです？」

まるで子供のように質問ばかり繰り返す自分を滑稽《こっけい》に思いつつも、この話をきちんと聞いてしまうまで、とても寝る気にはなれない。伊月は、龍村の作ってくれたカクテルをちびちび飲みながら、ただじっと聞き手に回っていた。

「そうだな。……たとえば、視野と行動力の間には、質量保存の法則が成り立っている、と僕は思う」

「……何か難しいこと言い出したなあ」

「難しくないさ。若い頃は、視野は狭いが、行動力は大きい。だが、成長するに従って、視野はどんどん広くなるが、それと対照的に、行動力は落ちていく。単純にそう思わないか？」

伊月は少し考えて頷く。

「確かに。それは言えるかもですね」

「だろう。当時の僕はまだ若くて、本当に視野が狭かった。だからこそ、こうと思いこんだら一直線で、自分の主張を貫き通せたんだ。誤解も受けたが、がむしゃらな行動力で突っ走って、僕自身の学力も上がったし、大学のほうも、同じような学生が続出しないように、動物を用いる実習に対する大学側の姿勢を見直す会合を持ってくれた。学生の間でも、僕の主張の是非を議論することで、動物実習のことを真剣に考える機会ができた。……結果オーライと言ってもいいと思う。今の僕なら、視野が広がった分色々考えてしまって、そんな思い切った行動には出ない、出られないだろうしな。……ただ、僕が苦々しく思うのは、当時の僕の心の持ちようだよ」

「……何か、またわかんなくなってきた。間違ってたとは、思ってないんじゃなかったんですか？」

「行動が間違っていたとは思わない。だが……その頃の僕は、自分では気付いていなかったが、ずいぶんと傲慢《ごうまん》だったんだ」

「傲慢……？」

龍村は頷き、本当に恥ずかしそうに額に手を当てた。

「僕は愚かにも、自分は上等な人間だと思っていた。動物実習の問題について真摯《しんし》に考えている自分は、問題の院生より、他の学生たちより、ずっとマシな人間だとな。

……ああ、思い出すと、顔から火が出そうに恥ずかしい」

龍村の顔は、本当に酔いのせいだけではない赤みを帯びている。伊月はグラスを持ったまま、ちょっと不気味そうにのけぞった。

「で……でも、確かにそういうこと真面目に考えてる人間って、考えない人間よりマシなんじゃないっすか？　何でそんなに恥じらってんのか、俺わかんないんですけど」

「……そういう評価は他人が下すものであって、自分がそんなふうに思い上がるべきじゃないんだ」

深い溜め息をついて、龍村は低い声で言葉を継いだ。

「よくあるだろう。相手が正しいことを言っているのはわかっているのに、素直に受け入れられないってことが」

「……確かに」

「あれはおそらく、話し手が、正論を説く自分は相手よりまともな人間だと自負しているからなんじゃないかな。そのせいで、無意識のうちに、相手のことを一段下に見ている。それが伝わるから、聞き手が反感を持つんだ。……主張の正当性にもかかわらず」

「……そう……いうもんですかね」

「ま、実を言えば、お前を監察医務室で叱り飛ばすときは、わざとそういう態度をとるときもあるがな。お前を故意に怒らせて、ムキにならせるために」

「あ、ひでえ！」

むくれる伊月に少し笑った龍村は、しかしすぐ真顔になってこう言った。

「どんなに善なること、正しいことを言ったとしても、相手を見下《さげす》す気持ちがある限り、その言葉も行為も、決して相手の心に響かない。傲慢な蔑みの眼差《まなざ》しを、自覚していようといまいとな。……たぶん大切なのは、自分の中に己の価値観があるのと同じように、他人には他人の価値観があると肝《きも》に銘《めい》じることだ」

「人にはそれぞれの考え方があるってことですよね」

「そうだ。二人の人間が、違う単位で目盛を刻んだ物差しを持ち寄って、どちらの物差しが正しいかを議論しても、意味はないだろう。それよりは、お互いの単位がどれだけ違うのかを把握するほうが有意義だ。そうすれば、次からはお互いの尺度を踏まえて、話をすることができる。たぶん、本当の意味で自分以外の存在を認め、尊重することで、話し合いや理解が可能になるんじゃないか」

伊月は、いつしか龍村の話に引き込まれ、真剣な顔つきで考え考え言った。

「うーん……。理屈はわかりますけど、難しいっすよね。やっぱ人間って誰かと揉めるとき、自分が絶対に正しいと思って戦うわけですからね」

「そうだな。僕だって、まだまだ未熟な人間だ。だが、謙虚であろうと心がけるだけでも、違いは生じると信じている。それに、法医学者である我々は特に、自分が驕《おご》っていないか、偏《かたよ》っていないか、常に自分に問いかけるべきだと思うんだ」

「って言うと？」

「軽い昔話をすると、僕もお前と同じように、医大を卒業してすぐに法医学教室に入った」

「はあ。確か、ミチルさんと同期なんですよね？」

「ああ。思えば、あいつとも長いつきあいになるな。二十五年に一人新人が入れば御の字、そう言われている法医学教室だ。同期がいるってだけでも珍しいんだぜ」

「そういや、少なくとも近畿《きんき》じゃ、俺には同期なんていないですよ。何かもう、深刻な人材不足っすね」

「そうだな。今でこそ、ドラマや映画で法医学の認知度が上がって、憧れて入ってくる奴も増えたが……わかるだろう？　現実は甘いもんじゃない。地味なわりにきつい仕事だし、誰かを治療して感謝されることもない。金だって、臨床の連中ほどは稼げない。本気で腰を据える奴は多くはないさ。……ああ、お前は大学院生だから、無給なんだったな」

「そうっす。ぶっちゃけ、バイトもままなりませんからね。学生時代に輪を掛けてビンボーですよ」

不満げな伊月に、龍村はくつくつと笑った。

「まあ、院を卒業してまだ法医に居座る気があれば、人材不足のおかげで、確実に助手に昇格だ。そうなれば、飢え死にはしない程度の給料は入ってくるさ。場所の選り好みさえしなければ就職に苦労しないのは、この業界の有り難いところだな。それはともかく」

龍村は薄く切ったチェダーチーズをクラッカーに乗せて口に放り込み、話を続けた。

「幸か不幸か、僕がいたH医大も、O医大に負けず劣らず司法解剖の多い大学でな。新人時代は、司法解剖三昧《ざんまい》で過ごした」

「今の俺みたいに、ですか？」

「ああ。とにかくがむしゃらに解剖を経験して、色々なことを勉強させてもらった。充実した日々だったよ。……だが、そこでも僕は、少々道を誤った」

伊月はちょっと躊躇《ためら》ったが、酒の勢いも手伝い、悪戯っぽい口調でこう言った。

「解剖が上手になったって天狗《てんぐ》になったんですか？　で、何かミスったとか？」

普段なら即座に伊月をどやしつけたであろう暴言だが、龍村は広い肩を竦めただけだった。

「解剖が上手だと思ったことは一度もないぜ。この業界、いわゆるロートル世代の解剖技術は、我々よりずっと上だ。ある意味、職人芸の世界だからな。……それより、問題は精神的な思いこみだった」

「思いこみ？」

遠い日を思い出すように、龍村はギョロリとした目で虚空を見たまま頷く。

「凄惨《せいさん》な殺され方をした遺体ばかりを見ていると、そうした人たちを手に掛けた、いわゆる『犯人』と呼ばれる人間たちを、別人種のように思ってしまう。自分たちはまともな人間、犯人は人非人《にんぴにん》。言葉は悪いが、そんなふうにな」

「……………」

「さっきのと少し意味が違うが、僕は無意識のうちに、人を殺《あや》めるような人間は、我々より程度の低い、ろくでもない奴らだと、そんなふうに思っていた。……だが、状況にあるとき気がついた。誰だって、殺人者になり得る。僕だって、お前だって、状況によっては、人を殺すかもしれないんだ」

「……戦争が起こったら、とか？」

「そんな極端なシチュエーションではなくても、だ。たとえばこうして僕とお前が差し向かいで飲んでいて、お前が酷い酒乱ならどうだ。何かの弾《はず》みで喧嘩《けんか》になって、お前は僕を殺すかもしれんぞ」

「ちょ……やめてくださいよ。そういう物騒なたとえは」

迷惑そうに手を振る伊月に、龍村は笑って謝った。

「はは、すまん。だが、法医学者は、法的に中立であるだけでなく、心も中立でなくてはいけないと思うんだ。殺された人も人間、殺した人も人間、残された人も人間、そして解剖する我々も人間……皆、同じ人間だ。その認識を忘れたら、目が曇って、どこかで大きな間違いや見落としをする。……僕は、そんな気がするんだ」

「……それって、何かそう感じるきっかけになった事件があったんですか？」

龍村は、ニヤリとしてグラスを軽く掲げた。

「あったにはあったが、それは初めてサシで飲んだ日に語れるほど軽い話じゃないんだ。またの機会に……そうだな。いつか、お前の奢りで飲む日が来たら、話してやるよ」

「そんな日、当分来ませんよ。ちぇ、せっかくいい話聞いてると思ったのに、肝心なとこでケチなんだから」

「楽しみは先に取っておけ。それより、せっかくハードワークの後にリラックスして飲んでるんだ。辛気くさい話はやめにしよう。もっと楽しい話はないのか？」

真面目な話はこれまでという明確な意思表示に、伊月もそれ以上の追及を諦めざるを得ない。

「楽しい話っすか……。うーん」

普段は、師匠と弟子という厳しい関係で仕事をしているだけに、こういう親しい雰囲気の中で話す機会は、しばらく巡ってこないだろう。

そう考えた伊月は、普段は決して口にしないような質問を投げかけてみた。

「そういや、龍村先生。俺、前から訊きたいことがあったんですけど」

「うん？　何だ」

龍村も、幾分だらしない姿勢で、気安い返事をする。

「けっこう仲がいいみたいに見えるのに、ミチルさんとはつきあわないんですか？」

「伏野とか？」

思いもよらない質問だったのだろう。龍村は仁王の眼を見開いたが、別段気を悪くした様子もなく、あっさりと答えた。

「正直、この業界に入ってから、事務の田中《たなか》さんを除けば、顔を合わせる機会がいちばん多い女性だ。そんな可能性をちらっと考えたことも、大昔にはあったな」

「へえ」

伊月は身を乗り出した。普段なら、プライベートな質問になど答える義理はないと突っぱねるであろう龍村が、酒のおかげで寛容になっている。

龍村にもミチルにも興味があるだけに、これは伊月にとっては絶好のチャンスだった。

「じゃあ、何でつきあわなかったんです？　あ、それとも、つきあったけど別れた？」

「一緒にメシを食いに行くことは多々あるが、つきあうに至ったことはない」

「へえ……。あ、そういやミチルさん、さっき、龍村先生の部屋が綺麗だって言ってたっけ。もしかして、ここに来たことあるんですか？」

龍村は、可笑《おか》しそうに頷く。

「ああ。夜中に、珍妙なカエル模様のシャツにサンダル履きで来たことがあったな、そういえば」

「か、カエル……？」

「だが、あくまで仕事絡みで来ただけだ。誤解してやるなよ。……あいつがまったく魅力的でないとは言わないが、そういう関係になるよりは、戦友でいたいタイプだ……と思う。というか、基本的にあいつをことさらに女性扱いしたことはないしな」

そういうお前はどうなんだ、と龍村は少し意地悪な目つきで伊月に訊ねた。伊月は、本気で嫌そうに、形良くカットした眉を吊り上げた。

「ちょ、やめてくださいよ」

「何故だ？　お前たちこそ、日がな一日一緒だろう。気が合うように見えるがな」

「確かに気は合いますけどね。どっちかというと、姉貴がいたらあんな感じかなってイメージで。……ぶっちゃけて、彼女ができたら紹介したいタイプかもしれないっす」

龍村は、四角い顎《あご》を撫でてふむふむと頷いた。

「……なるほど。非常にクリアに理解した」

「どうもミチルさんって、そういう星回りの人なんじゃないですかね。気のいいお姉さんとか、頼りになるとか、話しやすいとか、そういう属性がついてて……その、何つーか、ええっと……」

「恋愛に持ち込むには勿体《もったい》ない人材……と、本人の名誉と我々の保身のために、そう結論づけておこうか」

「あ、それ！　それバッチリですよ。龍村先生、さすが亀の甲だなあ、口が上手いっす」

「年の功と言え。……というか伊月、お前、三十路《みそじ》は年寄りだと思ってるだろう。言っておいてやるが、二十五を過ぎると、時が流れるのは死ぬほど早いぞ！」

「……うげえ、そんな、不吉なことを言わないでくださいよ。自分が三十になるなんて、想像するだけでブルーになってきた」

「心配するな、ブルーになってる暇もないほど、ガシガシこき使ってやる」

「嫌ですよ。気がついたら三十なんて、最悪じゃないっすか！」

さっさと寝ればいいものを、龍村と伊月はその後も延々と飲み食いを続け、結局ソファーで沈没したまま朝を迎えたのだった……。

三章　つないだ言葉を追いかけて

翌日の昼過ぎ、朝いちばんの解剖を終わらせた伊月とミチルは、O医大法医学教室のセミナー室にいた。

少々死臭が気になる症例だっただけに、そして伊月は別の理由もあって、二人とも昼食を食べに出ることはせず、それぞれ机の上に、パンやらおにぎりやらを並べていた。

他の人々は外に出かけてしまって、教室にいるのは二人だけである。

「あー、眠い。でもって、頭痛ェ」

買ってきたおにぎりに手もつけず、机に頭を乗せた伊月は、げっそりした顔で呻いた。そう、彼が外に出なかったもう一つの理由は、「体調不良」である。

「眠いはともかく、何でそんなに頭が痛いのよ。風邪？　昨夜龍村君に、床で寝かせられでもしたの？」

ミチルは自分の席でパソコンのキーを叩きながら、伊月のほうを見ずに答える。その無愛想な横顔からは、昨夜の疲れなど微塵《みじん》も感じ取れない。

「まさか。ちゃんと、立派なベッドのある客間を頂きましたよ。ほっとんど使いませんでしたけどね」

「……どうでもいいけど一応訊いとく。どうして？」

「やー、寝る前に軽く一杯の予定が、明け方まで飲んじまって。さすがの龍村先生も、今朝は赤い目で大あくびしてましたよ。知ってました？　龍村先生、カクテル作るの滅茶苦茶《めちゃくちゃ》上手いの」

「知らないわよ。私はお酒なんか飲まないもの。……なーんだ、一瞬心配して損しちゃった。朝まで床に正座で説教されてたのかと思ったじゃない」

「いや、むしろ楽しかったっすよ。男同士の奥の深い話で。盛り上がって飲み過ぎて、そんで二日酔いってわけ。おかげで、今朝は遺体の腹を開けた瞬間、マジで吐きそうになりましたよ」

「ふーん。よかったわね、親交を深められて。ついでに言えば、遺体の腹腔内《ふっくうない》に吐瀉《としゃ》物《ぶつ》をぶちまけずに済んで」

別段、伊月と龍村の話の内容には興味がないらしく、ミチルはカタカタと軽快にキーボードを叩き続けている。論文執筆のときは手を止めて呻いたり悪態をついたりするのが常なので、おそらく私用メールの返事でも書いているのだろう。

対照的に、伊月は机の冷たい天板に頬を押しつけ、眠そうな半眼でミチルに問いかけた。

「おまけに昨日のバーゲン・解剖コンボのせいで、体の節々が痛いんですよ。筋肉痛もいいとこだな。ミチルさんは平気っすか？」

「別に、何ともないわよ」

「あー、そっか。ミチルさんの年だと、筋肉痛は翌々日に来るんですよね〜」

「……あんたね。いつかと言わず、今すぐ真正面から刺すわよ、都筑先生のスペイン土産のペーパーナイフで」

ジロリと横目で睨まれて、伊月は慌てて両手を上げ、降参のポーズをしてみせる。

「冗談ですってば。しっかし、ミチルさんはタフだよなあ。昨日は、サボるとか何とか言っといて、結局俺よか全然まともに働いてたし」

実感のこもった言葉に、ミチルはようやくモニターから伊月に視線を移した。

「だてに伊月君より長くこの業界にいないもの。力を入れるところと抜くところがわかってるだけ」

「げ。それって昨日、俺の目を盗んでサボってたってことっすか?」

「別に、あんたの目を盗まなきゃいけない理由はないけど、まあ適当にサボってたわね。私は有言実行の人だから。……あ、龍村君からメールが来てる。馬鹿にサイズが大きいってことは、昨夜の感電死の画像が添付されてるのかしら」

「仕事が早いっすね、龍村先生。……うわ、何すか、そのデータ。フォルダアイコンに、普通の圧縮ファイルじゃないみたいなマークがついてる」

「プロテクションをかけてるのよ。だって、まかり間違って違う人に送りつけちゃったら、大変なことになるでしょう? プライバシーの問題もあるし、そもそもが……」

「一般人が見たら卒倒しそうな中身ですしね」

「そういうこと。勿論、誤送なんて死んでもないように注意してるでしょうけど、用心はしてし過ぎってことはないもの。関係ない人間にフォルダを開かれないようにしておかないとね。……ああ、やっぱり。昨日の症例だわ。龍村君、相変わらず解剖が立て込んで時間が取れなさそうだから、できたらそっちで瘢痕の分析を頼む……って書いてある」

ミチルはプロテクトを解除するパスワードを打ち込んでフォルダを開き、モニターに画像を映し出した。

昨夜、監察の解剖室で見た、謎の一センチ長の瘢痕が、様々な角度から鮮明に映し出されている。どれも、ミチル自身が撮影したものだ。

「けどそれ、どうやって損傷の原因……っつか、成傷器《せいしょうき》を調べるんすか？　まさか、人体実験とか」

「どう考えたって、それがいちばん確実よね。やりたいのはやまやまだけど、でも自分の体を切り刻むほどマゾじゃないし、あんたに切りつけるほどサドでもないし。とりあえずまずは文献を検索。それで見つからなければ、うちの教室の過去の症例に似たような損傷がないかどうか調べる」

「うちの症例を調べるって……どうやって？　やるやるって言いながら、まだ解剖記録はデータベース化できてないんでしょ？」

画像を眺めながら、ミチルは唇をへの字に曲げて頷いた。

「だって、先々代の教授が手がけた症例から、延々何十年分もの書類と写真が残ってんのよ。どっからどんなふうに手をつけていいかわかんないじゃない。都筑先生も、君らがやってくれたらええがな〜って丸投げだし」

「そういや、前にうんと古い症例の解剖記録を見ましたけど、ぶっちゃけて今のより全然手抜きっていうか簡素な書類でしたよね。そうかと思えば、先代の奴は、どんな粘着質な人かと思うくらい詳細だったたし。ああもフォーマットが違っちゃ、まとめるのは大変そうだ」

「そうなのよね。教授によって、解剖のお作法やら記載の細かさやらが全然違うもんだから、大変。そりゃまあ、細かいほうが情報量が多くて基本的にはいいんだけど、その代わり何でも書いとけ的に煩雑《はんざつ》だから、処理に手間取るし」

「はあ、なるほど。で、代々の教室員がデータベース化に二の足を踏んでる間に……」

「溜まるだけ溜まっちゃって吐きそうな状態になってるってわけ。まあ、いつかは始めなきゃいけないことだから、過去十年あたりからこの瘢痕の検索を兼ねて、仕事の合間にちょっとずつまとめ始めようかしら」

「おっ。教室の尊い人柱になる覚悟を」

「何を他人事みたいに言ってんの。その場合、あんたも人柱二号よ」

「はいぃ!?」

「当然でしょ。どうせ出来上がったデータベースを活用するのは、私とあんたなんだから。『伊月、O医大の柱になれ』って、どっかの部長の真似して言ってあげましょうか？」

「マンガのネタですかそりゃ。要りませんよ。……それにしても、何をしたらこんな、長さの揃った真っ直ぐな傷を幾つも作れるんだか。まさか、ホントに長さをはかりながら傷つけたわけじゃないだろうにな」

「ホントよね。気持ち悪いくらい揃ってる」

モニターの画面いっぱいに映った謎の瘢痕を見ながら、ミチルはサンドイッチを頬張る。その真剣な横顔を見ながら、伊月はミチルに訊ねてみた。

「あ、それはそれとして。つまんねえ質問してもいいですか？　昨夜、龍村先生にも同じこと訊いたんすけど」

「何？」

「ミチルさん、龍村先生とつきあおうとか、思ったことないんすか？」

「……はあ？」

ミチルは思いきり嫌そうな顔で、鼻筋に皺を寄せた。ししゃもの怒り顔とそっくりだと思いながら、伊月はもう一度、同じ問いを繰り返した。

「や、だから。龍村先生と仲いいじゃないですか。貴重な同期だし、業界の事情もわかってるし、けっこうお似合いの二人かな、とか思ってたんすけどね、俺」

ミチルは不機嫌な顔のままで吐き捨てるように即答する。

「龍村君はいい人だけど、つきあうとかそういう対象じゃないわ。何、伊月君は男女間の友情は成立しないと思う派？」

「や、そういうわけじゃないっす。……はあ、そっか。やっぱミチルさんのほうも、友情なんだ」

「何よ、龍村君も同じこと言ったの？」

「まあ、似たようなことを。あ、でも龍村先生は、ミチルさんとつきあうことも一瞬考えたことがあるらしいっすよ」

「へー。それはそれは」

「それはそれは、何すか？」

「何だろ。……光栄の至り、とか言うべきだと思う？」

「や、ど、どうかな」

「ビミョーなとこよね」

二人が顔を見合わせたそのとき、セミナー室の扉がノックされた。

「はあい、どうぞ」

秘書の峯子がいないので、ミチルが席から声を張り上げる。

「こーんにーちはー。お邪魔しちゃいますよー」

そんな間延びした声と共に扉が開き、眼鏡を掛けた男が入ってきた。

一目見て鑑識員とわかる服装をして、これまた鑑識のトレードマークというべき紺色のキャップを前後ろに被っている。

「ぎえ、バナナマン！」

ミチルは素《す》っ頓狂《とんきょう》な声を上げ、椅子から弾かれたように立ち上がった。

「へ？　バナナマン……ってお笑いのアレとは関係ないんですよね……？」

伊月は首を捻り、訪問者とミチルを見比べる。

バナナマンと呼ばれた鑑識員は、ミチルのほうに体を向けると、「おお」と声を上げ、大袈裟な身振りで両手を広げた。

「これはこれは、お久しぶりですセニョリータ！」

「…………」

「せ、せにょりーた……」

ミチルは無言で眉間《みけん》に手を当て、伊月は唖然《あぜん》としてしまう。

痩せぎすなその男は、脱いだキャップを胸にあて、バレリーナか舞台俳優のようなお辞儀をしてから、ジャキーンと音のしそうなキレのいい笑顔を見せた。

どこかが、というより、どこもかしこも胡散臭い。

だがミチルは、たいして怪しむ様子もなく、頭痛を堪えるような顔つきで男に歩み寄った。

「ホントにお久しぶり、高倉《たかくら》さん。三十路過ぎてもセニョリータと呼ばれるとは思わなかったわ」

「何を仰《おつしや》いますやら。女性はおいくつになってもお嬢さんですよ」

男は三十代後半とも四十代ともとれる年齢微妙な容貌だったが、やけにメカっぽい動きで手を振り、まったく悪びれない様子で気障な台詞を吐く。

ミチルは、「それはどうも」と気のない感謝の言葉を口にしてから、伊月にその男を紹介した。

「こちら、大阪府警の誇る優秀な鑑識員のひとり、タカクラ・ケンさん」

「ぶッ！　バナナマンで……高倉健？　あの、不器用ですから、の？」

「あ、いやいや。微妙に字が違うんですよ。『高倉健』の高倉ではあるんですけど、名前の『ケン』は、『緒形拳《おがたけん》』の拳で」

「高倉拳……何かビミョー。あ、すいません。失礼なこと言っちまって。は、はじめまして、大学院生の伊月崇です」

伊月は慌てて失言を詫び、自己紹介する。男……高倉は、屈託なく笑ってお辞儀を返した。

「やあ、子供の頃から名前のことではあれこれ言われてますので、お気になさらず。あなたが噂のイケメン院生ですか！」

「イ……イケメン院生って……。大阪府警じゃ、俺のことはそんなふうに言われてるんすか？」

「府下全域かどうかは知りませんが、少なくともO医大と関係のある所轄の連中は、あなたをそう呼んでるみたいですなあ」

「が、がーん……。俺、超安っぽい感じ。つか、高倉さんって関西の人じゃないんですか？　言葉が標準語っぽいけど」

そう言われて、高倉は照れくさそうに指先で頬を掻いた。

「僕は埼玉出身なんです。でも、高校時代に母親に無理矢理連れていかれた宝塚《たからづか》歌劇団にころっと参ってしまいまして」

「ヅカ！」

伊月の驚きの声に、高倉はますます照れ笑いを深くする。

「ええ、で、大阪の大学に合格したのをこれ幸いと、こっちに引っ越してきました。

それ以来、ずっとこっちなんです」

「で、大阪府警に就職して、休みの日はヅカ三昧ってわけですか」

「そうそう。宙組《そらぐみ》公演のときには、万難を排して休みを頂くんです。その時期に捜査本部が立つような事件が起こったら……」

「たら？」

「や、何もしませんよ。ただ、心の底から犯人を呪《のろ》うだけで。ええ、ひっそりと力の限り呪うだけですけどね。あ、そうだ」

さらりと恐ろしいことを言いながら、高倉はジャンパーのポケットを探り、小さな透明のビニール袋を取り出した。

「これ、お近づきのお印に。よかったらどうぞ」

差し出された袋を受け取った伊月は、切れ長の目を丸くした。よく鑑識員が採取試料を入れておくジッパーつきの袋に入っていたのは、どこからどう見ても、薄くスライスしたバナナを油で揚げたお馴染みの菓子である。

「な、何すかこれ。バナナチップ？　あ、もしかして、バナナマンって……」

ミチルはやれやれといった顔つきで頷く。

「そ。この人、主食がバナナ、おかずもバナナ、おやつもバナナって人なの。自分が食べるだけじゃなく、こうやって誰彼構わずバナナを勧めるもんだから、ついたあだ名がバナナマン」

「他人事みたいに。そう呼び始めたのは、伏野先生じゃないですか。やあ、いいんですよ、バナナ。味もいいし、栄養価も高いし、免疫力も高めてくれるし、何より手軽に携帯できる。万が一手持ちのバナナが切れても、日本中、どこでも買えるでしょう？　最高に便利な糧食ですよ」

高倉は我が子を自慢する父親のような顔つきでバナナを褒めちぎり、胸を張る。

「そ……そっかな……。まあいいや、どうも。とりあえず貰っときます」

伊月は呆れ顔で、バナナチップの袋を自分の机に放り投げた。ミチルは、お茶を淹れるべくキッチンに向かいながら、高倉に問いかけた。

「ホント、バナナだけで人間がどこまで生存できるか、己の身を使って貴重なデータが取れるわよね。……それで？　高倉さんがここに来るなんて珍しいわ。何か教授にご用？」

「いえ、久しぶりの面白い事件に興味が湧きましてね。ああ、面白いなんて言っちゃいけないか。職業的好奇心を刺激される事件と言いましょう。ほら、例の夢崎愛美さん殺害事件なんですが」

セミナー室の椅子に腰掛け、キャップを脱いで机の上に置いた高倉は、ほんのわずか白髪の交じった髪を撫でつけながらそう答えた。

「あら、だけど解剖のときは高倉さん、来てなかったのに」

「残念ながら、僕は実家に帰っていたもんですからね。解剖に参加できなかったので、余計に資料を見ながら興味が募るんですよ。で、刑事連中に訊いたら、今日は夢崎さんのご遺族を連れてこちらに伺うというので、法医の皆さんも、教室で待機していらっしゃるだろうと」

「アタリをつけて、遺族より先に来てみたってわけね。ついでに、煙たい教授がお昼に出てる時間を見計らって？」

「ご明察です。別にコソコソする必要はないんですが、やっぱり鑑識員が単独で教授にお目に掛かるなんてのは気が引けますからね。お二人は、解剖には？」

「入ってたわ。伊月君も私も、おかげさまで職場で年を越したわよ。……粗茶ですけど。伊月君もどうぞ」

ミチルは、昼休みに行く前に峯子が淹れていったコーヒーをマグカップ三つに注ぎ分けてテーブルに置き、自分も高倉の向かいに腰を下ろした。伊月も、彼女の隣の椅子に腰掛ける。

「で、何にそんなに興味を引かれたの？　当日、所轄の鑑識さんが持って帰った試料は、もう全部分析済み？」

ミチルの問いに、高倉はコーヒーに極めて常識的な量の砂糖を掬い入れながら頷いた。

「まあ、分析はぼちぼち進行中です。企業や店への照会が三が日はほとんど不可能でしたから、いささか滞《とどこお》りましたけどね。今日からは、飛躍的に進むと思いますよ」

「ああ、なるほど。世間はお正月だったものね」

「犯人の履いてた靴に関しては、ゲソ痕がガッチリ残ってたんで、もう確定しました。ただ、有名メーカーの比較的最近のモデルなんで、大量に出回ってます。それで犯人が絞り込めるってほどのもんじゃありませんね。靴底もほとんどすり減ってないんで、残念ながら歩き方の特徴を摑《つか》むこともできません」

「ふーん。他には？」

「ま、刃物やら指紋やら、定番の品をあれこれねちっこく調べている最中ですよ。血液のほうは、科捜研の藤谷《ふじたに》女史にお届けしてあります」

「そう。遺体から採取した血液も陽ちゃんが分析中だから、そのうち結果を彼女と照らし合わせることになるでしょうね。……で、高倉さん的には、どこがいちばんのツボなわけ？」

　高倉は、ずいと身を乗り出した。

「そりゃあやっぱり、あの猟奇的な遺体の演出でしょう。胸にはナイフとフォーク、腹部には九種類の刃物で、一つずつ放射状の創口を作るなんて、ちょっとした芸術家ですよ」

「芸術……ねえ。言いたいことはわからないでもないけど、強姦《ごうかん》こそしていないものの、間違いなく死者を冒瀆する行為よ。外で言ったら誤解されるわよ」

「確かにね〜。しかし、犯人像を構築するには、あの演出は不可欠かつ重要なポイントだと思うでしょう？　いかにもプロファイラーの奴らが飛びつきそうな、キャラの立った奴ですよ」

　高倉はのらりくらりとした調子でそう言う。

「それは確かに。……っていうか高倉さん、どこぞの刑事さんみたいに、プロファイリング否定派なの？　珍しく言葉に刺《とげ》があった気がするけど」

「いやいや。プロファイリングは有用だと思いますが、何しろ人間には衝動と妄想っていうややこしいものがありますからねえ。……とと、これ以上の発言は、鑑識としちゃ僭越《せんえつ》すぎますな。そう仰る先生は如何《いかが》です？」

「うーん、微妙なところかな。必要性は感じるけど、今のところ、目から鱗のプロファイリングっていうのにお目に掛かったことがないから。……それに、どれだけ訓練を重ねても、人は自分の経験と想像力の限界より外にはなかなか出られない……ような気がする。難しい学問であることには間違いないでしょうね」

「同感です。まあ、日本ではまだまだこれからの分野ですから、僕らをぎゃふんと言わせてくれるような凄腕プロファイラーの登場を待つとしましょう。……そこでご提案なんですが、今は我々だけで考察をしてみませんか？」

「考察？　何を？」

「先生方は解剖しながら、刑事は捜査しながら、僕らは分析しながら、犯人の足取りを追っていくわけですからね。お互いディスカッションして先入観を取り払い、犯人像に幅と厚みを持たせるのは悪くないことだと思いまして」

「そうね。鑑識さんは滅多にこっちに来てくれないから、そんな機会はなかなかないものね。……ちょっと待って、さっきネコちゃんが整頓してくれたばっかりの写真があるわ。それを見ながら話しましょう」

「ああ、俺が取ってきますよ」

何だか妙なことになったと思いつつも伊月は身軽に席を立ち、峯子の机の中から紙製の簡易アルバムを十冊、束ねて持ってきた。それを見て、高倉は短い口笛を吹く。

「やあ、やはりああいう事件だけに、写真の数も桁違《けたちが》いですね」

「仕方がないわ。着衣の状態から、少しずつ脱がせては延々撮影し続けてるんだもの。それで？　どのあたりの写真を重点的に見て、話をしましょうか？　全部について語ってたら、ちょっとした合宿になっちゃう」

「うーん、そうですね……」

高倉はアルバムを手に取り、パラパラとめくりながらミチルと伊月に問いかけてきた。

「ではまず、現時点における、先生方の抱く犯人像は？　どんな感じです？」

ミチルはチラと伊月を見る。

「え、俺からっすか？　うーん……。犯人像つっても、解剖の時に、若い男が事件の前に家に上がり込んでたって話を聞いちまってますからねえ」

「それはいったん忘れて。先生の推論だけを聞かせてくださいよ」

高倉は、アルバムの色々なページに付箋《ふせん》を付けながら伊月を促す。伊月は腕組みして、うーんと唸りながら喋り始めた。

「そう言われてもなあ……。でもやっぱ、単独犯なら、犯人は男だと思いますよ。まあ、最初の一撃は不意打ちできたとしても、そして被害者がいくら女性だといっても、本気で抵抗すりゃ、けっこうな力を出すだろうから。……あと、現場の写真を見せてもらったとき、くっきり見えた足跡の大きさからしても、女性ってのは考えにくいんじゃないですかね。……それに、グッタリした夢崎愛美をテーブルの上まで引っ張っていく力も、あと、腹部をけっこうな深さで突き刺す力も、やっぱり男のやったことだと考えたほうが納得できると思う」

「ふむふむ、それから？」

「あと……そうだな。犯人の性格を一言で言えば、相当な変態？」

「変態！　それはまた、素敵に簡潔な言葉ですなあ」

感心したように貧相な顎を撫でる高倉を見やり、伊月は肩を竦めた。

「だって、そうとしか言いようがないじゃないですか。誰だって、一緒に飯を食った人間には愛着が湧くもんでしょ？　まして、自分のために作ってくれたもんなら、なおさら」

「それに食事を出したってことは、夢崎さんもその犯人にある程度心を許してたんでしょう。ってことは……顔見知りか、あるいはけっこうディープなファンか、あるいは好人物と見せかけていたってことよね」

ミチルの言葉に、伊月は瞬《まばた》きで同意し、話を続けた。

「どんな理由があれ、同じ釜の飯を食った相手を、食事の直後に殺せるのは並の神経じゃないっすよ。それに言うまでもなく、あの胸部と腹部の刺創は、普通じゃねえ。どう見たって装飾だ。わざわざそれをやらかした理由なんて、趣味以外ないでしょう。もろもろ考えると、やっぱ変態としか言いようがないと思うけどなあ」

「なるほど。では、セニョリータは？」

ミチルはコーヒーを啜り、考え考え口を開いた。

「伊月君の推論には、百パーセント同意。あと付け足すなら、解剖の後、他の人とも話したことなんだけど、『細心と無頓着《むとんちゃく》が同居した性格』ってことかしら」

「ほう？」

「誰にでもそういうところはあるけど、この犯人に関しては、とても極端だと思うのよ。夢崎愛美を滅多刺しにして死に追いやった手口は、犯人が殺人に慣れていないと仮定しても、あまり細心とは言えないでしょう？」

高倉は、ふんふんとハムスターのように盛んに頷く。

「台所を血の海にしちゃいましたからね。被害者が抵抗したせいで、創口も乱れて汚い。芸術的とは言い難いですな」

「ええ。それなのに、被害者の遺体にあんな……高倉さんの言葉を借りるなら、『芸術的』な演出をしてる。犯人の心理としては、一刻も早く現場から逃げ去りたいものだと思うのに、そのあたりの心理状態も不思議だわ。見つかる危険を冒してまでもその場に留まり、時間をかけて遺体を傷つけたかった。しかもあんな特殊な模様に……。そういうことなのかしらね」

「しかも、一部の凶器は自分で用意して、夢崎愛美宅に向かってますからね。そのあたりは細心ってことですか」

「ええ。後からつけた一連の刺創の配置なんかは、几帳面っていってもいいくらいよね。一方で、被害者が流した血液を踏んづけて、足跡をくっきり残して行くのも不注意というか、無頓着もいいところだわ。いくら足跡から足がつくことはないと踏んだとしても、普通、そこまで細心な人間なら、血だまりを避けて歩く努力はしたと思うの。ずいぶん、乱暴なやり方だわ。……それなのに、指紋のほうは一つも残していかなかったんでしょう? たぶん手袋をはめて凶行に及んだのね。すなわち、自分の正体を知らせようとしているわけではないんだわ。ってことは……」

「ってことは?」

「乱暴な言い方をすれば、自分の手のやることは気になるけれど、足の動きは気にならない……そういう感じ？　つまり手は、人を殺めたり、遺体を傷つけたりするためには不可欠な、大事なパーツだけれど、足は、そうした行為をするために自分の体を運ぶものに過ぎない……そんな認識なんじゃないかしら」

「ははあ、なるほど。細心と無頓着が強烈に同居していますなあ。実に面白い。それをセニョリータはどう見ます？」

「どうって……。私は心理分析は専門じゃないから、素人みたいなことしか言えないわよ？」

「構いませんよ、どうぞ」

ミチルは、元日に笕と話したことを思い出しながら言った。

「自分の関心事にはとても熱心だけれど、それ以外のことには極めて無頓着。……でもこれって、今どきの若い子のプロトタイプって感じじゃない？　あんまり、冴えた推理でもないわよね」

「ははあ、ではセニョリータは、犯人はやはり若者だと思っておられる？」

「先入観をできる限り取っ払っても、たぶんそうじゃないかしら」

「それは何故？」

「うーん。たとえば遺体胸部に刺さってた、ナイフとフォーク。あれ、明らかに視覚効果を狙った行為でしょう？　テレビやゲームや映画で、ああいうショッキングな映像を見る機会の多い、若い子がやりがちな演出だと思うのよね。偏見と言われればそれまでだし、そういう視覚情報をいいとか悪いとか言うつもりも全然ないんだけど」

「……まあ、単に猟奇的という意味では、川端康成《かわばたやすなり》なんかも結構なものを書いていますからね。メディアは、最近ゲームやアニメのせいで猟奇的あるいは残虐な殺人が増えたと短絡的に言いたがりますが、文学の世界には常に猟奇がつきものであったと思いますねえ。それに過去の症例を辿《たど》っていくと、本当に猟奇的なのは戦前の症例であることが多いですからなあ」

「そういうこと。傾向っていうだけで、断定はできないわ」

「ふむふむ。やはり若いお二人からは、面白いお話が聞けました。署内で鑑識仲間と話すと、どうも話が細かいほうへ行ってしまって、多角的・客観的に見ることを忘れがちでいけないんです。たまにはこうやって、固くなった頭をほぐさなくてはね」

高倉は楽しそうにそう言って、さっきと反対側のポケットからもう一袋バナナチップを取り出した。テーブルの上にあったキムワイプを一枚取って広げ、その上にザラザラとバナナチップを空ける。

「代わり映えしないアレですが、まあこれでも摘みながら。……お二人の話を総合すると、若い、今どきの男の子。性格にかなりのムラがあり、少々変態チックなところがあるかもしれない……というのが、法医学教室的犯人像ですか」

「ちょっと待って。これは私と伊月君が勝手に思ってることよ。教室の見解にされたら、教授に怒られるわ」

「そ、そうっすよ。あれ以来、事件の話は教授としてないっすからね。都筑先生は、もっとアカデミックにあれこれ考えてるかもです」

さすがに焦って手を振るミチルと伊月に、高倉はくつくつと笑った。

「冗談ですよ、冗談。今のはざっくばらんなトークです。実は、今日僕がここに来たのは、解剖のときにお邪魔した鑑識員が、いただいていくのを忘れた試料を受け取りに来ただけなんですよ」

「え？」

伊月はキョトンとする。

「都筑教授には上司から許可を頂いてますし、今日は清田さんがお休みだそうですから、森君がお昼から帰ってきたら、試料を頂いて本部に戻ります」

ミチルは片手で頰杖をつき、猫背気味に高倉を睨んだ。

「何よ、ディスカッションしに来たんじゃなくて、実験室を覗いて陽ちゃんがいないから、こっちに暇つぶしに来たわけ？」

「まあ、そういうことです。セニョリータとお話しするのはいつも楽しいですし、噂のイケメン先生にもお会いしたかったですしね」

「嫌な人。でも、私たちにだけ喋らせて逃げるつもりじゃないでしょうね。今度は、高倉さんの犯人像を聞かせて」

「うーん、困ったことに、僕サイドでも、先生方と見立てはさして変わらないんですよね」

「ずるいわ、そんなの」

「ですよね〜。後出しジャンケンみたいでちょっと卑怯《ひきょう》だと我ながら思いました。なので、付け足しをしようと。鑑識の結果がすべて出揃ったら、きちんと書類にして届けますが、その前に既にわかっていることから、僕の推理をお話ししますよ」

そう言うと、高倉はバナナチップを何枚か口に放り込んでから、アルバムの付箋をつけていたページを開いた。

「後で戻しますから、写真を出しても構いませんか？」

ミチルが頷くと、高倉はいかにも鑑識員らしく、きちんと白手袋を嵌《は》めてから、アルバムの写真を二枚選んで抜き取り、テーブルに並べた。

それらは、夢崎愛美の遺体の写真だった。

一枚目は、解剖時の写真で、愛美の腹部の刺創を真上から撮影したもの。

二枚目は、現場で撮影されたもので、愛美の頭部を取り囲むように配置された九本の刃物。

「これと、これ。そして、僕の手持ちの写真から、こちらを追加」

高倉は持参のバインダーから、大判の写真を出して、二枚の横に添えた。それは、二枚目の刃物の数本の、刃の部分だけを大写しにしたものだった。

「この三枚の写真から、僕が犯人について言えることは、彼……ええと、一応男性と考えて、彼と呼びましょうかね。彼は、衝動的に夢崎さんを殺害したのではなく、最初からあれこれ計画してから現場に出向いたということ」

「それは、凶器を持参してることから、何だっけ、自明の理、とかいう奴じゃないんすか？」

伊月は、二日酔いでガンガンするこめかみをさすりながら、鬱陶しい顔でツッコミを入れる。だが高倉は、気分を害した様子もなく頷いた。

「ええ。しかし凶器のことだけなら、行きがけにふと思いたって購入したという可能性も多分にあります。僕が言いたいのは、彼はもっと前から計画を練っていたということですよ。……お二人とも、夢崎さんの腹部に残された放射状の刺創、あれ、よーくご覧になりましたよね？」

ミチルと伊月は視線を交わしてから同時に頷く。

「そりゃ、それが仕事だもの。穴が開くほど……って穴は最初から開いてるか、とにかく死ぬほど子細に観察したわよ。それが？」

高倉は楽しげにニカッと笑い、骸骨のような肉付きの薄い両手を擦り合わせた。

「では、この九つの刺創の特徴は？」

ミチルに視線で促され、伊月は戸惑いがちに答える。

「もうさんざん言われてることっすけど、九種類の刃物をいっぺんずつ刺して、臍の周囲に放射状に配置した創ってことですよね。しかもその刃物は、被害者の頭の周囲に、創の配置と同じ……たぶん使った順番どおりに並べてあった」

「そう、それそれ。まさにそれなんですよ。興味があったので、きちんと検証してみたんですがね……こちらをどうぞ。遺体の写真を、画像処理したものです」

高倉は、今どきどこで買うのかと思うほどクラシックなセカンドバッグの中から、クリアファイルを出した。そこから抜き出し、机に置いたのは、プリンターで打ち出したらしき画像だった。

「あら、これ、腹部の刺創を拡大してあるのね？　ああ、なるほど……！」

ミチルは、ただでさえ大きな目を見開いた。伊月も、へえ、と小さく唸る。

それは、腹部刺創を真上から撮影した写真だった。フォトショップを用いて、写真の上に半透過で画像を重ねてある。

新たに加えられた画像は、遺体の臍を中心とした、半径五・五センチの円だった。更に、円の中心から九つの刺創の一つ一つに向かって、まっすぐ線を引いてある。

「驚くべきことに、すべての創が、見事にこのサイズの円周上に位置しています」

「肉眼で見たとき、綺麗な放射状だと思ったけど、本当にそうだったのね」

「ええ。しかも、九つの創は、円周上で等間隔に存在していることも、重ねた画像からわかるでしょう？　中心点と創を結んだ九本の線が、円をきっちり四十度ずつに分割しています」

伊月は、細い口笛を吹いた。

「すっげえ。まさか、そこまで厳密なのは、目分量じゃ無理っすよね。ってことは、現場に分度器と物差し持参で、測りながら刺したってことっすか？　すげえなあ……。つか、それにしたって、実際、腹の上にその場で円でも描かないと、難しいと思いませんか？　だけど、皮膚にそんな円なんて残されてなかったし……あ、もしかして、臍の中にコンパスの針痕とかあったのかな」

「まさか。でも確かに、遺体のお臍の中までは調べなかったわね。たぶん、出血はしていなかったと思うんだけど」

不注意だった、と呟くミチルに、高倉はいやいやと片手を振った。

「普通、見ませんよ。それに、コンパスで円を描いたなら、何を使って線を引いたとしても、皮膚に痕跡が残ったでしょう。セニョリータのその大きな目が見落とすわけがない」

「ミチルさんのほどでっかくはないけど、俺の目も、そんな痕跡は見なかった気がするなあ……。じゃあ、どうやってこんなに正確なポジショニングを？」

伊月のそんな問いに、高倉の分厚いレンズの奥の細い眼がキランと光る。

「じゃじゃーん。そこで鑑識の出番なわけです。先生方、解剖室で凶器はご覧になりました？」

ミチルと伊月は仲良く頷く。

「見たわ。一本ずつビニール袋に入ってたから、台の上に出して写真を撮らせてもらったわよ。……ほら、ここに」

ミチルはアルバムの一冊を取り、パラパラとページをめくって凶器の写真が並ぶページを開いてみせた。

　そこには、取っ手の色や刃の形や長さがそれぞれ異なる刃物が、様々な角度や距離から写っている。

「そう、これこれ。あと、血液を洗い流す前の腹部の写真はありますか？」

「勿論あるわ。ええと、こっちのアルバムの……そう、ここ」

　ミチルは、もう一冊のアルバムを開いて机に置く。そこには、血まみれの腹部を大写しにした写真があった。

「うーん、これじゃ小さくて見にくいですかね。……でも、何か気付きません？」

　高倉に促され、二人は刺創の写真と凶器の写真を何度も見比べ、唸り……そして、それぞれ別の写真を指さして「あっ！」と声を上げた。ますます楽しげに、高倉は身を乗り出し、まずはミチルのほうに片手を差し出した。

「お二人とも、別のポイントにお気づきのようですね。素晴らしいチームプレイだ。では、レディファーストでどうぞ」

　そう言われたミチルは、凶器の刃を大写しにした写真を他の二人に見せた。

「この包丁の刃に付着した血痕……。血液が付着している部分に、表面に微妙な凹凸《おうとつ》のあるものが擦過《さっか》した痕跡が、わずかにあるように見えるわ。引き抜くときに着衣で擦れても模様がつくときがあるけれど、夢崎愛美さんの場合は、着衣をわざわざ脱がせてから刺したんだもの。皮膚以外のものが擦過する可能性は考えにくいわよね」

伊月も興味深そうに頷く。

「確かに。血を拭き取ろうとしたなら、もっとちゃんと擦るでしょうし。……でも、解剖室で見たときは、よくわからなかったな」

高倉は満足げにふむふむと頷いた。

「拡大してようやく気付く程度のものですよ。お見事です。で、伊月先生がお気づきになったことは……」

「俺はこっちの腹部の刺創のほう……って、ああっ、そうか！」

伊月は素っ頓狂な声を出して立ち上がる。ミチルはビックリして伊月の尖《とが》った顎を見上げる。

「伊月君？　どうしたの？」

「これっ！　ミチルさんの今言ったこと踏まえてここっ！」

興奮した口調でそう言いながら、伊月は最後にミチルが示した、まだアルバムに入ったままの写真をバシバシと指さした。夢崎愛美の腹部を、血液を洗い流す前に撮影した生々しい写真である。

「俺、何かこのあたりの血液に変な模様がついてるって言おうとしたんすよ。ほら、このへん。正解っすか、バナナの人？」

出来のいい生徒を褒める教師の趣で、高倉はにこにこと頷く。

「はい、正解です。でもどうせなら、あなたからもっと詳しいご説明を」

伊月は猫に似たきつい目を光らせ、清田の机から彼愛用の大きなルーペを取ってきた。そしてそれをミチルに差し出し、自分は人差し指の先で、腹部の九つの刺創のうち二つを示した。

「この創とこの創の間を見てくださいよ。腹部全体が血だらけだからわかりにくいかもしれないんですけど、この二つの創の間がいちばんわかりやすいと思うんですよ。……さっき、高倉さんが加工した写真を見せてくれたでしょう。臍を中心として、九つの創が円周上に並んでるっていう」

ミチルはルーペで伊月の指し示した部分を眺めつつ、小首を傾げた。

「ええ、それが？」

「あの円を念頭に置いて、その写真を見てみてください。二つの創を結ぶみたいに、血痕の中に細～い筋が見えません？」

ミチルはしばらく写真を凝視していたが、「あ、ホントだ」と言ってパチパチと目を瞬《しばたた》いた。

「解剖のときは、ささやかすぎて気がつかなかったけど……あの処理された画像を見た後だと何となくわかるわ。べっとりついた血液に、奇妙な模様が残ってる。なだらかな曲線……ホント、あの円弧のラインに似てるわね。そういう視線で見直してみたら、ほら、このあたりにも、創にまたがって綺麗な曲線の細い筋があるわ。これって……」

「まるで、ホントに臍を中心として、円盤状の何かを押しつけたみたいだ。そう思わないっすか？」

ルーペを机に置いたミチルは、腕組みして顰めっ面をした。

「そう思えないこともないけど、何でそんな必要が？　確かに、刺創を作り終わってから円盤状の何かを押しつけたら、力がより強く入ったところの血液が取れて、筋が残るでしょうけど、そんなことしたって……」

「違う違う、そうじゃなくて……刺す前に当てたんすよ、円盤を。ですよね、高倉さん！」

上擦った伊月の問いかけに、高倉も嬉しそうな顔で頷き、再びセカンドバッグを漁って何かを取り出した。

それは、段ボールを切り抜いて作った円盤だった。半径は五・五センチ。中心点からは、円をきっちり九分割するように九本の線が引かれている。先刻、画像処理で腹部に載せた円をそのまま３Ｄにしたものだ。それを伊月に差し出し、高倉は先を促した。

「どうぞ、続きを」

「えっと……すんません、じゃあ、これをお借りして。あと、包丁……」

「はいはい。何か実演してくれるのね？」

ミチルが立っていって、峯子愛用の包丁を持ってきた。

「どうもっす。じゃあ、俺が犯人として……ええと、仮に犯人は右利きとしましょうか」

伊月は突っ立ったまま、右手に包丁、左手に高倉お手製の円盤を構える。

「じゃあ、僭越ながら僕が、夢崎さんの死体を演じさせて頂きましょうかね」

高倉は靴と帽子を脱ぎ捨てると、「失礼」と言ってテーブルの上に仰向けに横たわった。

「…………」

何だか自分がこの教室に来たばかりの頃、ミチルが同じテーブルの上で似たようなことをしたな……と思いながら、伊月は高倉の紺色の鑑識服の腹……ベルトの上あたりに円盤を置いた。

「滅多刺しにされて、死亡したか、あるいは瀕死《ひんし》の夢崎愛美さんの体をこんなふうにテーブルに横たえた犯人は……彼女の腹部を露出させ、そこに円盤を置いた。臍と円盤の中心線をきっちり合わせて」

どうやら想像がついたらしくミチルは薄く口を開いて嫌悪の表情を浮かべる。伊月は淡々と言葉を継いだ。

「で……あ、高倉さん、やっぱ俺と同じ考えなんだ。ほら、こうして円を九分割する線に合わせて、円盤の縁《ふち》に切れ込みを入れておくんすよ。同じ深さで。で、その切れ込みに包丁の刃を当てて、真上から突き刺す。ブスッと、真っ直ぐね」

さすがに高倉の削げた腹に包丁を突き立てるわけにはいかず、伊月は右手でしっかりにぎり込んだ包丁を切れ込みに差し込み、突き刺す真似をしてみせる。

「円盤がずれないように片手でしっかり押さえて、もう一方の手で一度刺す毎《ごと》に包丁を変えて……隣の切れ込みに次の包丁を差し込んでまた刺す。また包丁を変えて、そのまた隣……と繰り返していけば、円周上にきっちり配置された等間隔の刺創が出来上がる」

「……そして刺した順に抜いては死者の頭の周囲に並べていく。最後に円盤をどければＯＫ。後には美しい刺創が九つ。そういうわけね」

「そうそ……ってうわあッ、急に動かないでくださいよ。ホントに刺しちまうじゃないですか」

突然高倉がむくりと起き上がったので、伊月は包丁を持ったまま飛び退る。

「や、これは失敬。あまり長々テーブルの上に寝ているのもアレかと思いまして」

高倉はテーブルから降りると帽子を後ろ前に被り、自分の腹の上にあった円盤をヒラヒラさせながら言った。

「やはり人間、刺すほうの手に注意が行きますから、押さえ担当の手はややお留守になることがある。円盤が浮いたり押しつけられたりするうちに、伊月先生が発見なさった円弧の一部のような模様がついたんでしょう。……そして、セニョリータが見つけた包丁の刃に残された微妙な筋。これは、包丁を腹部から引っこ抜くとき、円盤の切れ込みに擦れて出来たものだと推測されます。……実際、そう推測して包丁を調べ上げてみましたら、複数の凶器から紙の繊維が出ました。分析の結果、その繊維は段ボールと判明しました。で、僕がこんな風に段ボール箱をチョキチョキして、円盤を試作してみたわけです」

「なるほどなあ……。段ボールなら、確かに表面にも断面にも凹凸がある」

伊月は深く感心し、どっかと椅子を引いて座り直した。

ミチルはすっかり冷めてしまったコーヒーを啜り、ジーンズの足を組んでやや不機嫌な顔で口を開いた。

「犯人像が、ますます伊月君言うところの『変態』に近づいたわね。ファンを装った善良な顔で夢崎愛美さんの家に上がり込み、彼女がわざわざ作ってくれた夕食を共に食べ、その後彼女を惨殺して……死体を『装飾』した。綺麗な刺創……模様をつけるための道具まで持参して」

高倉は円盤をバッグにしまい込み、写真を元あった場所に戻しながら言葉を添えた。

「これはあくまでも僕の想像ですが、犯人は現場に九本の刃物を持参してたんじゃないですかね。この円盤を持って行ったってことは、最初から九つの刺創を作るつもりだったわけですから。ただ、現地で被害者が所持する刃物を混ぜることを思いつき、実行した」

「俺もそんな気がするっすね。この創に関しては用意周到な奴っぽいし。胸部のフォークとナイフに関しては……前もってやるつもりだったのか、現場で思いつきでやらかしたのか、ちょっとわかんないですけど」

「僕もそちらに関してはよくわかりません。これぱかりは、やったご本人に訊いてみなくてはね。はあ、それにしても、つくづく猟奇的な事件ですなあ。正月は少々抑え気味だったテレビも各局、今朝からエンジン全開でこの事件に食いついてますよ」

「そうみたいね。ネコちゃんがお昼に出る前にダイジェストで語ってくれたけど、警察も情報の大盤振る舞いをしたもんだわ。殺されたのが有名人だけに、犯人捜しにならふり構っていられないってところでしょうけど」

「被害者の人権を考えるといい顔は出来ませんか、セニョリータは」

からかうでもなく平坦な声で問いかける高倉に、ミチルは唇を尖らせて頷いた。

「そりゃそうよ。だいたい、被害者の個人情報については、どうしてあんなに規制が緩いわけ？　故人についてもそうだけど、特に遺族に対して、報道は時々酷いって思うわ。……今、誰よりもつらい思いをしている人たちの自宅に押しかけたり、無神経な質問を浴びせかけたり。あの人たちはこの事件を乗り越えて、これからも生きていかなきゃいけない人たちだってのに。何故か加害者のプライバシーだけが守られて、被害者遺族だけが晒《さら》し者じゃないのって思うことはよくあるわね」

まるでミチルに詰《なじ》られているのが自分であるかのように、高倉は帽子の鍔《つば》を前に持ってきて項垂れた。

「確かに。警察も、被害者遺族の扱いにはもっと気を遣うべきだと僕も思いますがね。ただ今回の詳細な情報の開示は、ご遺族の、特にご主人の意向だそうですよ。殺された奥様が芸能人だけに、情報を隠せば隠すほど、週刊誌が面白可笑しく嘘八百を書き立てるだろう。それなら真実を先に明らかにしたほうがマシだと」

「それって、致命傷を負うよりは重傷でガマンしようってことでしょう。どちらにしても傷つくことに代わりはないのに。……悲しい自衛策だわ」

そう吐き捨ててミチルは立ち上がり、流しに空っぽのマグカップを置いた。高倉が何か言い返そうとしたそのとき、セミナー室に技術員の森陽一郎が入ってきた。白衣姿の彼は、高倉がそこにいるのを見ると少し慌てたようにぴょこんと頭を下げた。

「あっ、高倉さん！　すみません、もういらしてたんですね。僕、お昼ついでにサンプル用のドライアイスを分けてもらいに行ってたんです。ごめんなさい、お待たせして」

「ああいいえ、僕が早く来すぎたんですよ。セニョリータたちと有意義な会話をしていましたから、ご心配なく」

高倉は鷹揚にそう言ったが、陽一郎は申し訳なさそうに「サンプル、すぐ梱包《こんぽう》しますから！」と言い残して実験室に駆け戻っていった。

「やれやれ、相変わらず子鹿のように可憐《かれん》で、ミツバチのように勤勉ですな、彼は。都筑先生は、素晴らしいスタッフをお持ちだ」

文学的な表現で陽一郎を賛美する高倉に、かなり不機嫌になっていたミチルも苦笑いする。

「素晴らしいスタッフの中に、私と伊月君も含めてくれてると嬉しいんだけど。……そうだわ。サンプルを受け取って帰ってしまう前に、他の画像を見てもらっても？勿論、守秘義務バリバリの方向で。ちょっと知恵を貸してほしいの」

「いいですよ。僕なんかでよろしければ。何の写真です？」

「皮膚の瘢痕なの。ちょっと待ってね……ほら、これ」

ミチルは、龍村から送られてきた画像ファイルを再び開き、感電死した少年の腕に残されていた例の瘢痕を高倉に見せた。

「ちょっと拝見」

高倉はミチルに勧められるままに椅子に腰を下ろし、モニターの画面に見入った。慣れた仕草でマウスを操作し、写真を結構なスピードで一通り送っていく。それを見守りつつ、ミチルは口を開いた。

「予備知識なしに、その写真を見てどう思う？」

「んー、こりゃまた乱暴な質問をなさいますなあ。全身写真なしで推理を要求するとは……。ああでも、ちらっと見える死斑の色と強さを見たところでは、急死症例でしょうな。かなりフレッシュな死体で……皮膚の張りからずいぶん若いことがわかります。あとは……筋肉の発達や骨格からして男性。ただマッチョなわけではなさそうだし、かといって太っているわけでもない。まあごく平均的な体格ですかね」

「素敵。花丸をつけてあげたいような正解よ。……それで、問題の瘢痕は……」

「左前腕部ですな」

「ええ。スケールを入れてあるからわかるでしょうけど、その瘢痕の長さはすべて、きっちり一センチ長の、しかも直線なの。いったいどうやってこんな揃った瘢痕を作ったのか、心当たりはないかしら」

「ふむ。一センチ、ですか……。業界人の撮った写真は、きちんとしたスケールが入れてあるところが素晴らしいですな。素人さんは、写真撮影するところまではすぐ思いつくんですが、スケールが入らないのが時々ネックで……いや、写真だけでも御の字ですし、何ぞ指標になるものを見つけるのも、我々の仕事の内なんですけどねえ」

そんな愚痴とも何ともつかない呟きを漏らしつつ、高倉は再び帽子の鍔を後ろに回し、モニターにじっくり見入った。画像をいくつか同時に画面上に展開し、拡大したり縮小したりと器用にマウスを操りながら、時折短い問いを発する。ミチルが簡潔に答えると、無精髭《ぶしょうひげ》を数本引っこ抜きながら考えていた高倉は、「ははーん」と満足げな声を出した。

「何かわかったんすか？」

期待を込めた伊月の問いかけに、高倉は薄ら笑いで首を傾げた。

「たぶん、こうじゃないか……っていうアイデアは浮かびましたね」

「えっ？　どんな？」

「でもまだ頭の中で考えただけなんで、ちょっとカイシャに戻って検証しないと」

「仮説でいいから、聞かせてくださいよ」

伊月はせがんだが、高倉は相変わらずの柔らかな物腰で、けれどきっぱりそれを拒否した。

「駄目ですよ、鑑識は確実なことしか口にしちゃいけないんです。現段階では机上の空論ですから、少し時間をくださいね。……ただ……気になることを一つだけ」

そう言って、高倉はたくさんの画像の中から一枚だけを残し、あとのファイルを閉じてしまった。

「この不気味なくらい長さの揃った瘢痕の作り方は脇に置いて、一つだけ質問させてくださいな。これはここで扱った症例ですか？」

ミチルは怪訝《けげん》そうに質問に答える。

「いいえ、兵庫の監察だけど。それがどうかした？」

すると高倉は薄い眉をギュッと寄せ、少し難しい顔をしながら話を続けた。

「ここじゃないんですか……。じゃあ、迂闊《うかつ》なこと言わないほうがいいかな」

「ちょっと、そこまで言ったんなら最後まで言って。大丈夫、聞いたことを丸呑みするほど、高倉さんのこと信じてないから」

「うわ、それはそれで酷いですなセニョリータ」

本当に少し傷ついた顔で、高倉は画像ソフトを立ち上げ、カチカチとマウスをクリックした。選択的に画面に拡大表示されたのは、遺体の左前腕部に散在していた瘢痕の一部だった。

「では言いましょうか。瘢痕の一部は模様を形作っています。偶然ではなく、意図的なものでしょうね」

「同意するわ」

「その中でもこれ……こちらは意味があるのか単なる偶然か、僕には何とも言えませんが……、この模様、どこかで見覚えあると思いませんか」

高倉の骨張った長い指が、大写しになった瘢痕を指さす。数秒じっと見ていたミチルと伊月の口から、「まさか」という台詞が同時に飛び出した。

ミチルは高倉の肩に手を置き、画面にぐっと顔を近づけた。伊月はそんなミチルの隣で、薄い唇をへの字に曲げている。

「部位が全然違うし、大きさも違うから……監察でこの遺体を見たとき、ちっとも気がつかなかったわ。でも……」

彼女が凝視しているのは、現地で「花模様みたいね」と表現した瘢痕だった。伊月も、親指の爪を噛んで低く呻く。

「一、二、三……九本の線状の瘢痕が放射状に並んでる。これ、アレに似てますね。夢崎愛美の腹部につけられた刺創に。でも！　花模様みたいにしようと思ったら、偶然似ちまうことがありそうだし」

「ええ。ですから僕も、偶然かどうかわからないと申し上げました。でも……うーん、このくらいの大きさかな」

喋りながらも高倉の手は休まず動き、瘢痕に黄緑色の線で円を重ねる。夢崎愛美の腹部にあった刺創と同じように、感電自殺した少年の腕にあった九つの瘢痕もまた、円周上に綺麗に並ぶ。「ほーら、これも美しい配置ですよ。ほぼ四十度間隔だ」

「でも、この円は直径一・五センチくらいでしょう？　腹部の刺創より、遥《はる》かに小さいわ。偶然でも、コンパクトにまとまっている分、均等な配置になりやすいんじゃないかしら」

「そうですねえ。まあ、これは僕のちょっとした思いつきなんで、あまり深刻に考えないでくださいよ。花模様やらクロスやらは誰でも思いつくようなお馴染《なじ》みのパターンですし、仰るとおり、小さい分、目分量でも角度は均一になりやすいです」

「……でも……何か気持ち悪いな」

呟く伊月に構わず、高倉は屈託のない笑みを浮かべて話を切り上げた。

「まあ、ちょっと気になったんで、黙ってて後で悔やむよりはと思って言ってしまいました。僕はスッキリしましたが、お二方はちょっとどんよりですかね」

「どんよりというか、モヤモヤというか……。まあでも、面白い一致として聞いておくわ。教えてくれてありがとう、高倉さん。それ、円を乗っけたままで別に保存しておいてくださる？」

「おやすい御用です」

高倉は画像処理したファイルに「banana」というろくでもない名前をつけてデスクトップに保存し、席を立った。

「では、そろそろ森君がサンプルを詰め終わる頃でしょうし、教授がお戻りになってもアレなんで、僕は失礼しますよ。瘢痕の上手な作り方については……そうですね、数日ください。自信が持て次第、ご連絡しますから」

「わかったわ。ごめんなさい、仕事以外のことをお願いしてしまって」

「いえいえ、女性のリクエストには全力で応えることにしておりますのでね。思いがけず、楽しい討論ができてよかったですよ。では先生方、ごきげんよう」

またカーテンコールに立った俳優さながらの大袈裟なお辞儀を残し、高倉は入ってきたときと同じようにどこかにょろにょろした動きで去っていった。

「…………」

セミナー室の扉が閉じると同時に、ミチルと伊月は顔を見合わせる。

「……どう思う、伊月君」

「どうって……いくら何でも、偶然でしょ。さっき高倉さんが言ってたとおり、クロスも放射状……あるいは花模様つってもいいですけど、どっちもありきたりの形っすよ」

「そうよねー」

どうにも冴えない顔と声で相づちを打つミチルに、伊月は自分の椅子にどっかと座り、机の引き出しを開けつつ言った。

「何か、気のない同意だな〜。気になってるんすか？　実は関係あるかもって思ってます？」

ミチルも椅子を引いて座り机に頬杖を突いた。手のひらで自分のほっぺたを軽く叩きつつ、「うーん」とやはり曖昧な返事をする。

「うーんって、どっちなんです？」

「ん〜。確かに最初はそんな馬鹿なって思ったけど……でもよく考えてみると……」

「みると？」

「あの感電死した男の人……池田さんだっけ。神戸市在住だったでしょう？　夢崎愛美さんの実家がある茨木市までは十分に移動可能よ」

「そりゃまあ、多く見積もっても二時間そこそこで行けるでしょうけど」

「年齢は二十歳だった。さっき伊月君が推定した犯人像……若い男にあてはまるでしょう。彼、体格もルックスも『普通』だったわ。相手に威圧感を与えるようなタイプには見えなかった」

「ちょ、そんなこと言い出したら、関西在住の若い男の半分くらいは犯人候補になっちまいますよ？」

「それもわかってるわよ。……そして彼が自殺したのは、一月三日の早朝。夢崎愛美さんが殺害された十二月三十日の夜にはまだ生きてるわ」

「えええええー。ちょ、マジでそれは考えすぎでしょ。あの池田って男が、夢崎愛美を殺して、遺体にあんな悪戯をして……で、同じ模様の傷を自分の体にも刻んで自殺したっていうんですか？」

「ううん、瘢痕については違うわ。確かに彼の腕の瘢痕はそう古いものではないように思ったけれど、だからといってたった四日でああはならないもの」

「でしょ？　あの瘢痕のほうが、夢崎愛美が死ぬより前に作られたもんですよ。……あ、じゃあ、自分の腕に作った模様と同じものを彼女の体につけた？　そんくらい彼女の大ファンだったとか？　で、半ば無理心中みたいに彼女を殺して、自分も死んだ？　ないない、ないっすよ、そんなの」

伊月は顔の前で片手をヒラヒラさせて、自分の言ったばかりの仮説を打ち消した。ミチルは眉間に縦皺を刻み、軽く唇を尖らせてる。

「ないかなあ」

「ないっすよ。だって料理が好きなら、部屋にこもってないで台所に立つでしょう。

ゲームとマンガに明け暮れてる奴が、アイドルならまだしも、母親より年上の料理研究家にそこまで血道を上げるって……考えにくいじゃないですか」

「そうよね〜。伊月君の言うことが全部正しいんだけど……でも何かが気になるんだわ」

「法医学者の勘って奴？」

「そんな高級なものが自分に装備されてるとは思わないけど、でも何か……うーん。まあいいわ。今気にしたって仕方ないものね。それより昼休みが終わる前に、龍村君にお礼のメールを打っておかなくちゃ。伊月君、悪いけど……って、何それ？」

引き出しを漁って錠剤を引っ張り出した伊月に気付き、ミチルは怪訝そうに問いかけた。伊月は鬱陶しい顰めっ面で、自分の頭を指さす。

「二日酔い。もう頭割れそうなんすよ。我慢してたけどもう限界。頭痛薬飲もうと思って」

「お酒で胃壁が荒れてるのに、頭痛薬？　医者がすることじゃないわよ」

「粘膜保護剤溶かしたぬるま湯で飲みますよ。持ってません？」

「持ってたと思うけど、どこだっけ……」

ミチルも机の上と同じくらいグチャグチャの引き出しを開け、しばらく探してから淡いブルーの顆粒《かりゅう》が入った透明の小袋を見つけて伊月に差し出した。

「あったわ。はい、どうぞ」

「お、アズノール細粒じゃないですか。よし、それで飲もう」

「……ついでに、あっちのテーブルの」

「写真とカップ片付けて、でしょ。了解ッす」

片手で頭を押さえたままふらついた足取りでロッカーの向こう側に消えた伊月の背中を見送り、ミチルは溜め息をついてメールソフトを立ち上げた。そして、「でもなあ……」と独り言を言いつつ、再びキーボードを叩き始めたのだった。

夢崎愛美の遺族が茨木署の刑事に伴われて法医学教室を訪れたのは、午後二時過ぎだった。

刑事は解剖のときに来ていた高松と若い部下がひとり、そして遺族は若い女性がひとりだけだった。

教授室に三人を通した都筑は、予告していたとおり、ミチルと伊月も呼び入れた。扉を閉めると、決して広くはない教授室は、六人きりの密室になる。

客人たちをソファーに座らせ、都筑は向かいの一人掛けのソファーに、ミチルと伊月はパイプ椅子を持ち出して都筑の隣に座を占めた。

まずは高松が、法医学教室の面々に女性を紹介する。

「えー、こちらが夢崎愛美さんの娘さんです。本当は旦那さんと一緒に来られる予定だったんですが、お二人で動くと報道陣が嗅《か》ぎつけてうるさいっちゅうことで、娘さんお一人で。こちらが、解剖を担当してくださった都筑教授、それから伏野先生と伊月先生です」

「その節は、母がたいへんお世話になりました。ありがとうございました」

立ち上がった女性は、綺麗なお辞儀をして礼儀正しくそう言い、再び腰を下ろした。

彼女の訪問前にチェックした解剖時の書類によれば、娘は二十五歳で、料理研究家である母親のアシスタントを務めていたらしい。

実際にミチルたちの目の前にいる彼女は、母親にはあまり似ていないように見えた。夢崎愛美はふくよかなイメージの女性だったが、娘のほうはほっそりした体格で、いかにも清楚《せいそ》な整った顔立ちをしている。真っ直ぐな黒髪は、料理家のアシスタントらしくうなじで一つにきっちりと結ばれていた。派手さはないがこざっぱりした服に身を包み、ソファーにごく浅く腰掛けている。

そういえば、テレビ番組で夢崎愛美を見たとき、傍らに彼女が映っていたような気がする……とミチルがおぼろげな記憶をたぐっていると、ノックの音がして、秘書の峯子が入ってきた。

都筑に指示を受けていたのだろう。手にしたトレイの上には、人数分のお茶が用意されている。

「失礼します」

いつもの超音波ボイスを極限まで減弱させた声でそう言い、峯子はおしとやかに各自の前にお茶を置き始めた。だがその見事な猫かぶりは、夢崎愛美の娘と目が合った瞬間、呆気《あっけ》なく吹っ飛んだ。

「きゃ！　うーたん！」

「！」

普段の峯子に慣れている法医学教室の面々はまだしも、突然の甲高い声に他の三人は文字通り飛び上がる。

「う、うーたん？　猿の一種かいな」

突然の奇声に、叱ることも忘れて都筑が訊ねると、峯子は羽二重《はぶたえ》餅《もち》のような頬を紅潮させ、早口で言った。

「違いますよ、それはオランウータンですにゃ。夢崎歌花《うたか》さんだから、うーたんって呼ばれてるんですよ。ねっ？」

「は、は、はい」

戸惑い顔で、女性……歌花は両手を口元に当てる。

「わあ、いつもテレビで見てます。ほら都筑先生、夢崎愛美さんの番組で、いつもお手伝いをしてるのがう―たん……って、あ、す、すいませんッ」

そこでようやく自分の立場を思い出したらしい。峯子は大慌てで謝り、お茶を置くとそそくさと出て行った。決して広くない教授室には、気まずい沈黙が落ちる。

「あー、いや、どうもすんませんな。落ち着きのない秘書で。……その、歌花さん、ですか。失礼しました」

都筑が歌花に詫び、部下二人も頭を下げた。突然のアクシデントに動揺していた歌花も、都筑のどこかユーモラスな言動にいくぶん心が和んだのか、弱々しく微笑《ほほえ》んでかぶりを振った。

突然母親であり、上司である人物が殺され、葬儀の手配や仕事の後始末、そしてマスコミ対応と、さぞ心労の絶えない日々を過ごしてきたのだろう。歌花の顔には、薄化粧では隠しきれない憔悴が滲んでいた。

「いえ、あの……母のアシスタントをしておりましたので、こういうことにも少しは慣れています。あの、それで今日伺ったのは、まず、母のために解剖をしてくださったお礼を申し上げなくてはと。父も、くれぐれもよろしくと申しておりました」

細いけれどよく通る声で、歌花は都筑を真っ直ぐ見て言った。都筑は、眉尻を下げた苦笑いで片手を振る。

「いや、それは刑事さんと同じく、僕らも仕事ですから」

「そう言ってくださるとホッとします。あと、あの……失礼なお願いなんですけど、ここにもきっと、マスコミの人が来てしまうと思うんです。ご迷惑をおかけすることがあるかもしれませんが、どうか彼らには何もお話しにならないで頂きたくて」

それについては、都筑は真顔に戻ってきっぱり請け合った。

「それについては、ご心配要りません。僕ら、基本的にマスコミには何も喋りませんし、今朝から押しかけてきとる分は、受付で全部追い返してもろてますから。さっき、ついご本人を目の前にして秘書が舞い上がってしまいましたけど、あの子も含めてうちの教室の者は皆、その辺は心得とりますわ」

歌花はホッとしたように頷き返し、それから何かを確認するように高松を見た。高松は、困ったような何かを憚《はばか》るような微妙な表情で口を開く。

「そのう。それでですな。こちらのお嬢さんが、お母さんの……夢崎愛美さんのご遺体の写真を実際に見て、説明を聞きたいそうです。当日、検案書を直接受け取りに来られへんかったんで……。ワシら門外漢よりは、実際に解剖を担当した先生に話をお聞きしたいと言わはるんですわ」

都筑は困惑した様子で首を傾げる。頭の大きさに対して首が妙に細いので、そういうアクションをすると、文楽人形のように見えてどこか滑稽だ。

「そら、医者の義務ですし、説明は喜んでさしてもらいますけど……写真、ですか？それはちょっと問題があるん違うかと」

確かに、遺体の所見や死因について遺族に説明することはあるが、遺体の写真を見せることなどまずありえない。写真は立派な捜査資料であるし、何より一般の人間には刺激が強すぎるからだ。だが歌花は、遠回しに嫌がる都筑に毅然とした態度で言い返した。

「どんなふうに母が殺されたのか、ちゃんと知っておきたいんです。娘として、私にはその権利があると思うんですけど」

それはそうやけど……と都筑は珍しいほど厳しい顔でなおも渋った。

「そもそも、ご遺体の第一発見者はお嬢さんやったと警察から聞いてます。っちゅうことは、お母さんのご遺体を直接見はったんと違うんですか」

そのときのことを思い出したのか、歌花はつらそうに目を伏せ、小さくかぶりを振った。

「実の娘なのに情けないんですが……私、母がテーブルの上に横たわっていて、台所の床が血の海になっているのを見て……怖くて外に飛び出してしまいました。道路にへたりこんだ私を見て、驚いた近所の方が警察に連絡してくださったんです。それきり家の中に入れなくて……ですから私、母の遺体をよく見ていないんです」

「そのおかげで、現場が綺麗に保たれたんやから、怪我《けが》の功名《こうみょう》っちゅうか不幸中の幸いですよて、ワシは言うたんですけどね」

高松が塩辛声で言い添える。無論それは事実であるのだが、高松の態度は部下に対するより随分優しい。やはり、清楚で弱々しい女性には、荒っぽい刑事も態度を和らげざるを得ないらしい。

「なるほどなあ……。そら、やっぱし気になるでしょうな」

ようやく事の次第を理解した都筑に、歌花は唇を噛んで頷いた。

「警察の方からお話はお聞きしていますし、報道でもありのままを伝えて頂いています。ですから……知識では私も知っています。母は酷い殺され方をして、しかもその後、犯人に遺体を傷つけられたんだってことも。でも、どんなふうに何をされたかをこの目で確かめたいんです」

「それは……」

「父は、死んだ人はもう帰らないんだから、そんなことはどうでもいい、見たくないって言いますけど、私は……娘として、アシスタントとして、真実を見ておかなくちゃって思って」

どうやら外見のはかなさとは裏腹に、歌花は芯の強い女性らしい。都筑はなおも決心がつきかねるらしく、高松に話を振った。

「警察のほうは、ええんですか？」

高松はごま塩頭を片手で撫でつつ、溜め息をついた。

「ホンマはご遠慮願いたいところなんですが、お嬢さんからはもう調書も取らしてもらいましたし、身内の方ですし、その……こういう特殊な立場の方なんで、はあ」

つまり、マスコミにある程度の影響力がある立場の人間に、かなりデリケートな問題である「被害者遺族の権利」について発言されてはいささか具合が悪い……ということなのだろう。都筑に視線で意見を求められ、ミチルは少し考えてから控えめに発言した。

「でしたら一枚だけ……こちらが選んだ写真を見て頂くということにしては？」

伊月も、ミチルの意見に首肯《しゅこう》する。都筑もようやく納得した様子で、「わかりました」と言った。

「ほな、ちょっとお待ちください。今すぐ、お見せ出来る写真を選びますんで。……伊月先生。写真持ってきてんか」

「はいっ」

伊月はすぐに立っていき、さっき高倉と見ていたアルバムを持ってきた。ソファーセットから少し離れた都筑の執務机で、三人は視線と身振りだけで写真を選び出した。どんな理由があっても、解剖中の写真を見せるわけにはいかない。ゆえに、見せられる写真は解剖前、それも着衣状態で解剖台に乗せた時点で撮影されたものに限られる。

膨大な写真の中から三人が選んだのは、比較的見る者に刺激が少なそうな、しかし胸部と腹部の「装飾」がハッキリ写っているものだった。

写真を手に戻ってきた都筑は、歌花の顔をテーブル越しに覗き込み、噛んで含めるようにこう言った。

「そしたら、これから写真をお見せしますけど……。お母さんは、犯人に滅多刺しにされて殺害されました。せやけどその後で犯人は、お母さんの胸部と腹部にさらに傷を付けました。それも、えらいこと酷たらしい傷です。……ホンマに、それを見る覚悟はありますか？」

「……はい」

長いフレアスカートを両手でギュッと握りしめ、歌花は深く頷く。

都筑は、いかにも仕方がなさそうに「ほな……」と、そんな彼女の前に写真を置いた。

写真に写った母親の変わり果てた姿を見るなり、歌花の喉《のど》がヒュッと鋭い音を立てる。

裂けんばかりに両目を見開き、写真から視線を逸らさない歌花を痛ましげに見やりつつ、都筑は低い声で説明を加えた。

「お母さんの胸には、フォークとナイフが左右から刺さっとりました。その……何ちゅうか、西洋料理で言うところの『食いかけ』の置き方ですわ。……それから腹部には、臍を中心として、九ヵ所の刺創……ええと刺し傷ですな。それが九本の刃物を使って放射状に一つずつ……」

「都筑先生」

淡々と話し続けようとする都筑の腕を白衣の肘で突いて、ミチルは目配せした。都筑の向かいで、歌花が傍目《はため》にもわかるほど全身をブルブル震わせていたのだ。

ただでさえ青白かった彼女の顔は土気色《つちけいろ》になり、唇は閉じることもできないほどわなないている。

やはり刺激が強すぎたのだと判断して、都筑は写真を引っ込めようとしたが、歌花は一瞬早く写真を引ったくり、ふらりと立ち上がった。

両手で写真を持ち、鼻がくっつくほど顔を近づけて凝視する。ずっと涼やかだった歌花の顔が、奇妙に引き歪《ゆが》んだ。

「う……そ……っ」

掠《かす》れた声が漏れたかと思うと、歌花の上体がぐらりと前にのめる。

「うわッ！　だ、大丈夫っすか」

いちばん若いだけあって、反射神経もピカイチの伊月が咄嗟に立ち上がり、歌花を危ういところで抱き留めた。

「高松さんたち、そこをどいて。伊月君、彼女をソファーに寝かせて。毛布を持ってくるまで、白衣をかけてあげてね。都筑先生は、内科に電話してください。とりあえず血圧計と聴診器を持ってきます」

こうなることを予想していたのか、ミチルはテキパキと指示を飛ばしながら教授室を出て行く。

「せやから言わんこっちゃない……」

困り顔でぼやきながら、都筑は慌てて内線電話帳を繰り始めた……。

間奏　飯食う人々　その三

「ほな、夢崎愛美先生の娘さん、写真見て倒れてしまいはったんですか」

気の毒そうな顔でそう言いながら、筧は炬燵《こたつ》の上に唐揚げを山のように盛り上げた皿を置いた。唐揚げの下には、「ハイジにおける干し草のベッド」くらいのボリュームでキャベツの千切りが敷き詰められている。

「ええ。勿論、写真を見たショックもあったんでしょうけど、最初から酷い顔色だったの。内科のドクターは、過労だって言ってたわ。お母さんが亡くなってから、東京と大阪を行ったり来たりで大変だったんでしょうね」

炊飯器を引き寄せて茶碗にご飯をよそい始めたミチルを横目で見ながら、炬燵に潜り込んだ伊月は、天板のわずかに空いた空間に尖った顎を乗せた。

「点滴されて、ちょっと落ち着いて警察に連れて帰られたけど、やっぱショック強かったんだろうな。可哀想なことしちまった」

「せやけど、見たいって言うたんは本人なんやろ？　確かに可哀想やけど、ある意味しゃーないん違うかな」

「うん。けどやっぱ写真選んだのは俺たちだから、ちょっと気が引けるっつか、心配っつか」

「それは……まあ、なあ」

慰めるような口調で篁は言い、今度は味噌汁を各自の前に置いて自分も炬燵に入った。

にあーん。

いつになっても子猫めいた甲高い声で鳴いて、ししゃもは伊月の腕に小さな頭を擦りつける。

「何だよ、お前も慰めてくれてんのか」

伊月はししゃもの眉間の辺りを指先でカリカリと掻いてやった。それで満足したのか、猫はふさふさの尻尾を振りつつ炬燵布団の端っこで丸くなる。

「ほな、飯にしましょか」

篁の合図で、ミチルと伊月は小学校の給食の挨拶さながらに声を揃え、「いただきます！」と言った。

相変わらず冷蔵庫が空っぽのミチルは、その夜も篁家で夕飯をご馳走になることにしたのだ。

「うわ、この唐揚げ美味しい。こんなに大きいのに、下味がよく染みてるわね」

ミチルの賛辞に、筧は照れくさそうにこめかみをカリカリ掻いた。

「いや、僕ズボラなんで、正月に雑煮の支度しながら、ビニール袋に調味料と鶏肉突っ込んで、そのまま置いとったんです。で、ずっと料理し損ねてて、さすがに今日食べてしまわんとヤバいと思て……」

「それで俺のケータイに電話して、ミチルさんも晩飯に誘えって言ったのかよ」

呆れ顔の伊月に、筧はますます恥ずかしそうに大きな体を縮こめる。

「せやねん。……すんません、残り物処理に呼んでしもたみたいで。あ、けど、今はまだ大丈夫ですから！　腹壊したりは絶対せえへんですよ？」

「わかってるわよ。筧君はお巡りさんだもの。傷んだものを食べさせるわけないわ。それに、年末からずっと買い物に行けてないから、渡りに船だったの。筧君のご飯はいつも美味しいから嬉し……あ……」

ご馳走を振る舞っておいて恐縮する筧にクスクス笑っていたミチルは、ふと表情を引き締めた。その視線を追った二人も、口を噤む。

つけっぱなしのテレビに映っていたのは、在りし日の夢崎愛美の大きな写真だったのだ。

グレイの上品なワンピースを着た女性司会者が、白い花に飾られたスタジオに立ち、落ち着いた声で夢崎愛美を悼む短いスピーチをし、そしてこう締めくくった。

『わたくしたちの番組で長きにわたって美味しいお料理を楽しく教えてくださった夢崎先生。在りし日の先生を偲んで、今夜は皆様に思い出のビデオをご覧頂きたいと思います……』

「追悼番組みたいですね。……チャンネル、換えましょか？」

筧は二人に気を遣ってリモコンに手を伸ばしたが、ミチルはそれを制止した。

「ううん、二人が嫌じゃなかったら見てみたいわ。私、あんまり料理番組とか見ないから、夢崎親子の仕事ぶりを見るいい機会だし」

「構わないですよ。つか、俺も興味あります。……今さら解剖のこと思い出したくらいで、食欲が減退する俺でもねえし」

その言葉が嘘でない証拠に、伊月は大きな唐揚げとキャベツを一緒に口に放り込み、もぐもぐと咀嚼《そしゃく》しながらテレビを見ている。

「ほな、このままにしときますね。僕は夢崎先生の番組、けっこう見てたんで懐かしいですわ。この人の料理、簡単で大雑把で結構美味しいんで、僕みたいなぶきっちょには大助かりやったんです。これ以上、レパートリーを増やしてもらわれへんのは残念やなあ」

心から残念そうにそう言い、筧も画面の中の夢崎愛美に見入った。

『料理に必要なのは、夢と愛！　なんですよ～、皆さん。夢のある素敵な食卓のためには、愛情を込めた美味しい料理がいちばんですっ。今日も張り切って作りましょうね！』

有名な台詞と共にポーズを決め、夢崎愛美は四角い画面の中で生気に満ちあふれた笑顔を振りまいていた。肉付きのいい手がリズミカルに野菜を刻み、肉を切り、魚を捌《さば》く。見ていて小気味がいい動きである。

伊月は感心した様子で呟いた。

「何か、友達の料理上手なお母さんが飯作ってくれてるみてえだな」

「この家庭的な雰囲気が、人気の秘密だったんでしょうね。確かに、材料もありふれてるし、調味料だってどこの家にもあるようなものしか使ってないのに、出来上がったものが妙に美味しそうだわ」

「それが、夢と愛の魔法やて夢崎先生は言うてはりました。せやから僕も、それ念頭に置いて作ってるんです」

「だから筧君のご飯は美味しいのかも。……あっ！」

「どないしはりました？」

「今、映った！　ほら、また」

ミチルは行儀悪く手にした箸で画面を指す。伊月はああと手を打った。

「ホントだ！　ほら筧、夢崎愛美の娘の、歌花って人だよ。今日、ぶっ倒れたところを俺がレスキューした人が、画面にチラチラ入ってきてる」

筧は二人が興奮する様子を不思議そうに見やりつつ、常識を語る口調で説明した。

「そら、うーたんは夢崎先生のアシスタントやからなあ。きっと跡継ぎにするつもりで、テレビに映るようにしてはったん違うか」

「げっ。何だよ、お前もあの人のこと、うーたん呼ばわりしてんのか？　つーか助手だし地味なのに、あの歌花って人、そんなに人気あんのか？　もしかして、お前もファン？」

「え、ちょ、違う違う。そない変な顔せんといてや」

伊月に胡散臭そうな眼差しを向けられ、筧は慌てて両手を振って否定した。

「ホントかよ」

「ホンマやて。みんながうーたんて呼ぶから、何となく僕もそれ覚えてしもただけで。……けど、人気あんねんで、あの人」

「マジで？」

「うん。今どきああいう控えめな美人て、テレビになかなか出てけえへんやん。夢崎先生が目立つから、余計に娘さんが大人しく見えるねん。それでいて一生懸命やし、気立てよさそうやし、ええ嫁さんになりそうな感じがするやんか」

伊月は首を捻りつつ、曖昧に相づちを打つ。

「んー、まあ、そうかもな」

確かに、夢崎愛美の背後で調理器具を片付けたり、食器を出したりと休みなく働いている歌花は、今日法医学教室で見たときよりずっと生き生きしているように見えた。母親の華やかな装いと対照的に、地味な服装と控えめなメイクで目立たないように動いているが、カメラはおそらく意図的に、時々そんな彼女の姿を映す。

「なるほど。ずっとは映さないから、よけいに彼女を見たいって気分にさせるわけか」

「チラ見せの美学って奴ね」

感心しきりで画面に見入る二人に、筧は残った唐揚げを勧めながら付け加えた。

「その……僕は料理を勉強したくて見てたんですけど、うーたん目当てで番組見てる人も多かったっちゅう話ですよ」

「へえ……。ちょっとした隠れアイドルって感じね」

「アイドルより手が届きそうな……それこそその辺にいてそうな感じが人気やったん違いますかね。あと、夢崎愛美先生のホームページがあるんですけど、そこで娘さんが、『うーたんの反省帳』っちゅうコーナーを担当しとるんですわ。それがまた人気らしゅうて」

伊月は嫌なニヤニヤ笑いで筧をからかう。

「何だよ、お前サイトまでチェックしてんのか？　実はマジで好きなんじゃねえの、『うーたん』が」

「ちょ、やめてや。僕は、夢崎先生のレシピが見たくてアクセスしてんねんて！『うーたんの反省帳』は、暇なときにたまに見る程度で……」

顔を赤くして弁解する筧を宥めて、ミチルはホームページについて質問した。

「はいはい、それはいいから。その反省帳ってのは、何を書いてるの？　ホントに反省ばっかり？」

「いえいえ、仕事に関する反省点とか、これからの夢とか、あとは日常の細々した話とか……まあ普通に、働く女の子の日記っちゅう感じやないですかね、たぶん」

「ふーん……。料理研究家のアシスタントっていうのも、色々やらなきゃいけないのね」

「そうみたいですねえ。……あ、先生、あと一つ唐揚げ食べてください。ほんで僕とタカちゃんが二個ずつ食うたらフィニッシュですわ」

「はいはい、頂きます。ちょっと食べ過ぎだけど、仕方ないわよね、こんなに美味しい唐揚げ、傷んだら勿体ないもの。うん、仕方ない仕方ない」

誰に対するものかわからない言い訳を口にして、ミチルは嬉しそうに唐揚げを口に放り込んだ……。


「はー、お腹いっぱい」

ミチルはうーんと気持ちよさそうに伸びをした。吐く息が、闇に白く立ち上る。

「俺もです。駅まで歩くのが、いい腹ごなしの散歩っすよ」

伊月も革ジャンの襟を立て、マフラーを首にグルグル巻き付けながら笑った。

夕飯を終えて筧家を辞したミチルを、伊月がＪＲ高槻駅まで送ることにしたのである。

「年末からバタバタしっ放しだったから、明日はのんびりした日だといいわね」

ミチルの言葉に、伊月はぐるんぐるん腕を回しながら同意した。

「ホントっすよ。年越し解剖に、一日休んでまた解剖。そんで今日はバナナマンに貧血美少女……いや、少女って年じゃないか。とにかく、フィジカルにもメンタルにも疲れてきた」

「私も。……でも、『うーたん』はもっと疲れてるんでしょうね。今日の彼女の姿を思い出したら、これしきのことで弱音吐いてる場合じゃないなって思うわ」

「ミチルさんは真面目だなあ。俺、それはそれとして、やっぱ疲れたって思いますけど」

「自分より大変な人を見て、もっと頑張れるって自分を騙《だま》してるだけかもしれないわね」

「はは、そんなことしてると、ミチルさんもぶっ倒れる羽目になりますよ」

「大丈夫よ。そうなる前に、伊月君にあれこれ押しつけて休むわ」

「うわ、しみじみ酷《ひで》ぇ」

そんな気の抜けた会話が途切れると、繁華街までまだ距離があるだけに、真冬の夜の静けさが体に深く染みいってくるような気がする。

しばらく黙って歩いた後、顎先までマフラーに埋め、伊月はボソリと言った。

「あの。『うーたん』のことですけど」

「何？」

首を傾げるミチルに、伊月は両手を革ジャンのポケットに突っ込んだまま、躊躇いがちに言葉を継いだ。

「今日、あの人がぶっ倒れたとき、俺、咄嗟に抱き留めたじゃないですか」

「ええ。それが？」

「その直前、あの人、掠れた声で『嘘』って言ったの、聞こえました？」

ミチルは曖昧に頷く。

「小さな声だったけど、たぶんそう言ったんじゃないかと思う。それがどうしたの？」

「いや、その後にね。気絶する寸前、俺にもたれかかって、溜め息みたいな声で、『そんなつもりじゃなかった』って言った気がするんですよ」

「え？」

ミチルは足を止めた。ちょうど電信柱の前だったので、街灯の光が彼女をぼんやりと照らしている。

「それってどういう意味、伊月君」

伊月も三歩進んだところで立ち止まり、体を捻るようにして振り返る。

「皆目《かいもく》わかんないっす。もう消え入るような小さな声だったから、ホントにそう言ったのかって訊かれたら自信ないんすよ。言ってたとしても、俺にしか聞こえてないだろうし、気絶する寸前だったから、本人も何か口走ったの覚えてねえかもなと思って。……で、誰にも言わずにいたんですけど」

感情が顔に出やすい伊月である。本当に自信がないことは、心細そうな顔を見れば一目瞭然だった。

「でも、伊月君的にはそう聞いた気がするのね？」

「ええ。何度思い返してもあの人がそう言った気がするし、やっぱ気になるんで、忘れないうちにミチルさんにだけ話しとこうと思ったんです」

「それって……いわゆるモヤモヤ気分を無理矢理共有させる気ね！」

膨れっ面で悪態をつくミチルに、伊月は悪戯ッ子のような笑みを浮かべて頷いた。

「そうそう。美しき師弟愛って奴じゃないですか。……つか、マジでミチルさんには話しといたほうがいいかなーって気がしたんですよ、今、唐突《とうとつ》に」

「何よ、それ」

「さあ。新米法医学者の勘って奴っすかね」

「全ッ然、信用ならないわ、そんなの。ま、とにかく、今日はもう営業終了。お腹いっぱいだし、疲れたし眠いし……寒いし」

「ですね。お互い、風呂入ってとっとと寝て、また明日ってことにしますか」

「そうしましょう」

二人は同時に深い溜め息をつき、暗い夜道をトボトボ気味に歩いていった……。

四章　誰がための罪

神は実在するかもしれない。

それが、翌朝のミチルと伊月の心の声だった。

教室に出勤したとき、まだ解剖の予定が一件も入っていなかったのだ。昨年の暮れから解剖がやけに立て込んでいたので、そんなことは久しぶりだった。

「明日はゆっくりしたい」という昨夜の切実な願いを、通りすがりの神様が聞き届けてくれたに違いない……と伊月は思った。もっとも自分もミチルも基本的に無宗教なので、いったいぜんたい、どの神様がそんな恵みを垂れてくれたのかは謎なのだが。

他の教室員たちも、教室に入って解剖予定表の貼られていないホワイトボードを目にするなり、「おっ」だの「あ」だの小さな喜びの声を上げた。だが、誰一人、そのことについて言及しようとはしない。「解剖がないと口走った途端《とたん》に警電が鳴る」というのが、法医学教室の不吉なジンクスだからだ。

そういう妙なところで迷信深い教室の面々は、頭の中から司法解剖という言葉を闇雲に追い払い、それぞれの仕事や研究に没頭した。

その甲斐《かい》あって、午後四時を過ぎても、警察からの直通電話は沈黙を守っていた。別段厳密な取り決めがあるわけではないが、経験上、その時刻を過ぎて入った解剖は、翌日の朝回しになることが多い。

（やった、これで今日は早めに上がって、ペットショップに寄れるな。まだ危機的状況じゃねえけど、そろそろしゃもの飯を補充しとかないと）

伊月はそう思いながら、実験室を出た。その手には、黄色く染色されたアガロースゲルを乗せたプラスチックトレイがある。

検体から抽出したDNAの特定の塩基配列をPCR法で増幅させ、電気泳動して分析するという、個人識別におけるお決まりの工程の最終段階だ。

まだ法医学教室に来て一年に満たない伊月なので、組織の切り出しも遺伝子を扱う実験も、技術レベルはそう高くない……というか、有り体《あてい》にいえば学生に産毛が生えた程度である。

技師長の清田と技術員の陽一郎が色々サポートしてくれるし、ミチルも必要なときは手を貸してくれるのだが、やはり他人に頼るのは気が引けるし、自分のためにもならない。そこで実験技術を少しでも向上させるべく、伊月は陳旧《ちんきゅう》死体のDNAを用いた個人識別に年末から取り組んでいるのだ。

新鮮なDNAを用いることができ、PCRの条件検討も十分に出来ていれば、シーケンサーでまとまった数のサンプルを短時間に処理することができる。その場合は、DNAの塩基配列情報もコンピューターが自動解析し、綺麗に色分けしたデータをモニターに表示してくれて非常に見やすい。

しかし陳旧試料については、サンプルごとにDNAの抽出法及び精製法を検討する必要があり、PCRの条件……温度とサイクル数の微調整も必要となる。従って、伊月は昔ながらの「ゲルを染色し、ラダー（梯子《はしご》）を肉眼で読み取る」という作業を地道に繰り返していた。

検体が少数なのにシーケンサーを使うのは不経済だという現実的な理由もあるが、都筑が、「機械を使って楽するんはいつでも出来る。まずは手作業で腕を磨くんがええ」とアドバイスしてくれたせいもある。

「ミチルさーん。これ、見てくださいよ」

「ん～？　どれ」

自席でパソコンに向かっていたミチルは、伊月の声音で結果を察したのだろう。やれやれという表情で顔を上げると、伊月からゲルを受け取った。

「あーあーあー。見事にしくじってるわね」

「せっかく、そこそこの量のDNAが採れたと思ったんですけどね。PCRをかけてみたらコレですよ」

伊月は長めの髪を結んでいたゴムを解きながら、脱力した様子で自分の椅子にどっかと腰を下ろした。

PCR法で短いDNA領域（ショートタンデムリピート：STR）を増幅させたサンプルをゲルに流し込んで電気泳動をかけると、簡単に言えば、DNA断片の中で短いものは軽いので早く流れ、長いものは重いのでゆっくり流れる。その移動速度の差がラダーと呼ばれる縞模様を形成するわけだが、当然、結果を読み取る際には、それぞれのラダーがどのサイズの断片であるかを知るための、物差しになるマーカーを一緒に泳動する必要がある。

ところが、伊月が差し出したゲルには、サンプルを流したレーンにも、両端に配置したマーカー同様に多数のラダーが……それこそ本物の梯子のように形成されてしまっていた。つまり、本来増幅させたかったDNA領域だけでなく、他の様々なサイズの断片も増幅されてしまったということだ。

「ほら、前回はPCRの条件が厳しすぎて何も増えなくて……ゲルがのっぺらぼうだったじゃないですか。さすがに寂しかったんで、今度は緩くしたらこんなことに」

「緩め方がちょっと極端だったんじゃない？　そもそも、陳旧死体から抽出したDNAは元から断片化してるし、汚染してる可能性も高いから……甘い条件でPCRをかけたら、余計なものが山ほど増えるわよって言ったでしょう」

悪戯を母親に咎められた小学生のように、伊月は上目遣いで口答えをする。

「それはわかってますけど、何も出てこないよりは、何か出たほうがいいかなーって思ったんですよ」

「正しい結果じゃなきゃ、出たって仕方がないわよ。……っていうか、PCRの条件検討以前に、DNAサンプル自体の質をもうちょっと考えたほうがいいんじゃない？」

「ですよねえ。今回はすべて水中死体から採ったサンプルなんですけど、どう頑張っても水中生物やら細菌やらのDNAが混入しがちなんすよ。でも、それを弾《はじ》くために精製すると、ただでさえ少ない人間のDNAがさらにショボい量に……」

「確かに、そのジレンマが陳旧DNAを扱うときの悩み所よね。ミトコンドリアDNAの分析はやってみた？」

「ええ、そっちはけっこう上手くいきそうです。ただ、陳旧死体のDNAサンプルはどのみち劣化してるんで、個人識別も複数の方法で試すのが定石でしょう。だから、体細胞DNAもできる限り抽出できるようにテクを身につけておきたいんですよね。俺の腕のせいじゃねえ、サンプルがもう無理なんだ！　って言える程度に。……はー、解剖といいこれといい、法医の分野ってつくづく職人芸尽くしだよなあ」

ぼやく伊月に、ミチルはクスリと笑った。

「でも、そういうところがいいんじゃないの？」

「まあね。患者を闇雲に検査地獄に放り込んで、機械がガンガン弾き出した結果を読んで診断するんじゃ、医者が医者でいる意味がないっすよ。やっぱ、経験から来る勘と、腕で勝負！　って感じが俺は好きだなあ」

「龍村君みたいに？」

「そうそう。あんなふうに光の速さで解剖しながら、ちゃんとどこがツボなのかを見極めて、遺族にもきちんと納得してもらえる説明ができて……。悔しいけど、かっこいいっすよね〜。俺は知らないけど、実験だってちゃんとやれるんだろうし」

ミチルは伊月の机にゲルの入ったトレイを置き、悪戯っぽい目をして言った。

「龍村君、DNAとか分子方面の仕事はあまり得意じゃないみたいよ。目に見えないものを扱うのは、性に合わないんですって。前に、組織標本が受容の限界だって言ってたわ」

「マジっすか？」

伊月はそれを聞くなり元気を取り戻し、背もたれから背中を浮かせる。

「うん。だから解剖が好きなんじゃない？　勿論、後から必要な検査はするけど、基本的に肉眼所見を元に死体検案書を書くわけだから。……どうも、研究も疫学的な分野のほうが得意みたいね。それもあって、監察医をやってるんじゃないかしら。症例を集めて統計を取るのは、監察医の仕事の一つだし」

「へええ。ってことは、ＤＮＡ関連では俺、龍村先生に勝てるかもっすよね！　よし、やったぜ俺！」

「かもね……っていうか、守備範囲が違うから勝負にならない気もするけど」

「いいんです。龍村先生が持ってない駒を持てれば、ちょっとは張り合える可能性が生まれますからね。……って、何遊んでるんですか、ミチルさん。難しい顔してパソ睨んでるから鑑定書でも作ってんのかと思ったら、ネットサーフィンしてるんじゃないですか！」

「しッ」

ミチルのパソコン画面を覗き込んで、伊月は非難めいた声を上げる。その口を手のひらで塞《ふさ》ぎ、ミチルはキリリと眉を吊り上げた。

「ちょっと、私はあんたと違ってお給料を貰ってる身の上なんだから、教授室に聞こえるような声で滅多なこと言わないでよね。遊んでるんじゃありませんっ」

「でもそれ、ホムペ……」

モニターを指そうとした伊月の手をぺちりと叩き、ミチルは憤然と言い返した。

「そうだけど、これは夢崎愛美の公式ホームページよ。彼女が殺されてから、すべてのコンテンツの更新は止まってるし、掲示板も閉鎖されているけど、まだページ自体は残ってるわ。突然のことで、スタッフもまだホームページまで手が回らないんでしょうね。……昨日筧君から聞いた、歌花さんのコンテンツを見てたの」

「ああ、夢崎愛美の娘さんの。何だっけ、『うーたんの反省帳』とかいう奴？」

「そうそう。何だか気になるから、ホームページが残ってるうちにチェックしておこうと思って」

伊月は結び癖のついた髪を両手でバサバサとほぐしながら、不思議そうにミチルの背中に問いかけた。

「何でまた、そんなもんまで気にしてるんです？　あ、もしかして、昨夜俺が言ったことを気にしてるとか？　気絶する寸前、あの人が『そんなつもりじゃなかった』って口走った気がする……っての」

ミチルは椅子に深くもたれ、手にしたペンを器用に回しながら小首を傾げた。

「それもあるんだけど……昨日、高倉さんと話して、考えたことがあって」

「何すか？」

「プロファイリングのこと。私たち、これまで解剖はしても、事件そのものにはわりとノータッチで来たじゃない？」

「まあ、そうっすね」

「でも、昨日高倉さんとしたディスカッションは、プロファイリングの一種でしょう。警察内部ではチームを組んでプロファイリングを行ってるらしいけど、これからはそのチームに、もっと広い分野から人が加わるべきだと思うの」

「俺たちとか、ですか？」

ミチルの指の間を、ペンがまるで生き物のようにくるくると移動するのを見ながら、伊月は問いかける。

「ええ。刑事や鑑識や科捜研や法医学……必要ならもっと他の分野からも、各々《おのおの》の知識と見解を持ち寄るの。ただ、それだと収拾のつかない激論になりかねないから、プロファイラーが議長っていうか、みんなの意見をまとめて、一人の犯人像を導き出すコーディネーターの役割を果たすわけよ」

「ふむ。学級会みたいなもんかな」

「大人の学級会ね。でもきっと近い将来、そんなふうになると思う。捜査に関係するすべての人間が、プロファイリングを念頭に置いて仕事をすることが必要になるわ。……人には色んな価値観があり、嗜好《しこう》があり、衝動があり、時には妄想がある。それを想像し、理解し、次の行動を予測するにはある程度の数の人間、それも守備範囲を異にする人間が力を集結する必要があるはずよ」

伊月は両手を頭の後ろで組み、ふむふむと小さく頷いた。

「俺たちって、そういう意味では重要なポジションにいますよね。遺体を診て、殺した奴がどんなふうにその人を死に至らしめたかを考えるわけだから」

「そうそう。それって結局、犯人の性格とか精神状態も含めた考察になるでしょう？」

「ふむ。それはわかりますけど、何がどうなって夢崎歌花の日記を読むことに繋がるんです？」

ミチルは少し困ったように笑って、コットンシャツの肩を竦めた。

「そう訊かれちゃうと、直接関係はないですって言うしかないわね。でも、これからは自分が関わった症例についての情報を、もっと積極的に収集する癖をつけようと思って。情報が少ないよりは多いほうがいいし、警察からだけじゃなく、色んなところから知識が得られたほうが公平でしょ？」

「確かに」

「それに……昨日の歌花さんのリアクションが、ちょっと気になってるのよね」

「リアクション？　ああ、お母さんの遺体の写真を見たときの？　でも、素人さんにはショッキングな写真でしたよ、あれは」

ミチルは頷き、ペンを机に戻して腕組みした。

「そりゃそうだけど……でも私、彼女は見かけより骨のある人だって印象を受けたの。しっかりした語り口だったし、言うことも筋が通ってたわ」

「俺もそれは感じました。見た目は弱々しい感じだったけど、権利とか口走ったときは、やたらキリッとしてたもんなあ」

「ええ。後で高松さんが言ってたけど、愛美さんが殺されたショックで、ご主人は寝込んでるんですって。だから私的にも公的にも、歌花さんが母親亡き後のことを取り仕切っているそうよ。疲労で倒れても無理はないって同情してたわ。そんな人が、よくよくの覚悟の上で見た写真で、あそこまで動揺するかしら」

伊月は薄い唇をへの字に曲げて、うーんと左右に頭を傾けた。

「うーん……どうなのかな。俺、たいがいこの業界の人になっちまって、そのあたりの感覚がだいぶ鈍ってるからなあ」

「ほら、彼女が内科の外来で点滴を受けてる間、私だけが付き添ってたでしょう？彼女、毛布の下でずっと震えてたの。寒くないって言いながら、傍目にもわかるくらいガタガタって。歯まで鳴ってたわ。……ちょっと異常な怯《おび》えようだった」

「でもミチルさん。彼女、実の母親の惨殺死体を見て、表通りまで逃げ出したって言ってたじゃないですか。写真を見て、そんときの恐怖が甦《よみがえ》ったんじゃないですかね。……俺だって、プライベートで死体を見つけたりしたら、凄いトラウマになりそうな気がするし」

「それもそうよね……。でも、伊月君が聞いたっていう『そんなつもりじゃなかった』って言葉が本当なら、あの異様な動揺と何か関係があるかもと思って。それでホームページをチェックしてたのよ」

「うーむ。そう言われると、俺まで気になってきたなあ。ちょっと休憩がてら見てみよっと。ＵＲＬは……」

「夢崎愛美でググればトップに出てくるわよ」

「俺、検索はグーグルよかヤフー派なんだけど……って、ヤフーでもトップか。そりゃそうだよな」

伊月は自分のノートパソコンを操作し、夢崎愛美の公式ホームページ「ラブ&ドリーム☆クッキング」にアクセスしてみた。「ラブ&ドリームって、そのまんまじゃねえかよ……」と呟きつつ、一通りコンテンツをチェックしてみる。

公式というだけあって、メインは、夢崎愛美が簡単なレシピを紹介しつつ、日常の様々なことを語るブログだった。他にも、著書リストや出演番組スケジュール、あるいは企業とコラボしたキッチングッズの紹介など、様々な情報や企画がアップされている。愛美のひとり娘、歌花のブログ「うーたんの反省帳」も、そうした企画の一つだった。

「何か、女の子が喜んで通いそうなサイトだな。ええと、『うーたんの反省帳』は……と、ここか。……へえ。意外と乙女ちっくで派手なデザインっすね。本人が地味だから、もっとあっさりした奴なのかと思ってた」

画面を「うーたんの反省帳」に切り替えた伊月は、驚きに軽く目を見張った。

ページトップにはタイトルと共に、エプロン姿でボウルと泡立て器を持った歌花の写真がでかでかと配置されていた。新婚の若奥様という言葉を聞いて多くの男たちがイメージしそうな姿である。

アイドルたちと違い、はにかんでぎこちない笑顔がいかにも素人くさいが、それがたまらないというファンも多いのだろう。

壁紙も、淡いピンク地に調理器具や素材のイラストがちりばめられた可愛らしいものだった。

「へー……マメに書いてるなあ」

「そうなのよ。文章量はどうってことないから、読むのはちっとも大変じゃないけど」

日記は、三年前に彼女が母親のアシスタントになってから、去年の十二月三十日……母親が殺害された日まで、ほぼ毎日更新されている。

内容はアシスタントの仕事についての記述がほとんどで、その日に愛美が作った料理や調理のポイント、そしてその日の反省点や将来の展望が綴《つづ》られている。それ以外にも、身の回りで起きた面白い出来事や、若い女の子らしくお洒落やファッションについて語っていて、知り合いの女友達の日記を読んでいるような雰囲気だ。

「賢い女の子が書いた文章って感じだけど、時々素直に喜んだり、感動したり、弱音を吐いたり、ささやかな不満っていうか本音が零《こぼ》れたり……。とっても正直な日記だと思うわ。読む人は、歌花さんのことを身近に感じるでしょうね」

日記を流し読みしながら、伊月もミチルに同意する。

「男としちゃ、見守ってあげたいっていうか、励ましてあげたい気分になるタイプかもですね」

「あー、何となくわかる。こういう飾り気のない人って、同性からもあんまり嫌われないと思うわ。女の子にとっては、頑張れば手が届きそうな憧れの人、って感じ」

二人は、同じブログを違うパソコンで閲覧しながら、互いの顔を見ずに話を続けた。

「ホントだ。コメント欄、毎日百件以上入ってるけど、女の子からのメッセージも多いですね。男と女が半々くらいかな、見たところ」

「みんなハンドルネームで書き込むから、本当のところはわからないけど……でもこういう料理研究家、しかもアシスタントのブログにしては男性と思われるビジターが多いわね。結婚してほしいとか、理想の恋人とか、そういうコメントはたぶん男性からでしょう。ちょっとしたカルトアイドル的な存在なんだと思うわ、彼女」

「カルトアイドル……かあ。まあ、本物のアイドルほど敷居が高くないのがいいのかもしれないっすよね。……最後の日記には、山ほどコメントが入ってるな。お母さんのことで、お悔やみと励ましのメッセージと……あと、何か嫌がらせみたいな奴も。ほら、こいつなんか『親の七光り消滅でザマァ』とか書いてやがる。酷ぇな。どこにでも湧くんだ、こういう人の不幸に塩をすり込んで喜ぶような奴ら」

忌々《いまいま》しげに小さく舌打ちする伊月をまあまあと宥《なだ》めながら、ミチルは言った。

「最初の記事からずっと読んでたんだけど、歌花さん、大学を出てすぐお母さんのアシスタントになったのね。小さい頃から料理上手なお母さんを見て、憧れて育ったんですって。趣味の料理を仕事にしたお母さんをとても尊敬していたから、自分もこの道に進もう、お母さんのサポートをしながら料理の勉強をしようと思ったって書いてあったわ」

「……ふーん……。親に憧れて、ねえ。何となくわかるようなわかんねえような」

目は画面を埋める文字を追いながら、伊月の脳裏には母親の顔が浮かんでいた。

医師としての自分が一番、妻としての自分が二番、そして母としての自分は三番目だと言って憚らなかった母親を、幼い伊月は寂しく、恨めしく思っていた。

友達の母親が我が子を何より大事にしている様子を目の当《ま》たりにすると、自分の母親だけが何故そうなのだろう、もしや自分は愛される値打ちのない子供なのだろうか……と悩んだりもした。

そんな母親との仲は、未だに決して親密なものではない。それでも大人として独り立ちした今では、母親の生き方を格好いいと思える。子供のための自己犠牲を当然のこととはしなかった母親のアバンギャルドな血が自分に流れているのは、そう悪いことではないと感じられるのだ。

「うちは両親とも仕事命だったからなあ……。そういう意味では、家庭としては破綻《はたん》してたけど、プロの仕事っぷりだけは嫌ってほど見てきましたよ。二人とも、どんな深夜だろうと急患が出たら飛んでいってましたからね」

ミチルは薄く笑って伊月を見やる。

「前に言ってたわね、お母さんのこと。親としては尊敬できないところもあるけれど、医者としてはパーフェクトに尊敬してるって」

「そうそう。すげえドライだけど、それも親子のあり方の一つかもなって思ってますよ」

「疲れた怠《だる》い帰りたいって文句を言いつつも、伊月君が見かけによらず真面目に仕事をするのは、そういうご両親の姿を見て育ったからでしょうね。それはとっても素敵なことだと思うわ」

他人に親を褒められて同意するのは照れくさいらしく、伊月は片眉を上げてシニカルな表情で言葉を返した。

「見かけによらずは余計っす。とはいえ、この人みたいに温かい家庭で育って、母親を慕って同じ道に……みたいなのにも憧れるんですけどね、無い物ねだりで」

だがそれを聞いたミチルは、微妙な顔つきになった。

「隣の芝生って奴じゃない？　それはそれで大変みたいよ」

「そうなんですか？」

「うん。最初は希望と期待でいっぱいって感じで始まったこのブログだけど……。読み進めていくと、色々問題が生じてきてる感じがする。あんまり大っぴらには書いてないけどね」

「ふーん？」

ミチルは伊月の鼻先に、Ａ４のコピー用紙を数枚、後ろ手で突き出す。

「何です、これ」

「気になった部分を抜き出して、プリントアウトしてみたんだけど……。家庭では母と娘でも、職場では上司と部下でしょう。しかも愛美さんは跡継ぎについては明言していなかったみたいだけど、他人は料理研究家とその後継者と見なすわ。同じ家に住み、同じ職場で働きながら、二つの立場を使い分ける……そういう生活って、想像しただけでちょっと疲れそうよね」

ミチルの声を聞きながら、伊月は打ち出された文章に素早く目を走らせた。

『職場に親子の甘えは持ち込まない。それは最初から徹底しているつもりですが、家に帰っても、アシスタントから娘への切り替えができず、少し戸惑ってしまいます』

『母のことをとても尊敬しているので、一日も早く追いつきたい。でも、昔から決して器用ではなかった私はお仕事の場でもドジで、アシスタント失格なミスばかりしてしまいます。今日も、ボウルを持ったまま転び、大事な食材を床にぶちまけてしまいました。本当に反省。食べ物にも、母にも申し訳ないです』

そんな飾り気のない素直な歌花の文章が、日付と共に抜粋されている。

「あやや……落ち着いて見えるけど、意外と鈍くさいんですね、あの人。この抜き書きだけでも、けっこう失敗談が多いな。けど、茶化《ちゃか》してるわけじゃなくて、真面目に告白して、反省してる。ホントはこの何倍も凹《へこ》んでるんだろうな……って想像できますよ」

「そうなのよね。そのいっぱいいっぱいな感じがかえって人気を煽《あお》ったみたいなんだけど、本人にとっては不本意なことだし、そのことについて母親に非難めいたことを言われたりもしたみたい。ほら、ここ」

ミチルが指先で示したのは、一昨年の十月二十一日の日記だった。

『あなた、ドジっ子キャラで売るつもりで、わざと失敗しているんじゃないの？……今日、番組収録中に私がお皿を落としてしまったとき、母が冗談交じりにそんなことを言い、スタジオのお客様も笑っておられました。拍手してくださる方もおられましたが……当の私は、全身の血が凍るような思いでした。勿論、突然のハプニングを母が冗談で救ってくれたことはわかっているのですが、もし、皆さんにもひとかけらでもそんなふうに思われているのだったらどうしよう。この日記を書きながら、自分の情けなさに涙が出ます』

「うわ、これは地味にきっついですよね。相当凹んでるな……」

「でも、寄せられたコメントはおおむね好意的なものよ。そんなことはない、頑張っている姿を応援している、自分も失敗ばかりなので、一緒に頑張ろう……そんな意見が並んでたわ。翌日には彼女も気持ちを切り替えて、失敗しなければいい、もっと頑張らなくてはいけない、心配をかけてごめんなさい、って書いてるわ」

「文体からも内容からも……昨日見た感じからも、生真面目な人だってのはよくわかりますよ。こういうタイプは、ストレスをため込むんだろうな」

「そうね。このブログがストレスのはけ口になればいいけど、あくまでも母親のアシスタントとしての立場で書いているものだから、本心をそのまま吐き出すわけにもいかないでしょうし。こういう性格の人なら、ずいぶん自制した文章でしょうね」

「あー……一昨年のクリスマス前には、また何かやらかしちまったみたいだな」

伊月は気の毒そうに眉尻を下げた。「大失敗……」と表題が書かれた一昨年の十二月二十三日には、こんな文章が綴られていた。

『ここのところ大きなミスがなかったのに、ついにやってしまいました。今日は、クリスマスケーキのデコレーションを母が実演する生番組。私はベースのクリームを塗る役割を与えられ、心臓が口から出るほどドキドキしていたのですが、どうにか無事やり遂げることができました。それで気が緩んだのでしょうか……。事務所に持ち帰ったケーキをスタッフみんなでお味見しようということで、今度は切り分け役を仰《おお》せつかったのですが……。最初八等分と言われ、次に人数が増えたから十等分と言われて……言い訳なんですが、頭が混乱してしまったようです。気がついたら、何故か九等分に！　どうやったらこんな器用な切り方が出来るのと母には呆れられ、皆さんには笑われて、穴があったら入りたい気持ちです……。責任を取って、私はお味見を辞退したのですが、ケーキはとっても美味しかったそうです。皆様も、是非今年のクリスマスには手作りのケーキにチャレンジしてみてくださいね！』

最後まで読んで、伊月はプッと噴き出す。

「ちょ……一瞬同情して損した。これは笑える失敗だな。八か十か迷っても、普通九つには切れねえっての。ある意味才能……ってミチルさん、何でそこで難しい顔するんですか。これは笑うとこでしょ」

だがミチルは、何故か険しい顔でマウスに手をやり、ブログのページをスクロールした。

「それがね……。ここからが凄く気になるところなの。この日の本来なら笑える日記が、引っかかるきっかけっていうか……」

「どういう意味っすか？」

「何気なく、これに対して読者はどういうリアクションをするのかしらって、コメント欄を表示して読んでたんだけど。ほら、見て」

伊月は打ち出しの紙を持ったまま、上体を屈めてモニターを覗き込んだ。

「何です？　フツーに、笑ったとか頑張れとか、他の日と同じようなコメントが書いてあるだけじゃないですか」

「ちょっと待って。……ええと……ほら、これ」

ミチルはその日に寄せられたコメントの中から、マウスのポインタで一つを伊月に示した。

『ドンマイ！　君は、きっといつかお母さん以上に素敵な料理研究家になります。その日まで、僕は君のことを応援してます。ケーキを九等分するなんて、君はきっと本当は凄く器用なんだ。そんな君の才能を発見した今日の日を忘れないように、自分のHN（ハンドルネーム）を「九等分」にすることにしました。これからずっと、このHNで君を応援するコメントを書きます。覚えててください』

画面からそのコメントを読んだ伊月は、不可解そうにスッキリ通った鼻筋に皺を寄せた。

「あ？　これが何です？　普通にたぶん野郎ファンの応援コメントじゃないですか」

「名前よ。ハンドルネーム。どっかで聞いた……っていうか見たような名前だと思わない？」

「へ？　ああ、変な名前っすよね。『九等分』なんて。……っていうか……あれっ？　ちょい待ち、九等分……？　ケーキって、ホールケーキですよね？　丸いケーキを九等分……。円を九等分……。げっ」

ようやく、ミチルの「引っかかった」理由に気付いたらしい。伊月は席を立ち、椅子に座ったミチルの背後からモニター画面を見下ろした。ミチルはカーソルで当該コメントをぐるぐる囲みながら相づちを打つ。

「そういうこと。偶然にしては、嫌な符合だと思わない？　ケーキを間違って九等分してしまうミスを犯した歌花さん。それを彼女の才能の顕《あらわ》れと感じて、彼女の失敗そのものをハンドルネームにした彼。そして……」

「夢崎愛美の腹部に残されていた傷も、円の九等分……ってことっすよね」

伊月は薄気味悪そうに声を潜めて囁く。ミチルは瞬きで頷いた。

「ついでに、あの感電死した男性の腕にも……まあ、とても小さかったけれど、円を九等分するような花模様があったわ。ううん、あの人のことはひとまず脇に置きましょう。今はこの、ハンドルネーム『九等分』って人の話よ」

ミチルは再びブログの新しいほうへページを送りながら話を続けた。

「さっきも言ったけど、『九等分』は毎日のように日記にコメントしてる。それも彼……便宜上彼と呼びましょうか。彼のコメントは、いつだってかなり上のほうにあるの。つまり、彼女が日記を更新して間もなくコメントを書き込んでるってこと。でも歌花さんは、仕事の合間に更新することもあれば、家に帰ってからのこともある。それこそ深夜のこともあるわ。時間帯がけっこうバラバラなのよ」

「それにもれなく対応してるってことは……しょっちゅう彼女の日記をチェックしてるってことか。もちろん、チェックやコメント書きは、パソじゃなくてケータイでもできるけど……でも二十四時間対応ってことですよね」

「まあ、ざっと見たところ、午前一時以降、午前八時以前の更新はないから、そこまでじゃないけど……それでもけっこうな時間帯をカバーしなきゃいけないわよね。他にもほぼ毎日書き込んでる熱心なファンはいるけど、彼ほどリアルタイムでチェックしてる人はいないわ」

「その日の日記更新があるまで、しょっちゅうアクセスし続けてるってことですよね。それもほぼ毎日。……よっぽど暇な奴だな、その『九等分』。学生とか、それこそ引きこもり……とか？　あ、何かまた嫌なほうに流れてきたぞ」

「そのことはいったん忘れて。……『九等分』のコメントは、たいてい励ましや慰め、共感……まあ、内容は平凡だけど、心がこもってる感じがする文面だったわ。それにハンドルネームが独特だし、いち早く目につくところに毎日コメントがあるわけだから、歌花さんがコメント欄を見ていたらきっと名前を覚えているでしょうね。……そして、このあたり。このあたりから、ちょっと『九等分』のコメントの内容が変わってくるの」

そう言いながらミチルが開いたのは、昨年九月十三日の日記だった。その日、歌花はこんな悩みを打ち明けていた。

『最近、マクロビオティックについて勉強を始めました。ベジタリアンになろうと思っているわけではないのですが、お肉や魚なしで舌とお腹を満足させるための調理法や素材の選び方にとても興味があるのです。本当にそれが体にいいのか、自分の体でも試してみたい！　でも母に言わせると、家庭料理はそんなストイックなスタンスではなく、もっと大らかに作り、気楽に食べたいのだそうです。勉強もいいけれど、理屈をこねるヒマがあったらもっと要領よく、気の利いた動きができるようになりなさい、と怒られてしまいました。アシスタントになって二年目なのに、こんなことで叱られていては駄目ですね。頭でっかちな自分が恥ずかしいです』

「この日記に対する『九等分』のコメントはこれ。『ずっと思っていたんだけど、君のお母さんは、君の高い志を理解していない。君の姿勢は間違ってないんだ。自信を持っていい。僕は、お母さんよりずっと君のことをわかっていると思う』」

「おっと。なかなか積極的な自己アピールっすね」

「ええ。この頃から、歌花さんの悩みは少し深くなってきているみたいね。ごく控えめにしか書いていないけれど、彼女やっぱり、アイドル扱いされることにずっと抵抗があったんじゃないかしら。それに、アシスタントとしての役割がまだ満足にこなせていないことや、周囲が当然、跡継ぎとして自分を扱うけれど、自分にはそんなつもりはないし、母親にも何も言われていない……そんな記述が、あちこちに見られるわ」

「まあ、普通に他人同士でも、一緒に仕事をしてたらギクシャクする時期があるでしょうし。親子なら余計かもっすね。で、それに対する『九等分』のコメントは？　ますますアピールがエスカレートっすか？」

ミチルは小さくかぶりを振った。

「それが……ちょっと妙なのよね。確かにそれからもしばらくは毎日、彼女がささやかに漏らす苦しさとか迷いとかに対するアドバイスを書き込んでるんだけど……」

そう言いながら、ミチルはある日の日記に対するコメント欄を開き、伊月に見せた。

「見て。十月二日にこう書いてる。『昨日は会えて嬉しかった。やっぱり君は、僕が思ったとおりの繊細で才能豊かな女性だった。僕の女神、覚えていてほしい。僕はずっと君のいちばんのファンであり、理解者である』」

肌寒いのか、伊月は肘までたくし上げていた白衣の袖を手首まで引っ張り下ろしながら目を眇《すが》めた。

「女神ときたか。すげえな。……あん？　会えてよかった？　こいつ、歌花さんにリアルで会ったってことか？」

「チェックしてみたら、十月一日に『家庭の味でおもてなし』っていう特別なイベントがあったの。夢崎愛美さんが、抽選で選ばれた百人のファンをホテルに招いて、彼女プロデュースのランチつきトークショーをするっていう雑誌の企画だったみたい」

「へえ。で、『九等分』が、招待客のひとりだったってわけですか」

「その可能性があると思わない？　基本的にスタッフは裏方だったけど、歌花さんは人気者だし愛美さんの実の娘でもあるから、トークショーに参加していたみたい。一日の日記には、イベント参加者への感謝や、自分がトークが苦手なことに対する謝罪の言葉が綴られてるわ」

「なるほど。そこで歌花さんと『九等分』がニアミスしたかもしれないわけだ」

「そういうこと。でも何故かそれから一週間、『九等分』のコメントは途絶えるの。そして十月九日。歌花さんの日記はいつもと代わり映えしない内容だけど、それに対して久しぶりに書き込まれた『九等分』のコメントはこれ」

「どれどれ？」

ミチルの顔の真横に頭を突き出し、伊月はモニターに見入る。

『この一週間、ずっと考えてた。君のために僕には何ができるだろうって。君の笑顔から憂いを取り去り、誰よりも輝かせるために。やっと、やるべきことが見つかりそうだ。待っていてほしい』

伊月はポリポリとこめかみを掻きながら、背筋を真っ直ぐ伸ばした。

「何だかなあ。思い込みの激しい奴。やるべきことって何だっつーの。花でも贈る気だったのかな」

「さあ。でもちょっと気になるでしょ、このコメント。しかもこの日以降、彼の……少なくとも『九等分』名義でのコメントはないのよ。最後の日記……愛美さんが殺された日のコメント欄にも、彼の書き込みはないわ」

ミチルはそう言って、伊月の顔を見上げる。

「どうも気になるのよね、この『九等分』が、コメントの書き込みをやめてから取りかかったと思われる、『やるべきこと』が何だったのか。だって彼は、日記を読んで、歌花さんと母親の間にそれなりの軋轢《あつれき》が生じていたことを知ってたわけでしょう？」

「だから彼女のために愛美さんを殺したってことっすか？　まさか、いくら何でもそれは短絡的っしょ」

「それじゃ安いサスペンスドラマでしょ。そこまで都合のいいこじつけをする気はないけど……でも、これだけ熱心なファンだった彼が、どうして急にブログへの書き込みをやめたのか。ファンをやめたわけじゃなさそうだし、いったいどうして……って思うとモヤモヤするのよ」

「ですよね。……むー、しかしマジでちょっと、これ以降の『九等分』のことは気になりますね。毎日リアクションしてた奴が突然こんな言葉を残して姿を消したら、歌花さんも不気味だっただろうな」

「本人が、本当にコメント欄までチェックして、『九等分』のことを知っていたらの話だけど」

　そう言いながらミチルはマウスを動かし、ホームページを閉じてしまった。伊月は再び椅子を引き寄せてミチルに近いところに座り、教授室の都筑に聞こえないよう低い声で話を続けた。

「でも、これってあくまでも俺たちが何かあるんじゃないかと思うだけで、客観的なデータじゃないっていうか……わざわざ茨木署のオッサンに言うレベルじゃないですよね」

ミチルもパソコンに背を向け、伊月と額を寄せて相づちを打つ。

「そうね。高松さんに話しても、むしろ出過ぎたことをって不愉快に思われかねない」

「ってことは、とりあえずこれまでですか。一応、コメント欄は引き続きチェックしたい感じですけど」

「ホームページが削除されない限り、まだ何か彼が書き込む可能性があるものね。それこそ、彼が具体的に何かアクションを起こす可能性が出てきたら、そのときは高松さんに言ってみることにしましょ。現時点では、捜査権のない私たちに出来ることはないわ」

残念そうにそう言うミチルに、伊月も少々悔しげに同意した。

「ですね。これが高槻署なら、筧経由でやんわり伝えてみるって方法もあるんですけど。……ま、傍から見れば俺たちサボってるようにしか見えないし、とりあえずは自分の仕事に励みますか」

「あら、偉い子。……ところで、さっきのその不細工な泳動だけど、抽出に使った組織は水中死体の何？」

「筋肉っす」

「じゃあ、量的にはまだ余裕があるのね？」

「カチカチに凍らせた奴が、しこたまありますよ」

それを聞いたミチルは、閉塞した空気を吹き払うように明るい声で言った。

「じゃあ、私も同じサンプルを使って、あんたと同じ方法で一通りやってみるわ。それできちんとした結果が出たら、単にあんたの腕が悪いってことだし」

それを聞くなり、伊月の整った顔が引きつる。

「げっ。そ、それは」

「何なら陽ちゃんに協力してもらって三人で腕比べを……」

「いやっ、あの、キャリアは長くても森君は年下だし……恥を掻くならミチルさん相手だけでいいですっ」

慌てて手を振り激しく遠慮しながら、伊月はゲルの入ったトレイを手に立ち上がる。はや自分の技術不足を失敗の原因と認識しつつある伊月に苦笑いしながら、ミチルは立ち上がり、椅子の背に掛けてあった白衣に腕を通した。

「じゃ、早速取りかかりましょうか。はあ、ずっとモニター睨んでたら、肩が凝っちゃったわ」

「俺も、中腰で画面見てたら、腰が痛くなりましたよ。あ、ネコちゃん。二人とも実験室にいるから」

「はあい、頑張ってくださいにゃ」

伊月とミチルが部屋から出て行くと、素知らぬ顔で解剖書類の整頓を続けながら、秘書の峯子は目の前の教授室に向かって声を掛けた。

「先生、もう出てきてもいいんじゃないですかあ？」

「むっ。ばれとったか。忍者ばりに気配を消したつもりやってんけどな」

「どこが。足音も鼻息も聞こえてましたにゃ。それに、私にも聞こえないようなヒソヒソ声だったのに、そんなところに立ってても聞こえなかったでしょう？」

半開きの扉から姿を見せたのは、都筑教授であった。峯子は呆れ顔で都筑を見やる。医学部の教授のイメージとはかけ離れた、どこか古本屋の主人めいたとぼけた顔の都筑は、照れくさそうに白髪交じりの頭を掻いた。

「まあな。せやかて、あの二人が寄って何ぞやっとると、また物騒なことに首突っ込んどるん違うかと、気が気やない。姿だけ覗き見しとったんや」

「そんなに心配なら、無茶するな、大人しく仕事だけしてろって直接仰ればいいのに」

「そんな、過干渉・過保護のお母《か》んみたいなことができるかいな。僕はこれでも上司で教育者なんやで。若い奴らの可能性を伸ばしてやるんも仕事のうちや。……あ、せや。こないだの保険の書類出来てんねん。送っといて」

　峯子に大判の封筒を差し出しながら、都筑は実験室のほうを見やって独りごちた。

「まあ、誰かが責任取って守ってくれる若いうちに、命捨てん程度の無茶はやっといたらええ。教授なんぞになってしもたら、冒険は御法度《ごはっと》やからなあ。……ああ、おもんない人生を送りながら、おもろい人生を送っとる若人を見守るなんて、何ちゅう不公平や～」

　ぼやきながら教授室に戻っていく上司の貧相な背中を見送りつつ、峯子は小首を傾げて呟いた。

「都筑先生も、十分楽しそうですけどにゃ」

＊　　＊

　それから数日は、何事もなく過ぎた。

　解剖を数件こなし、それぞれの業務を進め……平穏な日々の後、伊月は兵庫県監察医務室に来ていた。

「悪いな、突然呼びつけて。今月は僕の勤務がイレギュラーで、いつものように決まった曜日に呼んでやることができないんだ」

事務所の奥の部屋で、いつものようにソファーにどっかと腰掛けた術衣姿の龍村は、ローテーブルに向かって書き物をしながらそう言った。行政解剖で鑑定書の提出を要求されることは滅多にないが、代わりに保険会社からの質問状が山ほど来る。返答を書き込んで送り返すのが結構な手間で、解剖の合間にこつこつ片付けないとすぐに溜まってしまうのだ。

「他の非常勤の先生方の日も、いずれ経験させてやりたいが……今はまだ、僕の弟子だと紹介するにはお粗末すぎる腕前だからな」

熊のように丸んだ龍村の背中を見やり、伊月はケーシーに着替えながら言葉を返した。

「へいへい。どうせ俺はあっちでもこっちでも不肖《ふしょう》の弟子ですよ。……つか、今日来られてよかったっす。俺、こないだのお礼、まだ言ってなかったですよね。三日の夜。お世話になりました」

それを聞いて、龍村は顔を上げた。

「おう。そういや翌日、二日酔いは大丈夫だったか?」

「いやもう、酷かったっす。頭は痛いし、妙なバナナ男は来るし」

あの日の頭痛を思い出し、伊月は顰めっ面をしながら髪を後ろで一つに結ぶ。いい加減に切ったらどうだと都筑にしょっちゅう言われるのだが、サラサラ自慢の髪だけに踏ん切りがつかないのである。

「バナナ男？」

「大阪府警の名物鑑識っぽい人。バナナチップをもらいましたよ」

「ああ、噂には聞いたことがある。何だ、例の料理研究家殺人事件関連の用事か？」

「ええ。サンプル取りに来たついでに、俺たちと犯人像について語らって帰っていきましたよ。あ、そういえば、あの感電死した兄ちゃんの件ですけど」

綺麗に剃り上げた四角い顎を撫でながら少し考えて、龍村は「ああ」と頷いた。

「あの左前腕部に、やたら長さの揃った奇妙な瘢痕のあった人だな。あの瘢痕の成因、わかったか？　伏野がやけに気にしてたが」

「あれ、そのバナナマンに見せたんですよ。そしたら、アタリがついたらしくて、検証する時間がほしいつって帰って……」

「ほう？」

興味をそそられた様子で、龍村はペンを置いた。今朝はまだ解剖の予定が入っていないので、表情にはゆとりがある。伊月も龍村の向かいのソファーに座り、事務員の田中が淹れてくれた香りのいいコーヒーに砂糖と粉末ミルクを掬い入れた。

「そうだ、その話を龍村先生にするように、ミチルさんから言いつかってたんでした。メールで説明するよか、俺が直接言ったほうがわかりやすいだろうからって。昨日、そのバナナマンが来たんですよ。ご丁寧に、自分の左前腕に瘢痕こさえて」

龍村の真っ直ぐで太い眉が軽く顰められる。

「自分の腕に瘢痕を？　まさか、自分の体で実際に試してみたのか、そのバナナ鑑識は」

伊月は熱いコーヒーを吹き冷ましつつ苦笑いで頷く。

「そうなんすよ。俺たちもビックリしちゃったんだけど、本人曰く、こればっかりは生物の皮膚じゃないと検証しにくいし、個人的な興味で動物を使うわけにもいかないからって。で、自分の腕でやってみたらしいっすよ。どうせなら同じ場所でやってみようって」

龍村は四角い顔の造作を全体的に中央に寄せるような表情をして、ソファーにどっかともたれかかった。どうやら、書類はいったん放棄して、伊月の話を聞く気になったらしい。

「親から貰った体に傷をつけるのは感心せんが、確かに他に検証の方法はなさそうだ。プロ根性と言っていいかどうか微妙なところだな。……で、何をどうしたら、あんなにきっかり一センチ長の瘢痕ができると？」

「へへー、龍村先生でも、やっぱわかんなかったですか」

「そんなことで嬉しそうな顔をするな。勿体をつけていないで、さっさと教えろ」

相変わらず尊大な物言いだが、龍村の厳つい顔には険がない。一晩飲み明かし、さんざん語り明かしたおかげで、ずいぶん打ち解けられた気がする……と思いつつ、伊月は席を立った。事務員の田中に声を掛け、何かを借りて戻ってくる。

「じゃじゃーん。秘密兵器はこれだったらしいっすよ！」

そう言って眼前に突き出されたものを見て、龍村は仁王の眼を見開いた。

「ホッチキス……？」

「そ。俺も聞いたときはびっくりしましたけど、なるほど納得っすよ。ホッチキスの針って、この真っ直ぐなところの長さが九ミリくらいあるんです。こいつをこうして……」

伊月はホッチキスを大きく開き、自分の前腕を挟んだ。わずかに針が押し出される程度に注意深く力を入れ、針先が当たったところがごく浅く凹んだ皮膚を龍村に見せる。

「ジャキーン！　とね。俺は痛いの大嫌いだから、刺さるまでの実演はしませんけど、ほら見てください。針先が当たったとこの距離、場所にもよりますけど、だいたい一センチになるんすよ」

「むむ。実演なんぞしなくていいが……なるほど。それで、直線両端に、印を打ったようにハッキリとした点状の瘢痕が見えたわけだ。針が刺さったところは、組織が深くダメージを受けるからな。だが」

龍村は伊月からホッチキスを受け取り、保険の書類が入っていた封筒の隅にパチンと留めた。それを伊月に見せる。

「わからないのは、何故、刺さっていない紙の表面に出る部分……お前の言う九ミリ長の部分まで、瘢痕になったかだ。針をどんなに強く打ち込んだとしても、この部分は皮膚にダメージを与えないだろう」

伊月はそれが自分の手柄ででもあるかのように、少し得意げに胸を張る。

「それも、高倉さんが……あ、バナナの人ですけど、教えてくれましたよ。火傷《やけど》にすればいいんだって」

「火傷？」

「そ。たとえば、針を本体にセットした状態で、ライターの火で針の部分を炙《あぶ》ってすぐ刺せば……ジュッっていいますよね。ケロイド傾向のある体質の人なら、それだけで瘢痕になるだろうし、そうでなくても……こう、作りたい模様に針を打ち込んで、そこに使い捨てカイロを当てておけば……」

「なるほど。金属が触れている部分は熱伝導がいいから、他が何ともなくても熱傷になる可能性があるな。……そして針を抜けば、熱傷部分が瘢痕として残る……。なるほどな」

「ミチルさんは、あの瘢痕はあんまり古くないって言ってました。比較的新しいから、色も赤いし目立ってたんだろうって」

「だろうな。……それにしても、ホッチキスの針か……。なるほど、どこの家にもあって、凄まじく出血するわけでも死ぬほど痛いわけでもない。手頃な自傷行為だな。……そういえば学生の頃、ポリクリで回った精神神経科で、担当患者から聞いたことがある」

「何をです？」

「摂食障害と自傷癖のある女の子だったんだが、指を噛み切るとか髪を引き抜くとかリストカットとか……様々な自傷を試みたが、いちばん簡単で気持ちがいいのは火傷だと、そう言っていた」

伊月は薄気味悪そうに二の腕をさすりながら、顰めっ面をする。

「マジっすか？」

「まあ個人の嗜好はあるだろうが、彼女はそうだったらしい。理由を聞いたら、血やら何やらで部屋が汚れることがなく……それなりの痛みが長時間続くからだそうだ」

「痛みが……長時間。ああそうか、火傷って、いつまでもヒリヒリ痛いっすよね。軟《なん》膏《こう》とか塗らない限り」

「ああ。その痛みによって、生きていることが実感できて、理由のわからない不安や苛《いら》立《だ》ちからしばらく解放される……と言っていた。僕には今ひとつわからん感覚だが、それを今、思い出したな」

「へえ……幸い、俺にもそのあたりの感覚はわかんないっすけど……でも確かに、痛みが快感になるときってありますよね」

「……あるのか？」

胡《う》乱《ろん》な視線を向けられ、伊月は慌てて両手を振った。

「ちょ、そんな変態チックな話じゃなくて、ほら、蚊に喰われて痒《かゆ》くてたまんないとき、爪痕つくほどぐいぐいやって、バッテン印とかつけて……その痛さが気持ちよかったりするじゃないですか」

「……何だ、そんなことか。つまらん」

「つまらんって何ですか。ったくもう、俺を何だと……」

プルルルル……！

伊月が文句を言おうとしたそのとき、事務所のほうでファックス電話が鳴った。しばらく口を噤んで待つ二人の前に、田中が現れる。長年ここで事務員をしている彼女は初老のにこやかな女性で、いかにも監察のお母ちゃんというイメージだ。

「先生方、解剖入りましたよ。垂水《たるみ》署ですって」

「ありがとう」

田中が差し出した電送と呼ばれる事件概要を受け取り、目を通しながら、龍村は伊月に言った。

「それで？　まだ他に情報があるなら聞かせてくれ。一時間以内に解剖に取りかかることになるだろうからな」

伊月はまだ不満顔ながら、渋々頷き、手の中でホッチキスを弄《もてあそ》びながら口を開いた。

「そのう……ミチルさんには、あんまりペラペラ喋るんじゃないわよって言われたんですけど」

「だったら喋るな」

「うー……」

龍村は、聞き分けのない子供を諭す親の口調で言った。

「あいつが喋るなってことは、守秘義務に抵触することなんだろう？」

「まあ……それなりに」

「だったら、黙っておくことだ。どうしても必要となったら聞くが、それまではお喋りな主婦じゃないんだ、その口は閉じておけ」

「へーい。わかりました。……あ、でもこれだけ。龍村先生は、あの感電死症例の腕の瘢痕……模様に意味があるって思いました？」

「意味？　……ちょっと待ってくれ。記憶をたぐるから」

そう言って龍村はスチールの書棚から大判の封筒を抜き出して戻ってきた。中には、一月三日の感電死症例のデータと写真が入っている。

伊月が言う遺体左前腕部の……有り体に言えば死因とは関係ないが、ただ形状が特異だったのでやたらとたくさん撮影された瘢痕の写真をテーブルに並べ、龍村は太い腕を組んで唸る。

「意味、か。そうだな。この人には、他に自傷の痕跡はあったんだったか？」

「ないっすよ。自殺を試みたのも、あれが初めてだったみたいです。最初で最後になったってわけですね」

初めて感電死の症例を経験したので、伊月の記憶には彼……池田知宏という二十歳の青年の履歴と解剖所見が比較的鮮明に残っている。

「ふむ……。単発で散らばっているものには特に意味はないだろうが、クロスがいくつかあるな。これはあるいは十字架を意味しているのかもしれん。あと、これだな」

龍村の太い人差し指が指したのは、やはり例の放射状に配置された九本の直線だった。

「これは明らかに意図的にこの形にされたものだろう。花か、太陽か、それとも……」

「ホールケーキを九等分にカットした奴、とか」

思わず探りを入れた伊月に、龍村は濃い眉根を寄せる。

「ケーキ？」

「あ、いや、何でもないっす」

伊月は慌ててかぶりを振って打ち消した。龍村はますます怪訝そうに伊月を軽く睨んだ。

「何だ、お前がさっき言おうとして僕が止めたのは、もしやこの症例に関係していることか？」

伊月は曖昧に頷く。

「まあ……関係してっかもしれないし、してないかもしれないことですけど」

「何だ、それは。そういえば伏野も、この池田知宏という人のことで何か新しい情報が入ったら教えてくれ、と何日か前にメールで言ってよこしたっけな」

「で、何かあったんですか？」

「いや、今のところは何も。少なくとも僕のところにはという意味だが」

「……そうっすか」

落胆を隠さない伊月に、龍村は何か言いたそうな視線を投げかけたが、結局大きな口を一文字に引き結んだままで、書類と写真を封筒に戻した。そして、電送に最後まで目を通し、伊月にそれを差し出した。

「では、余談はこれまでだ。しっかり読んでおけ。ちょっと厄介そうな症例だぞ。……医療過誤の疑いがあれば、途中で司法解剖に切り替えるかもしれん」

「うわ……は、はいっ」

オフからオンへの切り替えを声と表情でハッキリ知らせてくる龍村に、伊月の顔も自然と引き締まる。せっかく先日の「合宿」で龍村と少し親しくなれたのに、仕事で幻滅させてしまっては元も子もない。

（ここでいっちょ、いいとこ見せなきゃな）

いつもの電送より多くの情報が書き込まれたそれを、伊月は熱心に読み始めた……。

それから八時間後。

短い冬の日が落ち、外がとっぷり暗くなる頃には、半地下の監察医務室に向かう廊下は殺風景な蛍光灯に照らされる。

監察医務室の内部も同じ蛍光灯が点いているはずなのだが、不思議と暖かみがあるのは事務員の田中が醸し出す安らいだ雰囲気のせいかもしれない……と思いつつ、解剖室の片付けを終えた伊月は医務室の扉を開けた。

朝一番の解剖が結局行政解剖で済み、それ以外は断続的に三件の解剖、一件の検案が入っただけだった。暇とまでは言わないが、二人がかりならそれなりに余裕を持ってこなせる件数である。

「た……？」

帰り支度をしていた田中は、伊月が「ただいま」と機嫌良く言おうとするのを、口に人差し指を当てて止めた。その手で、事務室に客人が来ているとブロックサインめいた仕草で教える。

「た……?」

同じように手振りで了解と伊月が伝えると、田中はポンポンと二の腕を叩くことで伊月を労《ねぎら》い、そのまま帰って行った。

客人なら田中の席で用事が済むまで待っていようと思った伊月だが、奥から龍村に呼ばれ、躊躇《ためら》いつつも顔を出した。

いつも龍村や伊月が休憩に使うソファーには、中年の夫婦と思われる男女が座っていた。伊月の姿を認めると、二人して立ち上がり、深々と頭を下げる。

「その節はお世話になりまして」

いつ、どこでお世話しただろう……と思いつつ、確かに二人の顔には見覚えがある。

「ど、どうも……?」

挨拶を返しつつも必死で思い出そうとする伊月に、龍村はさりげなく助け船を出した。

「池田知宏君のご両親だ。今朝の話をするのに、実際お目にかかって説明したほうがいいと思ったから、来て頂いた。……僕を手伝ってくれている、O医大の伊月先生です。さっきお話しした、息子さんの腕の瘢痕の成因を教えてくれたのは、彼なんです」

池田知宏といえば、くだんの感電死した青年だ。口々に礼を言う両親に改めて頭を下げ直し、伊月はとりあえず龍村の隣に腰を下ろした。検案書を書くため、伊月より先に医務室に戻った龍村は、まだ術衣姿だった。もう説明は終わったらしく、テーブルの上にはホッチキスとライターが置かれている。

「僕からのご説明は以上ですが、他に何か、ご質問でも？」

何か言いたげな顔で席を立とうとしない両親の様子に、龍村は発言を促すべく手を差し伸べる。その仕草に励まされたように口を開いたのは、父親のほうだった。

「実は……先生、こないだ知宏の解剖をしてくれはったとき、死因を自殺やと断定しはりましたよね」

いささか遠慮がちにそう切り出され、龍村はハッキリと肯定した。

「はい。警察から示された状況、解剖所見と照らし合わせて間違いないと考えておりますが、それが何か？」

父親は、ますます言いにくそうに問いかけてくる。

「それは……普通の自殺、っちゅう意味でしょうか」

龍村は訝しげに、しかし慇懃ないつもの調子で問い返す。

「いったい、どういう意味です？　何か不自然な点でも？」

「いや、不自然っちゅうか何ちゅうか……。実は昨日、家内が知宏の部屋を片付けとって、妙なもんを見つけたんですわ」

「妙なもの？」

龍村と伊月の声が重なる。黙っているべきだったのについ声を上げてしまった伊月は、すいませんと龍村に囁き、ただでさえ細い体を更に縮こめた。

夫に促され、今度は母親がハンドバッグから白い封筒を取り出し、テーブルに置いた。

「手紙なんです。目につきやすいところには遺書がなかったんで、ないもんやと思てたんですけど、いっつも着てた綿入れの内ポケットに入ってたんです。見てください」

龍村はやや困惑の面持ちで封筒を見下ろした。

「その……遺書の内容が妙なのでしたら、僕ではなく警察に持って行かれたほうがいいのでは？」

だが父親は、その封筒を龍村のほうに押しやった。

「それも考えたんですけど、まずは先生のお考えをお聞きしたいと思いまして。どうぞ」

「……はあ。では拝見します」

重ねて請われ、龍村は仕方なく封筒を取り、中から四つ折りの便せんを抜き出した。伊月も、龍村の脇から書面を覗き込む。

白い便せんには、横書きでいかにも男性らしい無骨な文字が書き込まれていた。

「これは、息子さんの自筆ですか？」

「ええ、それは間違いないです。あの子、用事があったら廊下にメモを出してましたんで、書き文字は見慣れてるんです」

母親が早くも涙声で断言する。龍村と伊月は、便せんに素早く目を走らせた。

『お父さん、お母さん。長い間困らせて申し訳ありませんでした。何とかしようと思ったけど、やっぱり勉強するのも働くのも何だか嫌です。どうしてだかわからないけど、怖くて、ホントに嫌です。無理です。こんな人間が生きているのはおかしいし、お父さんお母さんにも迷惑をかけるばっかりだから、死ぬことにします。っていうか、これを読む頃には、僕はもう死んでますよね。もし泣かせちゃってたらごめん。でも、僕がいないほうが絶対楽になると思うから』

一枚目を読んだところで、龍村は便せんから顔を上げた。

「どうも、こう言っては語弊があるかもしれませんが、普通の遺書のように思いますが」

父親はかぶりを振り、こう言った。

「最後まで読んでください。どうも、けったいなことが書いてあるんですわ」

「…………？」

伊月の顔をチラと見てから、龍村は二枚目の便せんを読み始めた。

『でも僕は、人生に一度だけ、人の役に立てると思います。僕には生きている価値がないけど、生きていたほうがいい人を助けてから死のうと思います。そのことでもし迷惑がかかっていたら、それもごめんなさい。最後の迷惑だと思って許してください。お父さん、お母さん。今までありがとうございました。僕に使ってくれたお金には全然足らないと思うけど、僕の貯金は二人のために使ってください。さようなら。知宏』

シンプルな別れの言葉で、遺書は締めくくられていた。

さっき沈黙を守ろうと思っていたことをつい忘れて、伊月は疑問を口にしてしまった。

「生きていたほうがいい人を助けてから死ぬ……？　誰のことだろ」

龍村も同じ疑問を抱いたらしく、伊月を咎めずに父親を見た。父親は力なくかぶりを振る。

「わからんのです。知る限り、あの子には友達なんかおらんかったですし、悪いと思いながら携帯電話を調べもしたんですが、誰かからかかってきた形跡はあれへんですし、メールも広告ばっかしで」

「……そうですか。確かに不可解な文章ですな。しかしやはりこれは……」

やはりこれは警察の領域ではと言おうとした龍村を遮り、母親が早口に言い添える。

「それに、おかしなお金が」

「おかしなお金、ですか？」

「今朝、知宏の銀行口座を調べてきたんです。そうしたら、三百万円も入ってたんです。あの子、仕事もろくにしてへんし、私たちが渡した小遣いも遊びに使ってしもて、貯金なんかあれへんはずですのに。ビックリして確かめてもろたら、去年のクリスマスに三百万、あの子が自分で現金を入れてるようなんです。いったい何をして手に入れたやら、もう怖くて」

「三百万！　すげえ」

伊月は目を丸くする。貧乏大学院生の彼にとっては、夢のような金額である。龍村も、困惑の面持ちで口を開いた。

「確かに大金ですな。しかし、働かなくてもわずかな元手を増やす手段はあります。幸運さえ手伝えば、ギャンブルなり……宝くじなり。そう闇雲に恐れられることはないと思いますが」

「ですけど先生。あの子の洋服ダンスから、こんなもんが見つかったんですよ」

母親は憔悴しきった顔で、床に置いてあった紙袋の中から両手で何かを取り出した。

それは、きちんと畳まれた何の変哲もないジャンパーであった。しかし、それが何だと問われる前に、青い顔をした母親はテーブルの上で忙《せわ》しくジャンパーを開いた。

すると、前身頃《まえみごろ》や袖には、乾いて褐色がかっているが明らかな血痕が付着しており、しかも中から現れたのは、五本の刃物である。包丁やペティナイフ、バタフライナイフと種類は様々だ。

「！」

さすがに、龍村は驚きに絶句した。それでも彼は刃物には触れず、極力冷静に両親に訊ねた。

「刀身を抜いてご覧になりましたか？」

父親が頷く。

「はい。どれも、真新しいようで……その、何ちゅうか、刃物に血はついてへんかったんですけど……でも服には誰のんかわからん血みたいなのがべったりついてますし、奥の方には靴もあって、それにも血みたいなもんがついとるんです。それで、僕らはもう……」

「わかりました。くれぐれも、これ以降は素手で触らないようお願いします。……伊月、ラテックスの手袋を」

だが、伊月には龍村の声など聞こえなかった。

「ちょ……五本って……」

刃物の本数に気づいた瞬間、彼は全身が総毛立つ思いだった。断片的な記憶がカチカチと音を立てて繋がり、大晦日の夜の出来事が稲妻のように脳裏をよぎったのだ。

「伊月？」

「嘘だろ……。九本の刃物……五本は被害者の実家にあったもの……。四本は見覚えのない刃物……。五本……使わずに済んだ五本ってことかよ……。だから血痕のついた服と靴も……」

「おい、伊月。どうした？」

「！」

龍村に強く肩を揺さぶられ、伊月はハッと我に返った。

「あ……いえ、あの……刃物五本って……あの……使ってないのは現場に代わりが……いや、ええと、その」

あるいは夢崎愛美の事件に知宏が関与しているかもしれないと言いたいのだが、確たる根拠もないだけに、両親の前では言い出しかねる。

その焦りと迷いがストレートに顔に出ていたのだろう。龍村は伊月の顔をしばらく見ていたが、何かを悟ったように両親に向き直った。

「とりあえず、お話はわかりました。ですが、やはりこのことは警察に相談なさるべきです。すべて、包み隠さず話してください。このジャンパーと刃物も、警察が詳細に調べてくれるはずです」

両親は顔を見合わせ、そして同時に縋るような目で龍村を見た。

「先生。息子は……知宏は、何や犯罪にかかわっとるんでしょうか。この刃物で、何ぞやらかしたんでしょうか。それに三百万円なんちゅう大金が、関係して……？」

絞り出すような父親の問いかけに、龍村は慎重に言葉を選び……そして、静かに言った。

「わかりません。ですがその可能性がある以上、隠すことは許されません。僕が今から所轄に連絡しますから、しばしお待ちください」

所轄署のパトカーが到着し、半ば放心状態の両親を連れ去った後、龍村は厳しい顔で伊月を見据えて言った。

「どうやら、伏野の口止めを無視するときが来たようだ。お前の顔を見ればわかる。……あの刃物、料理研究家殺害事件と関係がありそうなんだな」

伊月は無言で頷く。龍村は深い溜め息をつき、顎をソファーのほうにしゃくってみせた。

「自分が解剖した人間が関わったかもしれないことなら、秘密を共有する権利も覚悟もある。……聞こうじゃないか」

その頃ミチルは、愛用のショルダーバッグの他に、新聞紙でグルグル巻きにした細長い物体を抱え、法医学教室を後にしていた。

解剖は焼死が一件のみで訪問者もなく、牧歌的な一日だった。他の教室員たちも早い時刻に……といっても定時は余裕でオーバーしているのだが……帰宅し、ミチルが最後の一人だった。

実験室、暗室、フリーザー室、物置……と消灯・施錠して回り、最後にセミナー室の戸締まりをして、エレベーターホールに向かう。

同じフロアの病理学教室には、まだ灯りが点っていた。何故かはわからないが、基礎の教室においては、早く帰るのは恥であるという風潮があり、皆なかなか最初のひとりになろうとしない。互いの動向を窺いつつ帰宅時間がズルズル遅くなるという悪循環があるのだ。

今日も、帰宅トップバッターの清田技師長は、誰も聞いていない「早く帰宅しなくてはならない理由」を延々と語りながら、申し訳なさそうにこっそり出て行った。

馬鹿馬鹿しいことだと、ミチルはエレベーターを待ちながら思った。もっとも法医学教室においては、ミチルも伊月も帰りたければ……あるいは仕事が早く終わればとっとと引き上げることにしているので、徐々にこの古い慣習は薄れつつある。都筑も、自分が帰らなければ部下たちも帰りづらいと察して、最近は先陣を切って帰宅することが多い。

「うう……それにしても重い……」

エレベーターに乗り込み、一階のボタンを押して、ミチルは独りごちた。そのダウンジャケットの肩には、ずっしりと謎の包みが食い込んでいる。

実はそれは、並外れて大きな大根だった。午後、参考書籍を探しにTBCこと高槻ブックセンターに出かけたミチルは、同じ商店街にある市場に寄り道した。彼女の暮らす神戸と比べて、高槻はずいぶん物価が安い。いい加減に空っぽの冷蔵庫を満たすべく、食料を買い込むつもりだったのだ。

しかし、八百屋の前を通りかかったとき、あまりにも巨大な大根が一本百円で売られているのを見て、つい脊髄《せきずい》反射のごとき勢いで買い込んでしまい……そして今、自分の愚行を悔やんでいるというわけだった。

「他のものを一切買えなかったから、ふろふき大根くらいしかできないなあ……。強制的にダイエットさせられてる気分」

完璧に自業自得の愚痴をこぼしつつエレベーターから出てきたミチルは、ギョッとして立ち止まった。

エレベーターホールの片隅に、若い女性が所在なげに立っていたのだ。ミチルの姿を見てサングラスを外したその人物は、夢崎歌花だった。

相変わらず青白い顔をした歌花は、ベージュ色のトレンチコートにブラウンのパンツをはいて、淡い水色のマフラーを緩く首に巻いていた。育ちの良さは窺えるが、芸能人のオーラは微塵も感じさせない地味な装いだ。

「歌花さん……？」

驚いて大根を抱えたまま硬直するミチルに、歌花は頭を下げ、そしてどこか心細そうな顔で口を開いた。

「あの……先生のこと、待たせて頂いてました。ストーカーみたいな真似をして、申し訳ありません」

戸惑いつつも、ミチルも挨拶を返す。

「ど……どうも……っていうか、体調、もう大丈夫なんですか？」

「はい、おかげさまで。あのときはありがとうございました」

「いえ……」

それきり、不自然な沈黙が落ちる。何か言おうとして言い出しかねている歌花に、ミチルは探るような視線を向けた。

「あの……私にご用なら、教室に連絡してくだされればよかったのに。ずいぶん待たれたんじゃないですか？」

　だが歌花は、小さくかぶりを振った。

「いえ。……先生だけに、お伺いしたいことが……いえ、伺わなくてはいけないことがあったんです。大ごとにしたくなくて」

「？　ご質問でしたら、私より教授のほうが」

「いえ……できたら、先生のほうが。あの、私が点滴を受けている間、ずっと手を握って、言葉をかけてくださったでしょう？　凄く落ち着いたんです。ですから……先生にお願いしたくて。ご迷惑は承知の上です。どうか」

　前回、法医学教室を訪ねてきたときと同じ強い覚悟を秘めた瞳をして、歌花はミチルを見つめる。その張り詰めた表情に気圧され、ミチルはわけがわからないながらも正面玄関のほうを指さした。

「よくわかりませんけど、お話でしたら、どこか近くの喫茶店でも……」

　だが歌花は、即座にそれを拒否した。

「いえ、できたら人に話を聞かれる恐れのないところでお願いしたいんです」

　確かに、あまりにも飾り気のない雰囲気のせいで忘れがちだが、歌花はそれなりの有名人である。町中で正体に気づかれれば、いささか厄介なことになるだろう。

「……今日は、おひとりで？」

歌花は頷く。ミチルは逡巡《しゅんじゅん》した。

法医学教室を訪れる人のすべてが友好的なわけではない。色々な行き違いがあって、逆恨みに近い感情を抱いて怒鳴り込んでくる人もたまにいる。ゆえに、厳然たる決まりがあるわけではないが、来客とは一対一では会わないのが不文律なのだ。

しかし、他の場所は考えにくいし、ミチルと二人きりになるために、ずっと待ち続けていたのだろう。外で適当な場所を思いつけない以上、ここは歌花を信用して、教室に入れるしかない。そう判断して、ミチルはまだ少し迷いつつも提案してみた。

「じゃあ……セミナー室でもいいですか？　殺風景な部屋ですけど、みんなもう帰って誰もいませんから」

「どこでも構いません、先生と二人だけでお話しできるなら」

よほど思い詰めているのだろう。歌花は切り口上でそう言って頷く。ミチルは仕方なく、大きな大根を抱えたまま、歌花を伴って教室に引き返した。

「……粗茶ですけど」

とりあえず形ばかり緑茶を淹れて歌花に勧め、ミチルは彼女とテーブルを挟んで向かい合う席に腰を下ろした。自分が扉に近い側に座るのが、せめてもの自衛策である。あまり実用性はなさそうだと思いつつ、非常時には武器代わりになるかと、傍らにはくだんの大根が置いてある。

「すみません。先日はご迷惑をおかけして、今日はまたこんな無理なお願いを」

丁寧な口調で詫《わ》びる歌花には、今のところ過激な行動に出そうな気配はない。だが用心は怠らないようにして、ミチルはまず世間話を切り出した。

「あれから、ずっと大阪に？」

「いえ。翌日には体調がよくなったので、東京に戻りました。母が出るはずだったテレビ番組のことや、編集途中だった本や、あと、取材が色々……他のスタッフに任せるわけにいきませんので、色々と仕事があるんです」

「お父様はまだ……？」

「はい。父は母ととても仲が良かったので……なかなかショックから立ち直れないようです。こういうときは、女性のほうが強いのかもしれません」

歌花はそう言って小さく微笑もうとしたが、青ざめた唇が震えただけだった。明るいところで改めて見ると、この前会ったときより、歌花はさらに痩せてしまっていた。両目がぎょろぎょろして見え、頬骨が浮いている。ブログの笑顔とは、別人のように憔悴した姿である。

そんな歌花を必要以上に動揺させたくなくて、ミチルは、慎重に言葉を選びながら本題に近づいていく。

「じゃあ、今日はもしかして、私に会うためにわざわざこちらへ？」

歌花は頷き、両手で湯飲みを持った。それは、お茶の熱で自分を奮い立たせているような行動のようにミチルには思われた。

「どうしても……確かめたいことがあったんです。とても大切なことを」

「……お伺いします」

ミチルは居住まいを正し、歌花が話し出すのを待つ。歌花は口を開いては閉じ……を何度か繰り返し、そしてつんのめるように言葉を吐き出した。

「あのっ……この間見せて頂いた、母の遺体の写真なんですけどっ」

「……はい」

「母のお腹のところに……その……母が死んでからつけられたという傷が。その形、が、特別な形……だと思われたりしませんか？　た、たとえば……」

どうしてもそれ以上続けられずに言いよどむ歌花に、ミチルは酷く緊張しつつも言ってみた。

「九等分?」

ヒュッと歌花の喉が鋭く鳴った。

「ど……どうして、それ……。どうして、その言葉……を、先生が……?」

心の動揺をそのまま表すように、歌花の両足に力が入ったのだろう。椅子がガタンと音を立て、わずかに後ろに下がった。

ミチルは早鐘のように打つ心臓を宥めつつ、できるだけ平静に言葉を継いだ。

「あなたがやってしまった、ケーキの九等分というミス。それをハンドルネームにしたファン。お母さんの……愛美さんの腹部に残されていたのは、円を九等分するような刺創。……あなたが今そんなに怯えてらっしゃるのは、その『九等分』に関係が?」

ミチルの目の前で、前回倒れたときと同じように、ただでさえ青白くやつれた歌花の顔から血の気がみるみる引いていく。

だが、今回は彼女はぎりぎりのところで踏みとどまり、両腕で自分の体をギュッと抱き締め、消え入るような声で言った。

「どうして……そのこと、ご存じなんですか」

「この前あなたが倒れたとき、失神する寸前、伊月君が……あなたを抱き留めた後輩が、あなたが『そんなつもりじゃなかった』と呟いた気がすると言ったんです。それに、点滴を受けている間のあなたの怯えようがあまりに激しくて、少し不審に思いました。ですから……すみません。出過ぎたことだとは思ったんですが、あなたのブログ『うーたんの反省帳』をチェックさせて頂きました」

「あ……」

「『九等分』と名乗るファンの方のこと、やっぱりご存じなんですね？」

歌花は恐怖に耐えるように体を震わせながらも、こっくりと頷いた。

「はい。最初は、私の失敗をハンドルネームにするなんて、意地悪な人だと思いました。でも……独特の名前だから気になってチェックしてしまうし、実際、毎日のようにコメントを書き込んでくれていたんです。いいことがあったら一緒に喜び、私が落ち込んだら励ましてくれて……」

「ええ。そうみたいですね」

「嬉しかった。何だか見ていてくれている、わかってくれているって感じがして、ホッとしたんです。その……私、母のアシスタントになったのは、自然な流れでした。幼い頃からいつも、台所に楽しげに立つ母の姿を見て、美味しい手料理を食べて育ちましたから。料理に興味があったし、純粋に母の仕事の助けになりたいとも思っていました。けれど……思いも寄らないところで何ていうか、人気……みたいなものが出てしまったみたいで」

ミチルは薄く微笑んで頷く。

「落ち着いて見えるのに、鈍くさくていつもいっぱいいっぱいな、うーたん。ファンの人たちは、あなたに元気をもらったり、癒されたりしていたみたいですけど？」

歌花は唇を噛んで俯《うつむ》いた。

「そう言っていただくのは嬉しかったけれど、私は早くアシスタントとして成長して、母の右腕として信頼してもらえるようになりたかったんです。他のスタッフの手前、母が恥を掻くようなことはしたくなかった。でも私、どうしてもスタジオに入ると緊張してしまって、普段ならしないような失敗ばかりして……。最初は呆れていた母でしたけど、不思議とそれが好評なのに気づくと、今のままでいいと言い出しました」

「あなたは、料理を学問として真剣に勉強してみたいと思った。アシスタントとしても、そつなく立派に仕事をこなせるようになりたいと努力していた。……でも愛美さんのほうは、ブログの写真みたいな歌花さんを……それこそドジだけど頑張り屋さんでけなげなアシスタント、『うーたん』でいることを望むようになった……そういうことですか？」

歌花は悔しそうに頷いた。

「母は言ってました。失敗して喜んでもらえるんだから結構なことじゃないの。愛されるというのは素敵なことよ。辛気くさいことを考えて利口ぶるのはやめなさいって」

「なるほど……」

「でも私、そんなのは嫌でした。確かに母の支えになりたかったけれど、それはこういうことじゃない。……物凄く欲求不満というか、自分のふがいなさと母の無理解がつらくて、でもアシスタントの仕事を完璧にこなそうと思っても、やっぱりどこかでミスをしてしまって、それをいちいちカメラに捉えられてカワイイ、なんて言われてしまったりして……。悪循環でした。本当につらかった」

最後のほうは涙声になり、歌花は俯いてしまった。ミチルは黙って、ティッシュの箱を彼女に押しやる。

涙を拭き、洟《はな》をかみ、深呼吸して、少し落ち着きを取り戻した歌花は、再びぽつりぽつりと語り出した。

「私……そうした悩みを、誰にも相談できなかったんです。母は当事者ですし、父はいつだって母のいちばんの理解者であり味方ですから、私が悩みを打ち明けても、きっと母の肩を持つでしょう。それに、実力が伴わないのに現状に文句を言うのはとんでもないことだと、自分でもわかっていました」

「お友達は？」

「友達は……話せば聞いてくれるでしょうけど、母の悪口を言い回る娘にはなりたくありませんでした。唯一、ホームページがそうした悩みを告白する場でしたけれど、そこも母体は母の公式サイトです。ごく軽い調子でしか書くことができませんでした。ファンの方に、不愉快な文章を読ませたくはありませんでしたし。だいいち、あんなレイアウトなのに、シリアスなことを書きすぎるわけにはいかないでしょう？」

「確かに。……それでも、歌花さんが理想と現実のギャップに悩んでいる感じは、伝わってきましたけど」

「それが、母へのささやかな反抗だったのかも。色んな意味で未熟ですね、私。半人前なのに、上司である母に楯突《たてつ》くようなことを書いたりして。でも……いつだってひとりで苦しくて、つらかった。そんな私にとって、一を言えば十を悟って優しい言葉を書いてくれる『九等分』さんは、まるで頼もしいお友達のように感じられたんです」

ミチルは頷き、小細工なしに真っ直ぐ話の核心に触れた。

「そして昨年十月一日のイベントで、あなたはついに『九等分』と対面した。違いますか？」

歌花は驚きに優しい目を見開き、そして溜め息混じりに少しだけ笑った。

「何だかお医者さんっていうより、刑事さんみたい。本当に、ブログをきっちりチェックなさったんですね」

「すみません。気になったら確かめずにはいられなくて」

「いいえ。……そうです。イベントの最後に、母とスタッフみんなで出口に並んで、お客様をお見送りしたんです。そのとき、ある男性が私の前まで来て、他の誰にも聞き取れない小声で言いました。『九等分です。……もしよろしければ、少しお話しできませんか。向かいの喫茶店で待っています』って」

「それで、行ったんですか？」

「……はい。一度、直接お話しして、お礼も申し上げたかったし。イベントの後片付けに二時間もかかってしまって、もういらっしゃらないかと思ったんですけど、指定された喫茶店に行ったら、ちゃんと待っていてくださいました」

「……その人、どんな風貌《ふうぼう》でした？」

ミチルの探るような問いかけに、歌花は小首を傾げた。

「ニット帽を被ってサングラスをかけておられたので、よくわかりません。声とか、肌とかを見た感じでは、若い……二十代の男性だという印象でしたけど」

二十代といえば、あの池田知宏も含まれる可能性がある。そう考えながら、ミチルは問いを重ねた。

「……そうですか。そこで、どんな話を？」

歌花は紙のように白い顔のまま、テーブルに置かれたペン立てを凝視して答えた。

「彼は私に会えたことを喜んでくれて、ブログのコメントそのままに、労ってくれました。……ひとりで悩んでいた私には、それが嬉しくて。本当に嬉しくて、つい、日頃思っていたことを……それこそ母についての愚痴を、彼に思いきり話してしまいました。本当に愚かでした。いくらブログを熱心に読んでくれているといっても、知らない人なのに。本当に……私……」

ぽとりとテーブルの上に涙が落ちる。肩を震わせる歌花を慰めるように、ミチルは声を掛けた。

「愚かじゃありませんよ。何となくわかります。リアルの自分を知っている身近な人より、バーチャルなつきあいの人のほうが話しやすいってことはよく聞きますし。しがらみがない分、その『九等分』には本音を打ち明けやすかったんでしょう？」

「……そうなんです」

ティッシュで目元を押さえつつ、歌花は湿った声で同意した。

「話しているうちに止まらなくなってきて、感極まって今みたいに泣いてしまったりして……でも『九等分』さんは、じっと聞いてくれて、君はよく頑張っていると思うって言ってくれました。他の誰にわからなくても、僕だけはわかっている。そう言ってくれました。嬉しかったんです。私の本当の姿を知って、そちらへ進もうとする私を応援してくれるファンの方もいる。そう思うと、とても力づけられました」

「でしょうね。……それで、どうなりました？」

ミチルに促され、歌花は深呼吸で嗚咽を静めてから再び話し始めた。

「これからも頑張ってくださいと言われてお別れした。それだけです。でも……翌日に会えてよかったと書いてくださった後、しばらく彼のコメントがなくて。呆れられたんだと思って、とても落ち込みました。応援してくださっている方に愚痴をこぼして泣くなんて、なんてことをしてしまったんだろうって。……それも、チェックなさったんでしょう？」

瞬きでそれを肯定し、ミチルは付け足した。

「本当に、余計な詮索だとはわかってます。ごめんなさい。……でも、一週間後の十月九日、また『九等分』のコメントがあった。その内容……覚えてらっしゃいますよね？　あなたのためにやるべきことが見つかりそうだと……そう書き込んでいました。そしてそれきり、彼からのコメントはない。ですよね？」

歌花はくしゃくしゃになったティッシュを無意識に弄びながら、真っ赤に充血した目をミチルに向けた。

「先生。私、愚痴りたかっただけなんです。母が嫌いだとか、憎いだとか、そんなことを思ったことは一度もありません。色々あっても、母を尊敬していますし、好きな気持ちも変わりません。ただ、わかってほしかった。私がやりたいことを、昔……それこそ、ただの母親と娘だった頃みたいに、何でも正直に話して、相談したかった。でもそれが今はもうできないから、赤の他人に少しだけ泣き言を聞いてほしかった。ただそれだけなんです！　母に死んでほしいと思ったことなんて、いっぺんもありません、誓います！」

「歌花さん……」

思わず歌花を宥めようと差し出したミチルの手を、歌花は両手でギュッと握りしめた。その恐ろしいような力に、ミチルの顔が強張《こわば》る。

「母のお腹に残された傷……あれ、喫茶店で会ったとき、彼が……『九等分』さんが、笑いながらペーパーナプキンに書いた落書きにそっくりなんです。『これが、ケーキ九等分にちなんだ、僕のトレードマークなんだよ』って言ってました。だから……あの傷を見たとき、もしかしてって……」

骨が折れるほど握られた手の痛みに顔を顰めて耐えつつ、ミチルは静かに言ってみた。

「『九等分』があなたの愚痴を真に受けて、お母さんがあなたの邪魔になっていると考えた。そして、お母さんを殺害した……そう思ったから、あんなに怯えてらっしゃったんですね？」

歌花は狂おしくミチルの手に縋り、息を乱して心の叫びを吐き出した。

「私のためにやるべきことがそんなことなんて、思ってなかった。でも……あの九つの傷は、きっとあの人が、自分がやってやったんだって私に伝えるためのものです。そうとしか思えません。そうでしょう、先生!? 私……何てことを。私が迂闊なことを、ろくに知らない人に喋ったせいで、その人を勘違いさせてしまった。私が母を疎《うと》ましく思っていると思って、あんなことを……ねえ、そうなんでしょう、先生。母を殺したの、あの人なんでしょう？」

「ちょ……待って、落ち着いて。お願いだから、そんなに興奮しないで、歌花さん」

ミチルは自由になる右手を動かし、一生懸命歌花を宥めようとした。

「だって……！」

「私は警察の人間じゃないから、それを判断する立場にはありません。それに……もし『九等分』がそんな大それたことを企んだとしても、愛美さんの実家の場所とか、そこにいることとかを把握するのは……」

ミチルは反論で歌花を落ち着かせようとしたのだが、それは完璧に裏目に出てしまった。歌花はミチルの手を離すと、両手でテーブルを叩き、立ち上がった。

「そんなの簡単です！　母は私たちが気をつけるよう言っても、『料理を好きな人に悪い人はいない』と言い張って、何一つ隠しませんでした。テレビ番組の企画で、祖母の家でロケをしたこともありますし、実家に帰ることもブログに書いていました。だから！　だから……きっと、三十日に訪ねてきたのは『九等分』で、母はファンだというのを真に受けて、家に上げちゃったんです。きっとそうです。それで……あんな酷いこと……」

声がか細くなるのと同時に、歌花の体から力が抜けた。そのまま、細い体が床にへたり込んでしまう。

「歌花さんッ」

ミチルは慌ててテーブルを回り込み、歌花の前にしゃがみ込んで彼女を助け起こそうとした。だが歌花は、幼子のようにミチルに抱きつき、しゃくり上げた。

「歌花さん……」

「私のせいです。私が、あんなことを言ったから。母が私のやりたいことを理解してくれないなんて言ったから！　だから母は殺されちゃったんです。私が母を殺してしまったんです！　私が……！」

「歌花さん、大丈夫。大丈夫だから、落ち着いて……」

ミチルは片膝《かたひざ》だけを床に突いた不安定な姿勢のまま、しがみついてくる歌花をどうにか抱き支えた。激しく波打つ背中を、何度もゆっくりと撫でてやる。

ミチルたちが呑気に過ごしていたこの数日間、歌花は母の遺した仕事をこなしながら、ずっとそのことについてひとりで思い悩んでいたのだろう。彼女の憔悴ぶりの理由が明白になり、ミチルは自分の胸も鋭く痛むのを感じた。

「あなたが殺したなんて言わないで。……まだ真実はわかってないんだし、そんな風に思い込んで、自分を責めても何もならないでしょう」

「でもっ……。私のせいなんです。私、本当にバカでした。一昨日、母のハンドバッグの中に、私的な日記代わりに使っていたメモ帳を見つけたんです。そこで……母の本当の気持ちを、初めて知りました」

「……お母さんは、何を？」

「私が料理の道を志してくれて、色々なことを真剣に勉強しようとしてくれて嬉しいって。ただ、他のお弟子さんやスタッフの手前、十分に成長するまで、今の……その、妙なアイドルみたいな立場でいさせたほうが安全だ。母はそう思ってたみたいでした」

「安全？」

「最後……十二月二十九日に、母はこう綴ってました。『まだ実力はないけれど、恵まれた立場に驕《おご》ることなく、謙虚で真面目で、でも鈍くさい……周囲にそう認識された人間が、嫌われるはずがない。実際、古参のスタッフにも歌花は可愛がられ、私が頼まなくても、自然と支えてもらっている。本人は不満なようだけれど、歌花には円滑な人間関係の中で、余計なことを考えずに仕事に励んでほしい。そしていつか私の後継者として、アイドルというサナギから、立派な料理研究家に羽化《うか》してほしい』……そんなことを。大阪に向かう新幹線の中で書いたのか、ボールペンの線が震えてました」

泣きながら母親の言葉を思い出して語る歌花に、ミチルはやるせない思いで囁いた。

「お母さんは……あなたに苦労させたくなかったんですね」

ミチルのシャツの胸に顔を押し当てたまま、歌花はかすかに頷く。

「母は私の不満も全部わかっていて、それでも大きな心で私を見守り、育てようとしてくれてたんです。それも知らずに私は……ッ」

「……あなたのせいじゃない。親子だからって、互いに考えていることがパーフェクトに通じ合うわけじゃないもの。すれ違うことだってあります。だけどあなたは聡明な人だから、時間をかければきっと、お母さんの本心に気付いたはずだわ」

いやいやをするように、歌花は首を振る。それでもミチルは、淡々と言葉を継いだ。

「あなたは悪くない。悪いのは、お母さんを実際に殺害した犯人よ。あなたは、お母さんとわかり合うための時間を奪われた被害者なの。お母さんと同じ、被害者なんだから。……警察に行きましょう。そして、本当にお母さんを殺したのが『九等分』なのか、もしそうなら彼は何者なのか……きちんと真実を調べてもらいましょう。それが今、お母さんのためにできるいちばん大事なことよ。そうでしょう？」

根気強く諭すミチルの言葉に、歌花の嗚咽が少し静まってきた。

「熱いお茶を淹れ直してあげるから、それを飲んで落ち着いたら、一緒に警察に行きましょう。捜査本部なら、まだ人がいるはずだから」

穏やかな声で話しかけるミチルの視界に飛び込んできたものは、椅子の上にデンと横たわる巨大大根である。

(ふろふき大根延期。……っていうか、さすがに捜査本部に大根は持って行けないわよねえ……)

なぜだか自分を頼りにしているらしき歌花である。捜査本部に送り届けてハイさようならと立ち去るような真似は、心配で出来そうにない。

長い夜になりそうだ、とミチルは心の中で溜め息をついた。

神戸でも「長い夜」が展開されており、しかも二つの夜が一つに結びつきつつあることを彼女が知ったのは、それからしばらくの後、伊月からの電話を受けたときだった……。

締めの飯食う（予定の）人々

それから三日後の、午後三時過ぎ。O医科大学法医学教室セミナー室では……。

「……僕は、ここでお茶を頂くんだと思っていたんだが」

龍村泰彦は、困惑の面持ちでそう言った。

彼はついさっき、法医学の特別講義を終わらせたばかりである。

特別講義というのは、互いの教室の関係が親密であることを示すために行われることが多いのだが、龍村の場合は話が上手く、代々の監察医が集めた貴重なスライドを見せながらの講義に定評があるので、普段交流のない大学にも引っ張りだこである。

O医大にも毎年、必ず来ることになっていた。

そして、今。

彼の前に置かれた鉢の中では、どこからどう見てもふろふき大根が盛大に湯気を立てている。しかも、美味しそうに煮えてはいるが、やたらと太い。

「お茶も出してるじゃない」

龍村の向かいの椅子に腰掛け、片手で頬杖を突いたミチルは、チェシャ猫のような笑みを浮かべてそう言った。龍村は、大根をしげしげと眺めて言い返す。

「お茶請けにふろふき大根が出てくる教室は、日本狭しといえどもここくらいだぞ」

「仕方ないじゃない。ホントは三日前の夜に持って帰って煮るつもりだったんだけど、帰りそびれたでしょう？　何だかもう面倒になっちゃって、ここで煮てやったんだけど、異常に太い大根で、食べても食べてもなくならないのよ。手伝って」

「……よもや、実験室で調理したんじゃあるまいな」

「まさか。そこの電磁調理器とお鍋でちゃんと料理しました。大丈夫、味はいいって。都筑先生も食べたけど、美味しかったって言ってたもの。ですよね、都筑先生」

教授室に向かってミチルが声を張り上げると、「アホか、僕は電話中やで！」と都筑が大声で言い返してくる。

「ほら、美味しかったって」

「言ってない。……だがまあ、そういうことなら頂こう。大根は嫌いじゃない」

龍村はそう言って箸を取り上げた。口のサイズに合わせて大根を大きく切り取り、十分に吹き冷ましてから頬張る。

「うむ。確かに悪くない。お前、意外と料理は上手いんだな」

「へへー。私は大根を煮ただけ。練り味噌作ってくれたのは、陽ちゃん」

「……そんなことだろうと思った」

龍村は顔の右半分だけで笑うと、それでもかなり気に入ったらしく、結構なスピードで大根を平らげ始めた。

「あ、龍村先生。お疲れっす。……俺も小腹が空いたから、大根撲滅運動に参加しようかな」

そこへ実験室から戻ってきた伊月が顔を出す。ちょうど休憩しようと思っていたらしく、彼は自分で鍋から大根を鉢によそい、ミチルの横に座った。

「それにしても、不気味な事件だったたな」

龍村の言葉に伊月は頷き、ミチルはかぶりを振った。

「まだ過去形じゃないわ」

「それもそうか」

龍村もあっさり同意する。伊月は大根にやけに几帳面に味噌をつけながら口を挟んだ。

「でも……何か変な事件ですよね、今わかってることだけでも」

変などという凡庸《ぼんよう》な形容に、ミチルも龍村も頷くしかない。

歌花が大阪府警の捜査本部で「九等分」について語っていた頃、ほぼ同時進行で所轄の須磨《すま》署の刑事課が感電自殺した青年、池田知宏の両親から話を聞き、血染めのジャンパーと刃物五本の提出を受けて、にわかに忙しくなっていた。

知宏の部屋から見つかった血染めのスニーカーが、夢崎愛美殺害現場に残っていた足跡と一致し、靴とジャンパーに付着した血痕が夢崎愛美の血液と一致したことから、兵庫県警と大阪府警が合同捜査を行うこととなり、一気に様々なことが明らかになった。

池田家は徹底的な捜索を受け、物置からはビニール袋に詰め込まれた段ボールの円盤……高倉の推測どおり、円を九等分する刺創を形成するために使われた手作りの道具が発見された。

また、知宏愛用のパソコンには、夢崎愛美の公式ホームページの閲覧履歴や、彼女の母親の実家……殺害現場への道のりをインターネットで調べた形跡や、通信販売で刃物を合計九本購入した記録などが残されていた。そのうち、自宅にあった五本を除いた四本が、夢崎愛美の腹部刺創の成傷器であることも判明した。

また殺害現場近所の住人に知宏の写真を見せて聞き込みをしたところ、彼が十二月三十日の夕方、夢崎愛美を訪問した人物である疑いが濃いこともわかった。

知宏本人は既に死亡しており、遺体も荼毘《だび》に付されているが、捜査本部は夢崎愛美殺害犯は池田知宏であるとほぼ断定し、起訴に向けて容疑を固めつつある。

愛美の体に「九等分」の刺創をわざわざ残し、ことさらに「料理」をアピールするように胸部にフォークとナイフを刺した凶行も、自分がハンドルネーム「九等分」であることをアピールするための行為であろうと推測された。

そして、「九等分」のことを告白した直後、心労でダウンしてついに入院してしまった歌花がどうにか回復しつつあるので、知宏が「九等分」であるかどうかを確かめるべく、明日、写真による面通しが行われる予定になっていた。

「……でも、何か引っかかるんすよね。池田知宏が夢崎愛美のホームページを見てたことは確かでも、歌花さんの大ファンだってことを示すようなものはなかったんでしょう？」

伊月の言葉に、大根を片付けた龍村はお茶を啜りながら頷いた。

「うむ。ポスターもなし、彼女が母親と出演した番組の録画もなし、料理の本も雑誌もなし。まあ、歌花さんに迷惑をかけまいと、自殺する前に痕跡を消した可能性もあるが……」

「それなら、ネットの履歴だって消すでしょう。刃物とか、血染めの服とかも。そもそも、『九等分』だとアピールした時点で、歌花さんの迷惑なんて考えてないっすよ、あいつ」

伊月は即座に言い返す。龍村は軽く伊月を睨んだが、反論はしなかった。

「確かにな。……しかも、未だに三百万円がどこから来たのかがわかっていない。まさか、歌花さんが母親を殺す金として……」

「ありえないわ、そんなこと。彼女は最高に不満を募らせていたときでも、仕事を投げ出さなかった。お母さんを尊敬していたし、大好きだったことは話せばすぐわかったもの」

今度はミチルがピシャリと言い切る。

「むむ……」

龍村は居心地悪そうに、大きな口をへの字に曲げた。伊月は、誰かがテーブルに置きっ放しにした週刊誌を煩《わずら》わしそうに見やる。

「何にしたって、歌花さんの面通しであいつが『九等分』だってわかったら、殺人の事実だけは確定しますよね。とんでもねえ変態だ。……それにしても、テレビのワイドショーも週刊誌も無責任っすよね。まだ確実な情報じゃないのに、ネットで池田知宏が『九等分』だって噂が流れたもんで、それを事実みたいに大々的に報道しちまって」

「先走るにも程があるな。……また今度はそれを批判する番組も出てくるんだろうが、視聴率さえ獲れれば、情報が多少間違っていても構わないというような風潮は感心できん。……故人だけでなく、その家族にも被害が及ぶことだからな」

渋い顔でそう言った龍村の前から食器を回収しつつ、ミチルは嘆息した。

「ホントよね。いったい、そんな中途半端な情報がどこから漏れるんだか」

「ネット社会においては、どこからでも煙は立つさ。火があるところでも、ないところでもな。火がないなら、つければいいだけの話なんだから」

「でっち上げも、一人歩きし始めれば事実同然ってことよね。……はあ、嫌な世の中。私たちも、情報管理には気をつけなきゃ」

ミチルがそう言ったとき、教授室から都筑が出てきた。

「おーい、話が弾んどるとこ悪いんやけどな。その件で、非常事態発生みたいやで。今電話があったんや」

「え？」

三人は一斉に都筑の顔を見る。相変わらずとぼけた顔の都筑は、テーブルの脇に突っ立ったままで言った。

「何でも今朝、大阪府警に、自分こそが本物の『九等分』やて主張する男が出頭してきたらしい」

三人は口々に驚きの声を上げる。伊月は弾かれたように立ち上がった。

「ちょ、待ってくださいよ。それって、真犯人登場ってことですか？　しかも自分から警察に出向いてきたって？」

だが都筑は、エラの張った顎をポリポリと指先で引っ掻きながら、ハッキリしない口調で言った。

「それがなあ、ようわからんのや。自分がブログやったっけ？　ネットの日記に書き込んでた『九等分』やと言い張るねんけど、夢崎愛美を殺したんは自分やないって言うてるらしい」

「それはまた、奇態な話ですな」

「そうなんや。本部の連中も、困惑しとるらしい。そんでな、伏野君」

「はい？」

話を振られて、ミチルは首を傾げる。

「夢崎歌花さんが、予定を一日早めて、今から面通しをすることにしはったらしい。

池田知宏の写真だけやのうて、その新しく出頭してきよった奴も」

「本人が出向いてきたのなら、それがいちばん確実でしょうしね」

「ただ、心細いから、君に同席してほしいそうや。えらい頼りにされとるねんな、君」

「！」

大きな目をまん丸にするミチルの顔を見下ろし、都筑は軽く咎めるような口調で言った。

「あんまし僕ら法医学者が、事件の関係者と仲良うなったらアカンていつも言うてるやろ」

「す……すみません」

それは至極もっともなことなので、ミチルも弁解せずに素直に頭を下げる。都筑はそれ以上叱ることはせず、苦笑いで言った。

「まあ、今回は特例や。力になったり」

ミチルは少し驚いたように顔を上げる。

「じゃあ、行っていいんですか？」

「行ったらええ。そんで、事件のホンマの顚末を確かめておいでや。……ただし、出過ぎた真似はくれぐれもアカンで」

「は……はいっ」

「あっ、じゃあ俺も！　行きたいっす！」

ミチルに負けず劣らず今回の事件に深入りしている伊月も、すかさず手を上げる。

だが都筑は渋い顔でそれを却下した。

「アカン。君まで一緒に行ったら、また何ぞやりかねん。伏野君から報告を聞いたらええやろう」

「そんなの嫌ですよ。俺だって何かの役に立つかもしれないですし」

「アカンて。末っ子は留守番するんが宿命や」

「くうう」

悔しげな伊月を見て、控えめに、しかしタイミングよく口を出したのは龍村だった。

「では、僕が二人の監督役として同行しましょう。それで如何ですか？」

「龍村君がか？　せやけど……」

「どうせ今日は直帰の予定でしたからね。構いません。それに、池田知宏は僕の……患者のようなものです。僕も、真実をきちんと知っておきたいですし」

「ふーむ。龍村君にそう言われたら、邪険にはできへんわな……」

三対一では分が悪いと悟ったのだろう、都筑はいかにも渋々、三人が歌花の面通しに同席することを承知し、警察にその旨を伝えてくれた。

そして二時間後。

ミチルと伊月と龍村は、大阪府警本部で歌花と落ち合った。

歌花はまだ衰弱した様子だったが、入院生活で休息することはできたのだろう。顔色はそう悪くなかった。

まず会議室に通された一同は、担当刑事から今朝出頭してきた「第二の男」についての説明を受けた。

それによると、男は藤澤真司《ふじさわしんじ》、三十一歳。東京都在住。職業はデイトレーダー。

夢崎歌花の大ファンを自称しており、自分のハンドルネーム「九等分」が他の男のものであるかのような報道に腹を立てているという。

インターネットに「九等分」の名で書き込みをしたことは認めているが、夢崎愛美殺害については完全否定している。実際、殺害推定時刻には仕事仲間と東京で忘年会をしており、既にそのとき同席していた数人から、藤澤が同席していたと裏付けを得ている。

また、藤澤は池田知宏と面識があることは認めており、彼に三百万円を与えたのが自分であることも認めているが、彼に殺害依頼をしたわけではないと主張しているらしい。

「…………」

　歌花は何も言わず、ただじっと説明に耳を傾けていた。その右手は、ミチルの左手をギュッと握っている。ミチルは片手を歌花に預けたまま、刑事に訊ねた。

「藤澤という人の、デイトレーダーとしての仕事は順調だったんですか？　その、三百万を簡単に支出できるほど」

　まだ若い刑事は、忌々しげに頷く。

「そうみたいですわ。アレでしょう、日がな一日パソコン眺めて株を売ったり買ったりっちゅう。とりあえず調べがついたところでは、資産は二億ほどあるそうです。ええ身分ですね」

「二億！　凄いわね。……それで、歌花さんの面通しは……」

「今、事情聴取中なんで、マジックミラー越しにお願いしようかと。その前に、こちらをお願いします。池田知宏の写真です。……ただし、本人引きこもりやったんで、最近の写真はあれへんのです。いちばん新しいので、三年前ですね」

　刑事はそう言って、持参したホルダーからサービス判の写真を数枚抜き出し、歌花の前に並べた。歌花は心細そうにミチルを見て言う。

「あの……でも私が『九等分』に会ったとき、彼は帽子とサングラスを……」

「大丈夫、それは警察の方も知ってます。わかる範囲で構わないですから。ね？」

「は、はいっ」

励まされ、歌花は一枚ずつ丁寧に写真に見入る。傍らのミチルも、二人の背後に邪魔にならないように立った龍村と伊月も、解剖室で見た知宏の、生前の姿を見た。

「デイトレーダーってことは、パソコンに張り付く仕事でしょう？　確かに、ひっきりなしに『うーたんの反省帳』をチェックできますね、その藤澤って奴」

「それもそうだな」

伊月の囁き声に、龍村も小声で同意した。

数分かけて写真をチェックした歌花は、小さいけれどハッキリした声で「違います」と言った。細い指で、一枚の写真……履歴書に添付する証明写真とおぼしきものを指した。

「顔つきも、ちょっと違う感じです。この人の顔は頬が丸いけれど、『九等分』はもう少しこけた感じがしました。何より、耳のところ。この人はピアスをしてるけれど、『九等分』の耳にはピアスの穴はありませんでした」

「なるほど。それは重要なポイントですね。助かりました。……ほな、藤澤真司の面通しを引き続いてお願いできますか？　先生方も、どうぞ」

そこで四人は、担当刑事に導かれ、取調室の隣にある暗い小部屋に入った。

マジックミラー越しに、明るい取調室の内部を覗くことが出来る。隅のデスクには書記係がおり、スチールの机を挟んで二人の男性が向かい合っていた。

一人は、茨木署から捜査本部に来ている高松警部補、そしてもう一人、尊大な態度で椅子に座っている若い男が、問題の自称「九等分」、藤澤真司なのだろう。

「あれが、藤澤ですわ。顔、見えますね？　中の音声も、こちらに流してます。よかったら声も合わせて、判断してください。……よろしくお願いします」

刑事に促され、歌花はおずおずとマジックミラーに近づいた。歌花に目で訴えられて、ミチルも彼女に寄り添う。龍村と伊月も、足音を忍ばせて壁際に立った。

スピーカーから、二人の男の声が聞こえてくる。

『それでいったい、池田知宏とはどこで知り合ったんですか、お宅は』

高松に問われ、男……藤澤は、組んで浮いたほうの脚をブラブラさせながら答えた。特に体格にも顔にも特徴のない人物のようだが、やたらに仕立てのいいスーツを着込んでいる。一目見てオーダーメイドとわかる、だらしない座り方をしていても体にぴったりフィットした上物だ。ただ、あまり着慣れていないのか、時々息苦しそうに襟首を触っているのが目についた。

『だーかーらー、ネット。デイトレーダーの仕事って、パソ前から離れられないから、暇つぶしにネットサーフィンするわけ。刑事さん、言葉、わかる？』

『ホームページをあちこち見ることでしょうが。続けてください』

まだ容疑者ではないので、高松はあからさまに苛立った様子で、しかし丁寧な言葉遣いで話している。

藤澤は長めの髪を手櫛《てぐし》で梳《と》かしながら、ぞんざいな口調で言った。

『俺が持ち込んだこのモバイルのブクマを調べてくれりゃわかるけど、「等価交換広場」っていうサイトがあんの。そこで知り合ったんだ、池田君とは』

『「等価交換広場」？　何ですか、そりゃ』

『読んで字のごとし。売りたい奴が売りたいものを出品して、買いたい奴が、それと等価だと思うものを提示する。双方納得したら、お互いに連絡を取り合って、取引成立。そういう掲示板形式のホームページだよ』

『そら……ヤフーオークションとかいう奴と同じ感じですかな』

『あっちは金銭で競り落とすわけでしょ。「等価交換広場」は、金でも物でも、極端なこと言えば言葉でも、何でもいいわけ。当事者が等価だと思えばそれでＯＫ。そこに出品してたのが、池田君なんだよ』

筆記係がしっかり書き留めていることを確認して、高松は質問を重ねる。

『池田知宏は、何を出品しとったんです？』

『命』

『は？』

『耳悪いの？　命。「僕の命」って書いてあったよ。面白いよねえ。臓器どころじゃない、命まで売っちゃうかって、ちょっと受けたよ。「自殺したいんで、命売ります。好きにしてください」だってさ。しばらく様子見てたけど、誰も買う奴いなくて可哀想で。だから俺、三百万で買ってあげたわけ。ま、ちょっと等価より色をつけてあげたけどね』

高松は鋭い目で藤澤を睨んだ。

『池田の命を買って、あんたはどうしたんですか。自分の代わりに、夢崎愛美殺害を指示したんやないですか？』

だが藤澤は、ニヤニヤ笑いながらかぶりを振った。そこそこ整った顔立ちをしているが、表情にどこか締まりがない。

『おっと、自白を誘導するような質問はNGなんじゃないのかな。っていうか、そんなことしないよ。俺はただ、話し相手になってくれって言っただけ。その上で自殺したいなら好きにすればいいけど、何度か、俺と楽しくお喋りしてくれないかなって』

『お喋り？　んなアホな』

『アホな？　酷いなあ。デイトレーダーって、孤独な仕事だよ。ずーっと家に籠《こ》もってモニター睨んでるばっかで、友達なんて出来ないもん。金は余ってんだから、それで友達を買ったっていいでしょ。一生ってわけじゃなし、本人が希望するとおり自殺してもいい、その前に何回かでいいってんだから、親切なオファーだと思うけど』

「……夢崎さん、如何ですか」

タイミングを見計らい、刑事が歌花に訊ねる。だが歌花は、魂を奪われたように窓の向こう……藤澤の顔と声に全神経を集中させている。ミチルは唇に人差し指を当て、もう少し時間をやってくれと刑事に頼んだ。

『クレジットカードで新幹線のチケットを買ったから、すぐに確認できるよ。クリスマス休暇に大阪に来て、宿泊先で池田君に会った。ちょっとシャイだけど、まあいい子だったよ。人前は苦手だっていうから、ルームサービスで食事を奢って、お茶を飲んで、三日ほど通って話し相手をしてもらって。……で、謝礼に三百万、キャッシュで支払って別れた。それだけの話』

『いや、それだけってあんたね……』

『泊まったのはTホテル。支払いはクレジットカード。これもすぐ調べがつくだろ。……他に質問は？　あ、煙草はやめてくんない、俺の体に悪いじゃん』

高松はシャツの胸ポケットから出そうとした煙草の箱を、乱暴に押し戻した。そして、ボールペンで机を叩きながら、かなり苛立った声音で訊ねた。

『ほなその三日間、池田とはどのような話を？』

『うーん、色々。彼が自殺したい理由も聞いたし、ご両親に最後にお金を遺したいと思って、命を売りに出したってことも聞いた。まあ、他人のことだからいいんじゃないって。彼は、自分の命に三百万もつけてくれた俺に、すげえ感謝してたね。ご馳走にも感激しちゃってさ。可愛かったよ。……あとはー。そうだなあ、俺の趣味の話をいっぱい聞いてもらったね』

『趣味っちゅうたら、その、夢崎歌花さんのこととか、ですか』

藤澤はパチンと指を鳴らし、嬉しそうに目を輝かせた。

『そうそう、わかってるじゃん。俺の女神、うーたんの話！　このモバイルで彼女のブログを一緒に見てさ、彼女がどんなに素敵か、池田君に知ってもらったよ。可哀想に、彼女が頭の悪い奴らにつまんないアイドル扱いされて、苦しんでることもね。元凶が母親だってことも』

「！」

ガラス越しに藤澤を凝視していた歌花の体が大きく震える。ミチルはそっと、歌花の肩に触れた。無理をせずに、ここを出て少し休めばいい。そう言おうとしたのだが、歌花は体を揺すって、ミチルの手を振り解いた。珍しく乱暴なそんな行動の間も、彼女の目は藤澤から離れない。

『夢崎愛美さんのことを、池田に悪う言うたんですか』

『悪く言ったんじゃない、ホントのことだよ。きっと母親は、うーたんの才能に嫉妬《しっと》してるんだ。彼女が自分より前に出ないように、彼女を安っぽいアイドルの枠に押し込めようとしてるんだよ。だから、本当の彼女の才能に、すばらしさに、誰も気付かない。俺以外、誰もね』

機嫌良くまくし立て始めた藤澤の勢いを削がないように、高松はさっきまでの苛立ちを隠し、さらに喋るように仕向ける。

『ほう。そないに素敵な人なんですか、あの歌花さんっちゅう人は』

『あっ、そうか。刑事さんもうーたんに会ったんだよね？　カワイイでしょう、彼女。賢くて綺麗で可愛くて、完璧だよね。あんな母親に邪魔されなきゃ、彼女はもっと素晴らしい料理研究家になれる。彼女の才能を唯一わかってる俺が、母親から彼女を助け出し、自由に羽ばたかせてあげなくちゃ。そう思うの、当然だろ？』

ダン！

その途端、大きな拳《こぶし》で机を打ち、高松刑事は立ち上がった。さっきとは打って変わってドスの利いた声で凄む。

『あんた、やっぱり池田に、夢崎愛美殺害を三百万で依頼したんやろが！　どうせ死ぬ身なら、殺人を働いてからにしろとでも言うて。そうなんやろう』

だが、物音には驚いた様子を見せた藤澤は、やはりへらへら笑って肩を竦めてみせた。欧米人ばりの、人を小馬鹿にしたポーズである。

『まただまた。違うってば。俺はただ、あの憎たらしい、頭の悪い母親を殺したいって言っただけだよ。でも、俺は彼女を見守ってあげなきゃいけないから、殺人犯になるわけにはいかない。ああ、俺の代わりに「九等分」の名の下に、悪の権化《ごんげ》に鉄槌《てっつい》を下してくれる奴がいればいいけど、いないだろうなあーって言っただけ』

『せやからそれが、池田を焚《た》きつけたっちゅうことやろ！　三百万もろた負い目から、池田はお前の代わりに夢崎愛美殺害を請け負ったん違うんか！』

両手を机に突いて迫る高松の四角い顔を、藤澤は鬱陶しそうに見上げた。

『そんな契約はしてないよ。あくまでも、俺は俺とお話ししてくれる報酬として三百万を渡しただけだもん。もし、俺の話がきっかけで夢崎愛美の殺害を思いたったとしても、それは彼の自発的な意志でしょ。そんなとこまで、俺のせいにされちゃたまんないよ。俺は願望を述べただけ。あとは彼の勝手で、俺には関係ない』

『デタラメ言うな！　何も言われんで、あそこまで念入りなことするわけあれへんやろう。「九等分」がやったと知らせるために、腹に九つも刺し傷作らして、死人を冒瀆するみたいにフォークとナイフ胸に刺して……。全部、お前が指示したんやろう。池田は、どうせ死ぬんやからどんな犯罪も怖うない。それで、三百万のためにあないな殺人を……』

『ああ、ギャンギャンうるさいなあ。これが不当捜査って奴？　マジ神経参っちゃうよね、こんなに至近距離で怒鳴られたんじゃ。俺、帰りにテレビ局行って、洗いざらい喋っちゃおうかな、ここでのこと。きっと、いいネタになると思うな～』

あくまでも不遜な態度を崩さない藤澤だが、重要参考人でも容疑者でもない以上、確かに扱いが少しでも不適当だと社会的な問題になりかねない。高松は、爆発寸前の顔で、荒々しく椅子に座り直した。

『……ほしたら、あくまでも殺人教唆《きょうさ》や依頼は否定っちゅうことですな』

藤澤は晴れやかに笑って頷いた。

『そ。完全否定。池田君が俺に恩返ししようとしたんなら、俺にとってはかえって迷惑なことしてくれちゃったなあって感じだよ。でもさあ、刑事さん』

『何ですか』

『殺人犯が食らう最高の刑罰は、死刑でしょ。だったら、もういいじゃない。池田君は俺とお喋りして三百万を親に遣せた。それから夢崎愛美を殺して、自分で自分を死刑にして責任を取った。裁判の手間が省けてよかったじゃない。で、うーたんは、邪魔な母親の軛《くびき》から解き放たれて、これから自由に活躍できる。そして俺は、そんなうーたんを見守って生きていける。……みんな幸せじゃない』

『あんた……』

あまりの言い分に、さすがの高松も言葉を失う。鏡の反対側でも、伊月と龍村は憤《ふん》懣《まん》やるかたない表情で藤澤の言い分を聞いていた。おそらく二人とも、自分が取調室にいれば、藤澤を締め上げていたことだろう。

「夢崎さん、そろそろ……」

刑事が再び歌花に面通しの答えを聞こうとしたそのとき……。

掠れ声が歌花の唇から漏れた。ミチルはギョッとして歌花の険しい横顔を見る。

だがミチルが何か言おうとする前に、歌花は突然、絶叫した。

「違うッ！　私は、あなたにお母さんを殺してなんて頼んでないッ！　どうして、どうしてそんな勝手なこと……！」

「歌花さん、いけない！」

ミチルは歌花を制止しようと手を伸ばす。だが一瞬早く、歌花は両の拳でマジックミラーを思いきり叩いていた。大きな物音が狭い室内に響く。おそらく、取調室にもこの音は届いてしまっただろう。

「私はお母さんに、もっと色々教えてほしかった！　お母さんと一緒に仕事がしたかったの！　あなたなんかに見守ってほしくない、この人殺し！　人殺し！」

「歌花さん！　落ち着いて！」

ミチルはガラスから歌花を引き離そうとしたが、歌花が暴れるので、手首を摑んで動きを抑制するのが精一杯だ。迂闊に女性に触れるわけにはいかないので、男三人はハラハラしながらその様子を見守るしかなかった。

しかも、突然のハプニングに動揺した高松が、「お嬢さん」と口走ってしまった。

それを、藤澤は耳聡《みみざと》く聞きつける。

『あれ、何の音？　あっ、もしかしてあそこ、マジックミラーなんだ？　噂には聞いてたけど、本物なんだね。しかもお嬢さんってことは、うーたん、そっちにいるんだ？　いるんだろ、俺にはわかるよ！』

鏡の向こうに歌花がいると悟った途端、藤澤の態度は一変した。立ち上がって忙しくスーツの皺を伸ばし、両手で髪を整え、さっきまでのにやついた笑いとはまったく違う極上の笑みを鏡に向ける。

『ちょっと、藤澤さん、あんた何を……』

制止しようとする高松を完璧に無視して、藤澤は机の上に置いてあったノートパソコンを持ち上げ、鏡に向かって開いた。

『ほら、うーたん。俺、「九等分」だよ。覚えてるだろ？　君とはもう心が通じ合ってるから、いちいちコメントはしてなかったけど、ずーっと見てるよ。ほらっ、見てごらん、このパソコン。壁紙は君、アイコンだって全部君のイラストだよ。サイトで拾ってきたんだ、三頭身イラストの君のアイコン。凄くいい出来だよね！　見える？　あ、システムの効果音も君の声なんだ。テレビから拾ってきたんだ。聞く？』

『藤澤さん、そっちには誰もいませんよ。何してはるんですか』

『嘘だよ。さっき言ったじゃない、お嬢さんって』

高松は藤澤を鏡から引き離そうとするが、藤澤は高松が荒っぽい手段に出られないことを知っていて、鏡の真ん前に歩み寄った。パソコンを床に置き、鏡に両の手のひらをぺたりとつける。

『聞いただろ、俺の友達の池田君が、君の邪魔をする母親を消してくれたよ。しかも、とっても素敵な方法で。よかったねえ、うーたん。君はもう自由だよ。俺は、羽ばたいていく君をずーっとずーっと見守ってくからね。ほら、わかったら俺の手に君の手を重ねて。これからは、俺が君を導いてあげるから。俺の手を取ってよ』

「……いや……」

歌花は喘ぐように呟いて、マジックミラーから後ずさった。スカートから覗く細い両足が、ガクガクと生まれたての子鹿のように震えている。

『ほら、うーたん。相変わらず恥ずかしがり屋さんだなあ。俺からは君が見えないんだから、せめて温もりで君の存在を教えてくれなくちゃ。ほら、ほら……』

手だけでは飽きたらず、藤澤は自分の頬もミラーにぎゅうぎゅうと押しつけてくる。不気味にへしゃげた鼻や唇が醜悪に浮かび上がり、歌花は悲鳴を上げてしゃがみ込んだ。

「いやあああッ！　来ないで、来ないでええええッ！」

両手で頭を抱え込み、何も見るまい、聞くまいと激しく身もだえる。

「歌花さん、しっかりして。……龍村君、伊月君、彼女をさっきの会議室に連れていくわ、手伝って」

「俺、横になって休めるように、準備してきますよ」

伊月はマジックミラー越しに漂ってくる禍々《まがまが》しい気配から逃げるように、駆け出していく。

ガラスの向こうでは、高松と書記係が、ミラーから藤澤を引き剝《は》がそうと躍起になっているらしかった。激しいやり取りが、スピーカーから聞こえてくる。

錯乱状態で啜り泣く歌花を龍村と共に抱きかかえて部屋から連れ出しつつ、ミチルは鉛の塊が胸につかえたような重苦しい気分を味わっていた……。


その夜、龍村とミチル、伊月の三人は、JR高槻駅前のキリンシティにいた。今回の事件で色々とあった三人を労う……という名目で都筑が招待してくれたのだが、当の本人は教授会が紛糾しているらしく、まだ姿を見せない。

歌花は再び病院に戻され、どうにか落ち着きを取り戻したが、しばらくは療養が必要なほど心身共に衰弱してしまっていた。

高松には懇《ねんご》ろに礼を言われ、大阪府警を後にしたものの、三人の胸の内は、事件解決の爽快感とはほど遠いもので占められている。

「……はあ。こういうときに、お酒が飲めないって酷い話だわ。憂さ晴らしのしようがないじゃない」

ミチルはそう吐き捨て、ジンジャーエールをストローで吸い上げた。その頬には、歌花を宥めようとしたとき、彼女に引っかかれて出来た長いみみず腫《ば》れが走っている。龍村も、苦虫を噛み潰したような顔でビールジョッキを睨んだ。

「酒は憂さ晴らしにはならんさ。そんなつもりで飲むと、酷く悪酔いしてよけい気分が悪くなるものだ」

「ふうん……そういうもの？」

「うむ。酒で気が晴れるというのは、下戸《げこ》の幻想だぞ」

「……そうなんだ」

面白くもなさそうな二人の会話を聞いていた伊月は、とりあえずのつまみに取ったチキンバスケットのポテトチップを摘みながら、浮かない顔で言った。

「……俺たちにできることはもうないし、事件としてもほとんど片付いたってことなんでしょうけど……。どうなるんすかね」

「何がよ」

「歌花さんと……あの、藤澤って野郎。今の流れだと、やっぱ実際に手を下したのは池田知宏なわけでしょう。それも、自発的に、ってことになってる」

「そうね。……実行犯は池田知宏に違いない。被疑者死亡で起訴ってことになるでしょうね。……そして、藤澤は……どう考えたって、三百万円で夢崎愛美殺害を池田知宏に依頼したとしか思えないのに……」

龍村は溜め息混じりにミチルが言おうとしてやめたことを言葉にする。

「それを立証する手段がないな。お前が歌花さんに付き添って病院に行っている間に、警察のパソコンで調べてみたんだが……。『等価交換広場』というホームページは、確かに存在する。しかも、闇サイトなんかじゃない。本来は、実に牧歌的な不用品交換サイトだ」

「まあ、池田知宏にとっては、自分の命が不用品ってことだったんでしょうけどね」

伊月は冗談めかしてそう言ったが、二人がにこりともしないので、決まり悪げに口を噤んだ。龍村は、普段の大声はどこへやら、周囲の席の喧噪《けんそう》に掻き消されそうな声で言った。

「そこで誰かの命を買ったからといって、それだけでは罪に問えんな。池田の臓器を売ったとか、自殺を強要したとかいうことなら別の話だが。……今回は、殺人教唆も立証し難いだろうし、自殺も池田の意志だ。それは遺言状が残っているから間違いない。……遺言状に、彼は『生きていたほうがいい人を助けてから死のうと思います』と書いていた。つまり……たとえ藤澤に唆《そそのか》されたとしても、夢崎愛美を殺害するに至ったとき、彼はそれが恩義ある藤澤を、ひいては歌花さんを救うことになると信じていたんだろう」

「そんな……！」

「池田はそれだけ純粋で繊細な青年だったのかもしれないぜ、伏野。おそらく藤澤に会いに行くことが、彼の人生の中で最大の冒険だったんだろう。そこで、藤澤に思惑があるなんて知りもせず、理解を示され、優しく扱われ、もてなされ、大金を与えられて……必要以上に感激してしまったんじゃないだろうか。藤澤に心酔《しんすい》したのかもしれないな」

「心酔って……冗談でしょ」

「では訊くが、池田は何故、自分の腕に『九等分』の瘢痕を残したと思う？」

すっかり忘れていたことに言及され、ミチルと伊月は顔を見合わせる。

「……予行演習？　のわけないか。腕と腹じゃ、全然違いますよね」

伊月は首を捻る。ミチルは暗い眼差しでグラスの壁面を転がるように浮き上がっていく炭酸の泡を見ながら呟いた。

「リスペクト？」

「へ？」

問い返す伊月に、ミチルはやはり低い声で言った。

「他の瘢痕は、単なる自傷かもしれない。でも、あの『九等分』の瘢痕は……自分の体にあの模様を刻むことによって、藤澤への……『九等分』への感謝の念を表したんじゃないかしら。それと同時に、自分が彼の代わりに、夢崎愛美さんを殺すという決意表明をした。……そんなところじゃない、龍村君？」

龍村は小さく頷いた。

「僕も同意見だ。……ただし、本人が死んでしまった今となっては、真相は闇の中だがな」

「でも、ありえないわ、リスペクトなんて。あんな嫌な男に」

口を歪めてこぼすミチルに、龍村はやや冷たく言い放った。

「その嫌な男に、歌花さんだって一度は頼り切ってしまったんだろうが。それで、迂闊な愚痴をこぼしてしまったように、藤澤が彼女の心の表層しか読み取らなかったように、歌花さんもまた、彼の歪んだ人格のごく一部……人格者を装った部分しか見ていなかったってことだ」

ミチルは鼻筋に皺を寄せた。本当に、ミチルのそういう表情は不機嫌な猫にそっくりだと、伊月は疲れた頭でぼんやりと考えながら、惰性でポテトチップを食べ続ける。

「それは……確かに歌花さんが迂闊だったと思うわ。でも、そういうことって、誰にでもあるでしょう。なかなか言えない愚痴を、あんまり親しくないけど聞き上手な誰かに喋っちゃうってことくらい。……それで母親を殺されるなんて、たまったもんじゃないわよ」

ミチルの拳が、どんとテーブルを叩く。龍村は迷惑そうに太い眉を顰めた。

「おい、僕に怒るな」

「仕方ないでしょ、真ん前に龍村君がいるんだから。だって……でも、じゃあ、どうなるの？　藤澤は罪に問われないまま無罪放免？」

「殺人教唆の証拠でも出てこない限り、そういうことになるだろうな。そもそも、彼が警察に現れたのは、自分こそが『九等分』だと主張するため。ただそれだけだ。最初から、彼を罪に問うファクターなど何もない」

「そんな……。じゃあ歌花さんは、この先ずっとあいつにつきまとわれて、怯えて暮らさなきゃいけないわけ？　あの男、歌花さんにあれだけ執着してるのよ。絶対、酷いことになるわ」

「僕とてそう思うが、彼が何かストーカー的な行動に出ない限り、警察も動きようがないだろう。無論、我々に出来ることも何もないぞ、伏野。お前がカリカリしても始まらん」

「でも！」

「歌花さんに頼られていたんだ、気持ちはわかるが……。感情移入したところで、彼女にとっては何の助けにもなりはせんだろう」

「だけど……。藤澤に怯えて暮らすのが、彼女の犯した罪に対する報いってわけ？　そんなのってないわ。それじゃあまりにも彼女は可哀想よ。自分のせいで母親が殺されたって、酷く自分を責めてるのに。これ以上、彼女が罰を受ける必要なんかない」

「だが、それが避けられない現実だ」

「そんな現実、辛すぎる。……正しい裁きが行われるように、私たちは仕事をしているはずなのに……こんなに無力だなんて。情けなくなるわ」

ミチルの嘆きに、二人は言葉をなくしてしまう。突然訪れた重苦しい沈黙を破り、龍村はぽつりと言った。

「亡羊《ぼうよう》の嘆《たん》、だな」

ついに最後のポテトチップをパリパリと嚙み砕きながら、伊月は不明瞭な口調で耳慣れないその言葉をオウム返しした。

「ぼうようのたん？　何すか、それ」

「亡羊の嘆。……逃げ出した羊を追いかけた人間が、道が幾筋にも枝分かれしていたせいで、どの道に羊が逃げたかわからず、結局羊を見失ってしまったという故事から生まれた言葉だ。方法や選択肢が多すぎて、途方に暮れて嘆く様を言うのさ。まさに今の我々だな」

「選択肢って何のこと？」

沈黙している間に、苛ついていた自分を反省したのだろう。ミチルはいつもの彼女らしい落ち着いた声で訊ねる。

龍村は、ジョッキの表面に触れて濡れた指先で、テーブルに枝分かれした木の模様を描きながら言った。

「この事件、いったい誰に本当の咎があるのかということだ。母親の本心を感じ取れず、歪んだ思考の男に暴走のきっかけを与えてしまった歌花さんか、はたまたそのあたりをきちんと説明し、話し合わなかった夢崎愛美さんか……」

龍村がそこで言葉を切ったので、伊月が考え考え、先を続ける。

「勝手な思い込みで、自殺願望のある男を利用して、金で殺人を犯すように仕向けた藤澤真司か……それとも、そいつに踊らされて、自分には縁もゆかりも……恨みも何もない夢崎愛美を殺してしまった池田知宏か」

「あるいは、母子の軋轢を感じていたでしょうに手を拱《こまね》いていた夢崎愛美さんのご主人や、息子を引きこもりから立ち直らせることができなかった池田知宏のご両親……も、咎人《とがにん》候補に含まれたりするのかしら。勿論、法律で裁かれるのは、現時点では池田知宏ただひとりでしょうけど……」

「でも、他の人間も、多かれ少なかれ罪はある気がする。それぞれの罪がツルみたいに伸びて、他の人に絡まって、また別の罪が生まれて……で、それがまた他の罪に絡まって……。結局誰が大元《おおもと》なのか、わかんなくなっちまいますね。ホントだ。確かに、ボーヨーって感じっす」

中途半端に覚えたことわざを口にして、伊月は感心したように頷く。

「どんなに憤っても、私たちには手の届かないところにすべてが行っちゃったことはわかってる。でも、色んなことが理不尽すぎて胸がモヤモヤするわね。……待てど暮らせど来ない教授殿は、こういうとき、どんな下手な歌を詠むのかしら」

物憂げに頬杖を突いて、ミチルはそう言った。その視線を受けた伊月は、「あ、俺、川柳はパス」と言って、龍村を見る。

「む、僕か……。そうだな……」

しばらく考えた龍村は、幾分照れくさそうに四角い顔を顰め、口を開いた。

「なお去らぬ 心の闇に惑いつつ 明けの光を待ちて佇《たたず》む。……短くまとめる技量はないんでな。長めにいってみた」

「……都筑先生に負けず劣らずヘタクソね」

「ほんと、ピリッとしねえなあ」

容赦ないミチルと伊月の感想に、龍村の太く真っ直ぐな眉が、情けなくハの字になる。

「おい、僕は恥を忍んで一首披露したのに、そりゃないだろう。そう言うならお前たちもやってみろよ」

「絶対イヤ」

「俺もイヤっす」

「畜生、こんなときだけ師弟愛を発揮しやがって。おい伊月、僕だってお前の師匠だぞ。少しは僕の肩も持て」

不満げに文句を言う龍村に、ミチルはあっかんべーをしてみせた。

「駄目よ。龍村君が伊月君の師匠なのは、週に一日だけでしょ。あとの六日は、私の弟子だもん」

「何、もしかして俺、今凄いモテモテ？」

「人生最大のモテ期かもしれんぞ、伊月」

「げっ。それは勘弁。俺もっと、可愛い子にもてたい。できれば年下の」

「年上で悪かったわね！」

どうしようもなく閉塞した空気を無理矢理吹き払うように伊月はおどけてみせ、今度は他の二人もそれに乗る。

ようやく笑いが零れたテーブルに、ちょうど店に入ってきた都筑は、意外そうに目を見張った。

「おりょ。警察から聞いた話では、お通夜みたいな席を想定しとったのにな。……教授会の間じゅう考えとった慰めの言葉が、無駄になってしもた。……まあええか、またの機会にとっとこ」

そう独りごちて、自称面白くない人生を生きる上司は、面白い人生の真っ最中である部下たちの宴に混じるべく、手を振りながら歩み寄っていった……。

あとがき

はじめまして、またはこんにちは、槻野道流です。

ガラリと装丁の雰囲気が変わった「鬼籍通覧」文庫版ですが、如何《いかが》でしょうか。

今作は、二宮悦巳さんがイラストを担当してくださっています。ラフを拝見したとき、「かっこいい……なんだこれかっこいい……」と、ひたすらぼんやりしてしまいました。

これまでも、あまりにも贅沢すぎる方々にイラストやデザインでお力添えをいただいて、本当に幸せなシリーズだと思います。読者さんにはそれぞれご贔屓《ひいき》の装丁があろうかと思いますが、今作、岡本歌織さんのデザインの素敵な装丁も愛していただけましたら、とても幸せです。

さて、「鬼籍通覧」の文庫版では、どなたにも解説はお願いせず、私が自分で作品についてお話をさせていただくことにしています。

いつもなら、自分の近況や、当該作品のバックグラウンドなどについて綴《つづ》るのですが、今回は、新しい装丁に心惹かれ、この巻から「鬼籍通覧」を読み始めてくださった方向けにあとがきを……という要請を受けましたので、このシリーズを書き始めた頃のお話をしてみようかと思います。

「鬼籍通覧」の一作目である「暁天の星」の第一章は、独立した短編として書かれたお話でした。「ノベルスで仕事をしたければ、メフィスト賞に応募するのが筋だ」と当時の担当編集氏に言われ、応募作として執筆したものだったのです。

でも、それを読んでくださった当時の編集長に、「応募は無用、このまま一冊分書いてください」とありがたいオーダーをいただいたので、結局、応募はせずじまいでした。賞品のホームズ像がとてもほしかったこともあり、チャレンジしなかったことは、今もちょっとだけ心残りです。

そんなわけで、当時、自分が駆け出しの法医学者だったことから、法医学ものを書こうと決めたのですが、ひとつだけ自分に課したルールは、「法医学者の業務について、誇張や虚偽は描かない」ことでした。

どうせ「現役法医学者が描く○○！」と煽《あお》りを入れられるのでしょうから、ただでさえ世間に業務内容が周知されておらず、色々と誤解を受けがちだった法医学の世界のことを、少しでも正確に知ってもらおう、理解してもらおう。その上で、エンターテインメントとしても楽しんでいただけるものを書こう、と思ったのです。

だからこそ、主人公の伊月崇は、法医学の世界に入ったばかりの新人、しかも、まだそれを一生の仕事にするかどうかを決めていない大学院生でなければなりませんでした。

読者の方々に、伊月と一緒に法医学の世界に足を踏み入れ、色々なことを彼の目を通して知り、彼の心を介して感じていただけたらと願って、彼を生み出しました。

そして、彼の指導教官である伏野ミチルについては、私のペンネームと同音の名ではありますが、私には少しも似ていません。当時の担当編集氏に「どんな名前にしたって、女を出したら君だと思われるよ」と言われたので、ならば違う名前を考えても無駄だな、という実にズボラな理由で命名しました。

とはいえ、今では勿論、深い愛着のあるキャラクターです。最初は頼もしいお姉さん的存在ですが、彼女も伊月同様、戸惑いや迷い、深い苦悩を抱いて司法解剖に携わっていることが、徐々に明らかになっていきます。

さらに、筧兼継という伊月の幼なじみの刑事は、やはり実際に捜査に携わる人間の心情についても描いていきたいと願ったために生まれたキャラクターであり、兵庫県監察医の龍村泰彦は、ミチルとは違う立ち位置やアプローチで伊月を鍛えてくれるメンターとして、「奇談シリーズ」から出張してもらうことにした人物です。

そんな面々が活躍する物語を書き始めて以来、私自身も、人の命について、それまで以上に深く考えるようになりました。と同時に、「エンターテインメントとは何か」ということについても悩みつつ、彼らと共に歩いてきたように思います。

また、この作品には必ず章間に「もぐもぐタイム」ならぬ「飯食う人々」という間奏が入ります。死者と付き合う彼ら自身は生きていて、生きることは食べることと切り離せない。つまり食事シーンは、彼らを死者の世界から遠ざけ、生者の世界につなぎ止めるためのもの。疲れた心身を癒やし、明日への活力を生み出すもの……そんな気持ちから描く、読者さんにとっても私にとっても、息抜きになるパートです。

そんな「鬼籍通覧」、重いテーマをときには軽やかに、またときには正面から、これからも書き続けていきたいと思います。どうか、末永く、お付き合いくださいませ。

椹野道流　九拝

■本書は、二〇〇八年六月、小社ノベルスとして刊行されました。

|著者|椹野道流　2月25日生まれ。魚座のO型。法医学教室勤務のほか、医療系専門学校教員などの仕事に携わる。この「鬼籍通覧」シリーズは、現在8作が刊行されている。他の著書に「最後の晩ごはん」シリーズ（角川文庫）、「右手にメス、左手に花束」シリーズ（二見シャレード文庫）など多数。

亡羊《ぼうよう》の嘆《たん》　鬼籍通覧《きせきつうらん》

椹野道流《ふしのみちる》

講談社文庫

定価はカバーに
表示してあります

2018年8月10日第1刷発行
2020年5月27日第7刷発行

発行者——渡瀬昌彦
発行所——株式会社　講談社
東京都文京区音羽2-12-21　〒112-8001
電話　出版（03）5395-3510
　　　販売（03）5395-5817
　　　業務（03）5395-3615

デザイン—菊地信義
本文データ制作—講談社デジタル製作
印刷———豊国印刷株式会社
製本———株式会社国宝社

Printed in Japan

ISBN978-4-06-293309-4

講談社文庫刊行の辞

二十一世紀の到来を目睫に望みながら、われわれはいま、人類史上かつて例を見ない巨大な転換期をむかえようとしている。

世界も、日本も、激動の予兆に対する期待とおののきを内に蔵して、未知の時代に歩み入ろうとしている。このときにあたり、創業の人野間清治の「ナショナル・エデュケイター」への志を現代に甦らせようと意図して、われわれはここに古今の文芸作品はいうまでもなく、ひろく人文・社会・自然の諸科学から東西の名著を網羅する、新しい綜合文庫の発刊を決意した。

激動の転換期はまた断絶の時代である。われわれは戦後二十五年間の出版文化のありかたへの深い反省をこめて、この断絶の時代にあえて人間的な持続を求めようとする。いたずらに浮薄な商業主義のあだ花を追い求めることなく、長期にわたって良書に生命をあたえようとつとめるところにしか、今後の出版文化の真の繁栄はあり得ないと信じるからである。

同時にわれわれはこの綜合文庫の刊行を通じて、人文・社会・自然の諸科学が、結局人間の学にほかならないことを立証しようと願っている。かつて知識とは、「汝自身を知る」ことにつきていた。現代社会の瑣末な情報の氾濫のなかから、力強い知識の源泉を掘り起し、技術文明のただなかに、生きた人間の姿を復活させること。それこそわれわれの切なる希求である。

われわれは権威に盲従せず、俗流に媚びることなく、渾然一体となって日本の「草の根」をかたちづくる若く新しい世代の人々に、心をこめてこの新しい綜合文庫をおくり届けたい。それは知識の泉であるとともに感受性のふるさとであり、もっとも有機的に組織され、社会に開かれた万人のための大学をめざしている。大方の支援と協力を衷心より切望してやまない。

一九七一年七月

野間省一